悪役令嬢ですが、王太子（攻略対象）の溺愛がとまりません

鬼頭香月

Illustration
ウエハラ蜂

gabriella books

悪役令嬢ですが、王太子（攻略対象）の溺愛がとまりません

contents

序章

春の訪れを感じさせる、柔らかな風が吹く正午――ルクス王国の王都ヴィルトカッツェにある、シュピーゲル大聖堂の鐘が鳴り響いた。

白の祭服に身を包んだ少女――ルーシャは、その日も祭壇前に跪《ひざまず》き、神の声に耳を傾ける。

彼女の衣装の背には、ルクス王国を含む、ゼクスト大陸上の全国家が信仰するテューア教の紋章が刻まれていた。首にはストラと呼ばれるストールがかけられ、頭上には白のベールが被《かぶ》せられている。それらに金の糸で刺繍《ししゅう》されているのは、最高位の聖職者であることを示す文様だ。

今年十七歳になったルーシャは、神の声を聞き、大地を浄化させる力を持つ『聖女』。

世界に一人しかいない――〝神の愛《いと》し子《ご》〟だった。

この世の海には魔物が身を潜め、それらが大地へ登り巣くうと、土や空気が汚染される。人が吸えば数十分で命を失う、瘴気《しょうき》や毒素に満ちるのだ。聖女はその穢《けが》れた大地や空気を浄化し、魔物を遠ざける力を有した。また神から託宣を受け、悪い未来を未然に防ぐなど、多くの人々を救う救世主となっていた。

彼女が神の声に耳を傾けるのは、月に二度。その日は〝聖礼拝〟と呼ばれ、限られた聖職者と関係者のみがシュピーゲル大聖堂に出入りできた。

彼女の背後――祭壇下で同じく祈りを捧《ささ》げるのは、十数名の聖職者とルクス王国の王太子ノエルのみ。

シュピーゲル大聖堂の中は僅かな衣擦《きぬず》れの音も耳につく、静寂に包まれていた。

胸の前で両手を重ね、頭《こうべ》を垂れたルーシャの髪が、ベールの下から一束はらりと垂れ落ちる。

その白銀の髪は燭台《しょくだい》の光を弾《はじ》いて神秘的に輝き、この場に一般信徒がいれば、その美しい姿にため息を零《こぼ》してしまっただろう。

祭服から覗《のぞ》く彼女の肌は染み一つなく、雪のように白い。伏せた淡い色の睫《まつげ》は長く、唇は珊瑚《さんご》色。体つきは華奢《きゃしゃ》であり、祈りを捧げるたおやかな様子はまさに皆がイメージする聖女を体現していた。

――ユーニ神様……どうぞお声をお聞かせください。

テューア教が祭るのは、創世神ユーニ。ルーシャが心の中で呼びかけると、返事が聞こえた。

『よく来たね、ルーシャ。――今日は、お前に大切な話をしようと思っていたんだよ』

十代の少年が如き、若々しい神の声が脳内に響く。民はもちろん、背後に控える聖職者達にも聞こえない この声を、ルーシャは幼い頃からあたりまえに聞いていた。今でこそ祭壇で祈りを捧げて神託を授かっているが、幼い頃は、どこにいてもこの声が聞こえたのだ。

ルーシャが神の声を聞き始めたのは、四歳の頃。幼く、頭の中に他人の声が聞こえる現象が奇異だとわかっていなかったルーシャは、神託を気安く家族に伝えていた。

『おかあさま、明日コリンナおば様のお子が生まれるのですって』

『おとうさま、ずっと遠い、あっちのほうで、小麦が枯れてしまうそうです』

『おにいさま、今日はお馬のご機嫌が悪くなってしまうみたい』

ルーシャが伝聞形式で未来を告げる時、それらは必ず現実となった。

その不思議な現象を、家族は当初、身に宿す魔力が何らかの影響をもたらしているのだと考えていた。ルーシャは二歳になった頃から、触れた花を咲かせたり、石を宝石に変えたりでき、魔法を使える少女として知られていたのだ。

この世にいる魔法使いは、千人に一人いるかどうか。魔力ある者は、必ず遠い先祖に魔法使いがいるとされていた。しかしあまりに生まれる確率が低いため、過去に魔法使いがいたかどうか記録にも残っていない家系にも、時折魔法使いが生まれた。

ルーシャの生家、アーミテイジ侯爵家に限って言えば、三代前の当主が魔法使いだった。一族は再び魔法使いが生まれたと喜び、その事実は地域一帯に知れ渡った。

魔法使いの魔力は万能ではなく、個々人で長所が異なる。

戦闘に関わる攻撃魔法に長じた者もいれば、空を飛べる者、占いにより未来予知が可能な者と多岐にわたった。そして得意とする分野によっては、政府機関などに登用された。

幼いルーシャがどのような力を発揮できるのか、当時は判然としていなかった。そのため四歳になった彼女が口にし始めた予言は、未来予知の一環だと思われていたのだ。

しかし未来予知の魔法は、完全に未来を言い当てられるわけではない。曖昧模糊《あいまいもこ》とした部分が必ずあるはずなのに、彼女の預言は全て明瞭。その上、絶対に当たる。

ルーシャが五歳になり、次第に両親が奇妙に感じ始めた頃——先代の聖女が力を失った。

聖女の力は永遠ではない。往々にして徐々に声が聞こえなくなり、また新たに声を聞く者がどこかに現れて、代替わりがなされる。

先代の聖女は、一年前から神の声が聞こえにくくなったと零しており、大人達はそこでやっと、ルーシャが次代の聖女なのではと思い至った。

テューア教は、聖職者らによって組織されたテューア教教会によって運用されている。ルーシャが次代の聖女ではと連絡を受けたテューア教教会は、すぐに人を寄こした。本当に聖女の力があるのか、少量の穢れた土を持ち運んで、力の有無を確認したのだ。

テューア教教会が用意した穢れた土は、ルーシャが目の前に立つだけで浄化され、人々は驚き歓喜した。魔法を使えるだけでなく、神にまで愛される聖女になった少女はこれまで一人もいない。

人々はルーシャをもてはやし、両親には素晴らしい子をもうけたと言って称賛した。

両親は大衆の前では笑顔を浮かべ、神の加護に感謝していると口にし続けた。けれど人目のつかぬ所では、深く嘆き悲しんでいた。

聖女は代々、その力を認められると、教会施設へ住まいを移すのが定め。

ルーシャを授かって、僅か五年。可愛《かわい》い盛りの娘を手放さねばならぬ運命を、親が本心から喜べるはずはなかった。

聖女が力を手にするのは通常、早くとも十二、三歳頃。アーミテイジ侯爵夫妻は、幼すぎるルーシャを家に留《とど》められないか、テューア教教会に相談した。

しかし彼らの望みはすげなく退けられ、それどころか、アーミテイジ侯爵夫妻には七歳になる長男エドガーがいるのだから、神に感謝し、ルーシャは諦めよと厳しく言い渡された。

神の力を背景にした司教達の権威は、国王を超えずとも強い。建国時より王家に仕える、伝統あるアーミテイジ侯爵家も信徒として強く反発できず、涙を吞《の》んで幼い娘を差し出した。

ルーシャはたった五歳で両親と引き離され、教会施設に留め置かれることになったのだ。

急に親兄弟と引き離され、ルーシャは当初、状況を理解できなかった。家に帰してと訴えたが、教会側の人間は、誰一人要望を聞き入れようとはしなかった。ルーシャが寂しくて泣きだすと、聖職者らは苛立《いらだ》ち、誉れ高き聖女の役目を軽んじるのかと叱責《しっせき》すらした。

味方はどこにもおらず、孤独を極めたルーシャは、次第に心を病んだ。感情も表情も失い、神の言葉だけを口にする、からくり人形のように変貌していった。

だが聖女になって二年後——神はルーシャとルクス王国の王太子・ノエルの婚約を運命だと告げる。

そこからルーシャの心は、再び血を巡らせ始めた。

二人の婚約を受け、それまで静観していた王家が、ルーシャの環境改善に動きだしたのだ。

そもそも聖女を教会施設に置き始めたのは、その出自が一般階級からの者が多く、誘拐騒動が頻繁に起きたせいだった。その力を悪行に使おうと考えたり、身代金をせしめようとしたりする輩《やから》があとを絶たなかったのだ。

けれどルーシャの生家アーミテイジ侯爵家は、資金繰りは潤沢であり、護衛も十分に揃《そろ》えた名家。聖女の安全は保たれ、生家に住まわせても問題はないのではないか——と、国王夫妻は聖職者達に働きかけた。

神の権威を誇ろうと、国を統治しているのは王家。その意向には逆らえず、聖職者らは渋々考えを改めた。

異例ながら、冬の巡礼期間を除いた他の季節は、ルーシャを週に一度——水の日に帰宅してよいと認めたのだ。

この世では一週間を七日と定め、それぞれを太陽《たいよう》、月《つき》、炎《ほのお》、水《みず》、樹《き》、黄金《おうごん》、大地《だいち》の日と呼ぶ。

頑迷なテューア教教会組織としては、かなりの譲歩だった。ルーシャはたった一日でも、家族に会えてとても嬉《うれ》しかった。婚約者となったノエルは優しく、ほどなくして恋にも落ちた。国王夫妻は家族のように大切にしてくれ、ルーシャは神と王家の人々に感謝し、日々自らの役目に勤めた。


五歳から週休一日の責務を負い続けたルーシャは、十七歳になった今、当たり前にその責務を全うしている。いつも通り月に二度の〝聖礼拝〟でユーニ神に祈りを捧げ、神託を授かろうとしていた。しかしユーニ神の返答の仕方が普段と違い、内心首を傾げる。

神託を授ける際、ユーニ神は唐突に主題を口にするのが常だった。『西の大地――ミーランで戦が起きる』だとか、『北の穀物に病が蔓延する』といった調子だ。

それが今日は『――お前に大切な話をしようと思っていたんだよ』と言った。

この世に纏《まつ》わる話ではなく、ルーシャ自身に用がある口ぶりである。

――どういったお話でしょうか。

ルーシャが心の中で聞き返すと、実体はないのに、まるでユーニ神が頷《うなず》いたような気配を感じた。

『うん。お前には酷な予言となるのだけれどね……お前はもうすぐ――私の声を聞く力を失う』

神の声を聞く時、ルーシャはいつも、衣擦れの音一つ立てなかった。だが予期せぬ予言を聞いた彼女は思わず目を見開き、澄んだ青の双眸《そうぼう》を祭壇の向こうに飾られたユーニ神像に向けた。

――力を、失う……？　こんなに早く？　私はまだ十七歳で、純潔も失っていないのに……。

それは神への問いかけではなく、心の中で抱いた疑問だった。

通常、聖女が力を失うのは二十代から三十代だ。力の失い方は二通りあり、先代のように自然と力を失う者もあれば、結婚を理由に退く者もある。聖女は純潔を失うと、必ず力を失うのだ。

当代の聖女が力を失えば、必ず次期聖女が現れる。しかしその頃合いはまちまちで、間を置かず世代交代がなされる場合もあれば、数年間、聖女不在になる時もあった。

聖女がいなくなると、魔物が跋扈《ばっこ》し、人々は逃げ惑わねばならなくなる。テューア教教会はその由々《ゆゆ》しき事態を避けるため、聖女の婚期はできるだけ遅らせようとした。

王太子の婚約者であろうとルーシャもそれは同じで、二人がいつ結婚するのかは定まっていなかった。

近頃はいつ結婚するのかと憂う議員が出始めており、悩ましい問題にもなっている。

なにせノエルは次期国王。世継ぎをもうけることも、彼の責務の一つだ。とはいえ相手が聖女では、おいそれと結婚もできない。ルーシャの力がなくなるまで、あと十年、二十年――どれほど待たねばならぬのか。

議会ではいっそ愛妾《あいしょう》を持ち、先に子を成してはどうかと言いだす者まで現れ、ルーシャは複雑な心地で過ごしていた。

確実に血筋を残すためだと言われては、反論などできない。だけどルーシャは婚約してほどなく、彼に恋をした。愛する男性が愛人を囲う姿など見たくはなく、人目を忍んでは、愛妾など持たないでとノエル本人に訴えてしまっていた。

それがもうすぐ力を失うと言われ、肩透かしを食らった気分だった。

神は彼女の心の声も聞き取ったのだろう。苦笑する。

『……そうだね。お前は若く、そして清らかだ。私ももう少しお前と話をしていたかったのだけれどね……新たな物語が始まってしまったんだ』

――新たな物語……？

聞き慣れぬ表現に、ルーシャは眉を顰《ひそ》める。ユーニ神は続けた。

『これから、お前の婚約者であるノエルに、他の恋人候補が現れる。一般階級出身のその子は、次期聖女として王都を訪れ、多くの者の心を魅了していく。お前は恋人を奪われる未来を知って狼狽《ろうばい》し、そして彼女に対し、心ない振る舞いをしていくだろう。それこそ――悪女のようにね』

――ノエル様に、恋人候補……⁉

〝聖礼拝〟の最中、聖女は神だけを見つめ続けねばならぬと定められていた。後ろを振り向けないルーシャは、自らの右手後方にいるはずの婚約者――ノエルに全神経を向ける。同時にどこかで聞いた覚えのある単語が、頭の中で繰り返された。

――次期聖女。恋人候補……新たな物語……。

どこで聞いたのだったか。記憶を辿《たど》ろうと意識を自らへ戻した刹那《せつな》、ルーシャは目眩《めまい》に襲われた。

万物を造り上げたとされるユーニ神の像は、今日も背後にあるステンドグラスを通した光を受け、七色に輝く。その姿を、かつて見た覚えがあると思った。

聖女になってからではない。それより以前――ずっとずっと、遥《はる》か昔――。

ルーシャの頭の中で、ばちりと光が弾《はじ》けた。次いで脳内に数多《あまた》の記憶が濁流の如く流れだし、彼女は目を見開く。あまりの情報量に吐き気を覚え、口を押さえた。しかしこれも神が自らに与えた、何らかの託宣なのかと考え、ルーシャは流れていく映像を頭の中で見つめ続けた。

その風景は、最初、意味がわからなかった。見覚えのない簡素な服を着た人々に、たくさんの光景が映っては消える〝テレビ〟という魔法の箱。そして一人の女性が小さな部屋を出て整備された道を歩き、〝電車〟の〝改札〟を通り抜け、通路に貼られていた鏡に映る自らを横目に見たところで、ルーシャは気づいた。

――これは、私……？

ルーシャは額に汗を滲《にじ》ませ、焦点の合っていない瞳を中空へ向ける。

それは現在の生を与えられるずっと以前――ルーシャが日本という国で生きていた時代の記憶だった。

ルーシャは、前世では五歳の頃に両親を交通事故で亡くし、その後身寄りもなく養護施設へと身を寄せていた。養護施設には同年代の子供もたくさんいて賑《にぎ》やかだったが、両親を失った寂しさは消せず、夜ごとベッドの中で泣いた記憶が色濃い。

そうこうして時は流れ、成人したルーシャは就職し、事務員として働き始めた。

この仕事が給料は安いのに業務量は多く、深夜に至るまで残業を課せられ、家に帰れば寝るだけの毎日だった。

上司は機嫌によって態度が変わり、叱責する際は怒鳴り散らすタイプ。皆彼の顔色を窺《うかが》いながら働いていて、転職しなければと思っても、疲弊してその気力さえでなかった。

溜《た》まりに溜《たま》ったストレスは、休日にお酒を呑《の》みながらプレイする乙女ゲームで発散していた。

ゲームの中の男達は、冷たい態度の時はあれど、親密度を上げればどんどん優しくなる。愛情いっぱいの言葉をかけられれば否応なく心は満たされ、夢中になってプレイした。

でも新しく買ったゲームソフトは、なかなか攻略対象と親密度を上げられず、少し苛つかされた。ヘルプ機能が全く役に立たなかったのだ。なんとか攻略しようと意地になってプレイし続け、つい夜更《よふ》かしした朝だった。

ただでさえ仕事で疲労困憊《ひろうこんぱい》状態だったのに、寝不足まで祟《たた》って、出勤のために上っていた駅の階段を踏み外してしまった。後方に人はおらず、中段から最下層まで一気に落下。途中でゴッと鈍い音と強い衝撃が後頭部と首に走り、そこで全ては暗転した。

学生時代は勉学とアルバイトに励み、就職してからは仕事に忙殺されて、リアルな恋愛をした経験がなかった前世のルーシャは、その日——二十三年の生涯を閉じたようだった。

ルーシャは、はっと現実に意識を戻す。

前世での記憶の全てが、現世の記憶と重なって頭の中に蘇《よみがえ》っていた。

ルーシャはじわりと全身に汗を滲ませ、自らの状況を考える。これは——いわゆる一度生涯を終え、生まれ変わったということだろうか。再び生を与えられたならば、それはありがたい。

今世ではもう少し幸福に生活し、長生きしたいものだ——と考えたルーシャは、自らが生きる世界を改めて意識し、ひゅっと息を呑んだ。

全身から血の気が失《う》せていき、愕然《がくぜん》と目の前に聳《そび》えるユーニ神像を見つめる。

——……どうして、こんな場所に生まれ変わっているの……？

〝王都ヴィルトカッツェ〟〝世界を混沌《こんとん》に陥《おとしい》れる魔物〟〝神の声を聞き、大地を浄化する聖女〟。そして目の前にある――七色の光を背負った美しき青年の像。

ルーシャは、自らが生まれ変わったこの世界を知っていた。

ここは、出会った男性の中の一人と恋をして、恋敵《こいがたき》の妨害をかいくぐりながら幸福な結婚を手にするために作られた世界。前世で死ぬ直前までプレイしていた恋愛ゲーム――『天空世界アルカディア　ブリジットと聖なる恋物語』の中らしかった。

しかもそのゲームの主人公の名は、ブリジット。ルーシャという名前の少女は、ブリジットの恋敵として登場していた、高飛車で気位の高い悪役令嬢だった。

神聖な祈りの最中に顔を上げた聖女を奇妙に感じたのか、祭壇下で祈りを捧げていた聖職者達が、そっと視線を上げる。

跪き、両手を重ねて祈りを捧げているはずの聖女は、上半身を起こして神像を見上げ、だらりと両腕を下ろしていた。その異様な姿に皆がぱらぱらと顔を上げ始め、全員の視線が彼女の背に注がれた時――大聖堂内にか細い声が響いた。

「――……嘘《うそ》……」

直後、ルーシャは脱力した。身構える素振りもなく、硬い石の床へ後頭部から倒れ込もうとする。聖職者達はぎょっとし、彼女の後方で跪いていた王太子――ノエルが、いち早く立ち上がり、祭壇へと繋《つな》がる階段を駆け上った。

「ルーシャ……！」

彼は、聖女が後頭部を打ちつける直前、なんとかその華奢な体を抱き留める。鍛えられた腕にしっかりと支えられたルーシャは、薄れゆく意識の中、愛する婚約者を見つめた。

ステンドグラスを通り抜けた光を受け、彼の金色の髪が目映《まばゆ》く煌《きら》めく。見つめ続けると魂ごと捕らわれてしまいそうに美しい紫の双眸は、珍しく焦りの色を乗せて、ルーシャだけを見つめている。

高い鼻筋に、形よい唇。微笑《ほほえ》みは蠱惑的《こわくてき》で、口を開けば甘く優しい言葉ばかりを紡ぐ――ルーシャの心を捕えて放さぬ、愛しい人。

ルーシャは瞳いっぱいに涙を滲ませ、掠《かす》れ声で呟《つぶや》いた。

「こんなに……愛しているのに……」

――ノエル様……。

「ルーシャ……？　どうしたんだ、ルーシャ……！」

彼の呼びかけに、ルーシャは答えられなかった。

血の気を失った体はいうことを聞かず、そのままかくりと気を失ってしまったのだった。

第一章

人が出入りする物音が耳障りで、ルーシャはうっすらと瞼《まぶた》を開けた。瞳に眩《まぶ》しい光が射《さ》して、眉を顰める。ベッド脇の大きな窓の向こう――レースのカーテン越しに、明るい空が見えた。すっかり昼を回っている様子だ。

――寝過ぎたのかしら……朝のお祈りをしていないのに、誰も起こしてくれなかったの……？

ルーシャは訝《いぶか》しく感じながら瞬《まばた》きを繰り返し、ゆっくりと上半身を起こす。

シュピーゲル大聖堂の裏手にある、聖職者が住まう施設――ローゼ塔の五階に、ルーシャの個室はあった。床には柔らかな絨毯《じゅうたん》が敷かれ、ベッドの足もとの方向に暖炉が、右手の窓辺には楕円《だえん》系の机を囲んで一人掛けの椅子が二つ。左手奥には簡素なチェストと祭服を掛けておけるポールハンガー、勉強などで使う大きめの執務机と書棚があった。窓辺や机の上、至る所に大小様々な花瓶が置かれ、花で溢《あふ》れ返った室内は甘い香りに包まれている。

アーミテイジ侯爵家にある私室ほどの広さはないが、最高位の聖職者であるルーシャの位階に即し、ローゼ塔の中では最大の部屋だった。

起き上がった拍子にポトリと小さな布が額から落ち、ルーシャはそれを手にして首を傾げる。熱もないのに、頭に濡《ぬ》れた布が載せられていたようだった。

湿ったそれをベッド脇におかれた洗面ボウルに入れ、室内を見回す。その時、窓辺の椅子の奥にある居室の扉が、音もなくそっと開けられた。

ノックもなく開けるなんて――と驚いて見つめていると、修道服を纏《まと》った少女が一人入室し、ルーシャと目が合うなり声を上げた。

「――お嬢様！　お目覚めになられたのですね……！　いつお目覚めになるのかと、心配で心配で……っ」

アーミテイジ侯爵家に雇われ、ルーシャの身の回りの世話をするために修道女として共に大聖堂に身を寄せてくれている侍女、セシリア・ノックスだった。

栗色《くりいろ》の髪と水色の瞳を持つ彼女は、ルーシャの一歳年下の十六歳。三年前に新しく雇われたノックス男爵家の三女で、そばかすの浮いた純朴そうな顔が可愛い女の子だ。

手に水桶《みずおけ》を持ったまま慌てて駆け寄る彼女に、ルーシャは眉尻を下げた。セシリアは普段から気が利くいい子だが、そそっかしいのが玉《たま》に瑕《きず》でもある。

「……リーア、ここでは私をお嬢様と呼んではダメよ」

いつもは聖女様と呼ぶのに、なぜ実家での呼び方をするのと穏やかに窘《たしな》め、ルーシャは、はたと口を閉じる。セシリアは、「いつお目覚めになるのかと」と言った。そこでルーシャは、これまでに起きた出来事を一気に思いだした。自分は寝坊したのではない。〝聖礼拝〟の最中に――気を失ったのだ。

愛称で呼ばれたセシリアは、しまったと顔に書き、ベッド脇の床に水桶を置く。

「申し訳ございません、お嬢様……っ、あ、いいえ、聖女様……っ。お加減はいかがですか？　聖女様は、〝聖礼拝〟の最中に突然、意識を失われたのです。後方に倒れられ、床に頭を打ちつけられる寸前で、ノエル殿下が駆け寄って助けてくださったのですが……」

セシリアは、〝聖礼拝〟にも同席している関係者の一人だ。ノエルの名を聞くだけで心臓がドキッと跳ね、〝聖礼拝〟の最中に見た前世の記憶が、再び渦を巻いて脳内を駆け巡った。

あまりの情報量に、〝聖礼拝〟の時と同じく吐き気が込み上げ、ルーシャは口を押さえる。

セシリアは息を呑み、青ざめるルーシャの肩に手を置いた。

「聖女様……っ、まだご気分が悪いのですか……⁉　どうぞ横になってください……！」

ルーシャの身を押してベッドへ横たわらせ、セシリアはおろおろとする。

「ど、どうしましょう……っ。お倒れになった際にジェフリー第一司教が呼ばれたお医者様は、身体に異常はないと仰《おっしゃ》っていたのですが……。別のお医者様を呼んで頂きましょうか？　ノエル様もまだこちらにいらっしゃいますし、念のためご実家にもご連絡致しましたので、旦那様にお願いすれば……」

ルーシャはなぜ彼女が先程自分をお嬢様と呼んだのか、理由に見当がついた。

セシリアはアーミテイジ侯爵家に手紙を送る際、必ずルーシャのことを『お嬢様』と書くのだ。頭が手紙を書く際のそれに切り替わっていたのだろう。

「……医者を呼ぶ必要はないわ、リーア……。私が倒れてから、どれくらい経《た》った……？」

時間を確認すると、セシリアはベッドの後ろ手にある小机の上の置き時計に目を向けた。

「今は……午後三時ですから、三時間ほどです」

〝聖礼拝〟は正午に始まる。さほど寝入ってはいなかったようだ。ルーシャは頷き、額《ひたい》を押さえる。

「……どうしよう……」

小さく零すと、セシリアが運んできた水をベッド脇の洗面ボウルにあけて、気遣わしく言い添えた。

「信徒の皆さんでしたら、問題はありません。ジェフリー第一司教が〝聖礼拝〟の出来事は他言せぬように、同席した皆様にお伝えされておりますので」

どうやら信徒を気にしていると思ったらしい。セシリアは洗面ボウルの中にルーシャが入れた布を取り、ぎゅっと絞る。それを額に置き直し、安心させる笑みを浮かべた。

「ひとまず、ノエル様をお呼びして参りますね」

「……ええ。ありがとう……」

ルーシャは息を吐き、微笑み返す。信徒を不安にさせていないのは、幸いだった。

テューア教の信徒にとって〝聖礼拝〟は、聖女が神の声を聞く最も重要な儀式だ。聖女が途中で気を失ったなどと聞いては、よからぬ未来の予兆かと怯《おび》えかねない。

けれど、本当の問題はそこではない。

ルーシャは信じられない現状に、またくらりと目眩を覚えかけ、歯を食いしばって我を保った。

――しっかりするのよ、ルーシャ！　これからどうするのか、しっかり考えなくちゃ……っ。どうしてだか知らないけれど、私は乙女ゲーム『天空世界アルカディア　ブリジットと聖なる恋物語』の中の、悪役令嬢ルーシャに生まれ変わってしまったみたいなのだから……！

勘違いだと思いたいが、自らの名前や国名、婚約者やその他の登場人物など、全てがあのゲームの世界と合致している。偶然にしては揃い過ぎており、何より先だって、神から聖女の力を失うと明言されたばかりだ。

前世でプレイしていたゲームでも、悪役令嬢ルーシャは、十七歳で聖女の力を失っていた。

攻略対象の一人であるノエルを呼んでくるために部屋を下がる侍女を見送り、ルーシャはあれはどんなゲームだったかと詳細に思い出す。

『天空世界アルカディア　ブリジットと聖なる恋物語』は、攻略対象となる男性が四人いて、それぞれと会話やミニゲームをしながら親密度を上げて恋を成就させるゲームだった。

主人公はルクス王国のとある片田舎《いなか》に生まれた、貴族社会とは無縁に暮らしてきた純朴な少女ブリジット。彼女は敬虔《けいけん》なテューア教の信徒で、毎朝の祈りを欠かさなかった。そして十六歳になったある朝、教会でいつものように祈りを捧げていると、神の声が聞こえる。

『こんにちは、ブリジット。君が次代の聖女だよ。さあ王都へ来て、僕の声を聞いておくれ――』

ユーニ神の声に驚いたブリジットは、『誰？　誰が私に話しかけたの……⁉』と辺りを見回す。同じく祈りを捧げていた大人達は誰の声も聞いておらず、『もしや次代の聖女なのでは』『いやいや、当代の聖女様はまだお力がおありだ』と戸惑った会話を繰り広げ、あれよあれよと王都へと向かうことになる始まりだ。

そして王都へ着いたら、誰を攻略するか選択する画面が出た。

前世のルーシャは、最初に攻略対象を選ばせるシステムを見て、無粋なゲームだと思った。プレイしながら親密度を上げ、誰と恋人になるか結果が変わっていく方が好みだったのである。

とはいえ、神絵師と呼ばれる人気の高いイラストレーターがキャラクターデザインを手がけているゲーム。ビジュアルや背景は大変素晴らしく、あっというまに四人攻略してしまうだろうと斜に構えながらも、嬉々《きき》としてゲームを始めた。

当然敵役もおり、このゲームでは王都に突如現れる魔物と先代聖女ルーシャが敵だった。ルーシャは彼女の兄以外が攻略対象として選ばれた場合、デフォルトで婚約者になっているシステムで、親密度アップを阻んでくるキャラクターだ。

幼い頃から蝶《ちょう》よ花よと育てられた悪役令嬢ルーシャは、高飛車で我《わ》が儘《まま》。聖女の座を奪おうとする主人公が気に入らず、意地悪をしてくる。

主人公のブリジットが攻略対象と親密度を多少上げられると、実は幼い頃に神託で無理矢理《むりやり》彼女と婚約させられただけで、愛はないのだと愚痴を聞ける。

しかしどんなにプレイしても、最初に選んだ最も好みの外見をしていた攻略対象——ノエル王太子は攻略できず、苛つかされた。ゲームにはつきもののヘルプ機能が、全く意味をなさなかったのだ。

ゲームの説明書には、大聖堂を訪れてユーニ神に尋ねれば〝託宣〟を授かり、どうしたら攻略対象と仲よくなれるのか教えてもらえると書いていた。でも実際プレイすると、ユーニ神は毎度天気の話や彼の好物の話ばかりして、一向に助言をくれないのである。

攻略対象との仲はいっかな進展せず、腹立たしさのあまり、悪役令嬢ルーシャの末路を先にインターネットで調べたくらいだった。

すると同じように上手《うま》く攻略できないプレイヤーが多かったらしく、今期トップクラスのクソゲーという評価が目に入った。なるほどと思いながら悪役令嬢について調べれば、〝心変わりした攻略対象からゲーム中盤で婚約破棄を申し入れられるが、拒否。最終的に聖女の命を危険に晒《さら》した罪で一家諸共《もろとも》断罪されるか、心が穢れ、魔物と化してどこかへ消えてしまうエンド〟だとわかる。

悪役令嬢の末路に納得し、さらっとオープニングのシステムを確認すると、攻略方法までは調べずにまた延々ゲームを続けた。

前世のルーシャは、ゲームは自力で攻略することをポリシーとしていたのだ。

そして意地になって夜更かしし、結局ノエル王太子とのハッピーエンドは見つからぬまま朝を迎える。挙げ句に出勤途中に階段を踏み外して生涯を閉じたのだから、報われない人生だった。

――しかも転生してみたら、一家諸共断罪されるか、魔物になってしまう悪役令嬢の方に転生しているなんて、私ったらどれだけ神様に見放されているの……⁉

転生するべきは『ブリジット』だったのに――と懊悩《おうのう》していると、部屋の扉がノックされた。

ルーシャはびくっと体を揺らし、勢いよく上半身を起こす。ぼとっと額から濡れた布が落ち、それをすぐに洗面ボウルに入れると、上擦った声で応じた。

「は、はい……っ」

自らの末路を知り、変に緊張してしまった。

白い扉が静かに開き、案内してきたセシリアが脇に身をずらして後ろにいた人物に先を譲る。

白地に金糸の入る上等な上下を身に纏った青年が室内に足を踏み入れ、ルーシャは瞳を潤ませた。彼の顔を見るだけで胸がときめき、ため息を零してしまいそうだった。

瞳にかかる金色の髪に、色香が滲む切れ長の紫の瞳。背は高く、その体は一見すらりとしていながら、成人したルーシャも軽々と抱き上げてしまうほど鍛えられている。

幼少期より聡明《そうめい》さは有名で、剣術も馬術も他の追随を許さないルクス王国の王太子――ノエル。

二十二歳になった今、彼は国王軍の将軍となり、魔物の出現に備え、緊急討伐部隊の指揮官にも任じられていた。有事に備え、彼が指揮する討伐部隊は時折敢《あ》えて魔物が出没する海辺近くに遠征し、対戦する実戦訓練も行っている。政《まつりごと》においてもその采配は的確で、官吏達の信頼も厚い、将来有望な人物だ。

何があっても優しく微笑むのが常の彼は、ルーシャを見るなり心配そうに顔を曇らせ、足早にベッド脇まで歩み寄った。

「……ルーシャ、気分はどうかな？　まだ顔色が悪いね……」

ノエルは躊躇《ためら》いなく手を伸ばし、ルーシャの額に触れる。

ルクス王国では、未婚の男女は不用意にその肌に触れてはならなかった。女性は貞淑を求められ、互いの名誉を守るため、男女は二人きりにもならぬよう、それぞれに配慮して行動する。

婚約者同士であれば多少の触れ合いは許されるも、人目を避けるのは暗黙の了解だ。

しかし体調の方が気になったのか、彼は侍女の目を気にせず肌に触れた。いずれ婚約破棄される運命だが、まだ嫌われているわけではない雰囲気にほっとし、ルーシャは淡く頬《ほお》を染めた。

「……体は大丈夫です……。助けてくださってありがとうございました、ノエル様」

伝統あるアーミテイジ侯爵家の令嬢であるルーシャは、聖女の力を失ったのちのために、家庭教師を派遣されている。良家の子女としての教養も身につけた彼女は、基本的に行儀がよかった。

きちんとお礼を口にした彼女に、ノエルは微笑む。

「あのまま君が石の床に頭を打ちつけなくてよかったよ。……だけど体の調子が悪いわけじゃないなら、その顔つきは、何か怖いことでもあったのかな？」

視線が合うと見蕩れずにはおれぬ美しい紫の双眸が、ルーシャの顔を覗き込む。容易《たやす》く内心を見透かされ、彼女はぎくりと肩を揺らした。同時に、目を合わせるだけで心を理解してもらえるほど、彼と親密なのだと実感でき、喜びが胸を満たす。

――いつだって私を大切にしてくださる、ノエル様……。

恋をし続けてきたルーシャは、これからゲームヒロインに彼を奪われる運命なのだと思うと切なくてたまらず、青の瞳を潤ませた。


ルーシャがノエルと婚約したのは、七歳の時だった。当時十二歳だったノエルと婚約するという神託を授かり、それを司教達に伝えて、すんなりと結ばれた。

テューア教の聖職者らは独身であらねばならぬと定められており、通常、聖女の結婚にも難色を示す。しかし彼らが信仰する神の託宣とあっては、反対のしようがなかったからだ。

ノエルとの婚約が結ばれた当初、ルーシャは喜びもしなければ、悲しみもしなかった。それが自らに関わる事柄なのだと、理解すらしていなかったと思う。

その頃、ルーシャはただ神の言葉を口にするだけの、感情も表情も失った子供だったのだ。

聖女となった当初、ルーシャはいきなり家族と引き離され、不安に苛《さいな》まれていた。家に帰してと泣き喚《わめ》いても無視され、聖職者達は神の声を伝えよと叱責するばかり。

聖女になる以前、ルーシャにとって大人とは、自らを守ってくれる存在だった。それが突然、神の言葉を紡げと怒鳴りつけ、大地を清めるのが貴女《あなた》の役目だと、望んでもいないのにあちこちへ連れ回して疲弊させる。

挙げ句、信徒達は『魔物が襲来せぬよう、大地を清め我らを守り給《たま》え』と言って足もとに跪き、たった五

歳のルーシャに庇護《ひご》を求めた。

幼い心は、突如一変した世界に全く追いつけなかった。

自らを助けてくれる存在である大人と、守られる自分。その立場が、いきなり逆転したのだ。

大陸中の人々の安寧を保証するなど、幼い少女には荷が重かった。誰かに救いを求めようにも、親の庇護は奪われ、聖職者達はルーシャに自由行動など許さない。

体調が悪くて食事を拒めば、無理矢理口に押し込まれ、生きながらえさせられた。家に帰さないなら神の声を伝えないと言ってみても、聖女ともあろう者が皆の幸福を望まぬのかと糾弾された。

彼らは信徒の前では聖女であるルーシャを立てたが、人目がなければ平然と声を荒げる。ころころと態度が変わる聖職者達はひたすらに恐ろしく、ルーシャは震え上がるしかなかった。

両親や兄に会いたいと訴えても、疲れたと泣いても、甘えてはならぬと睨《にら》まれる。ルーシャの心は日を追うごとに萎縮《いしゅく》し、次第に何もかもを諦めていった。言うことを聞けば、大人は自らを叱らない。だから歯を食いしばり、毎日の役目をこなしていくようになった。

けれど、従順になったところで、家族に会えない寂しさや、誰にも助けを求められない心細さは消えない。

ルーシャは日々心を蝕《むしば》むそれらから逃れるため、いつしか感情そのものに蓋をした。

大人に求められるまま動くだけの、操り人形そのもので生きることで、精神を保とうとしたのだ。

そうして時が流れ、感情と一緒に表情もすっかり消えた頃、ユーニ神から告げられた。

『ルーシャ、お前の婚約者はノエル王子だ。もう寂しくなくなるよ』

聖女となって、二年が経過していた。神託を授かったルーシャはその時、もはや何も感じていなかった。

周囲にいる人々の顔は全て同じに見え、誰が誰かもわからない。

自らの婚約に纏わる神託も、他のそれらと同じようにそのまま大人に伝えて終えた。

その後も平生通り過ごしていると、ある朝、美しい外見をした少年が目の前に現れた。

目映い金色の髪に、どれほど見つめても飽きそうにない美しい紫の瞳を持つ——ルクス王国の王太子、ノエルだ。

ルクス王国の王都ヴィルトカッツェは、テューア教の聖地。建国当初より熱心なテューア教の信者であるルクス王国王家は、週に二、三度、王宮に隣接して設けられたシュピーゲル大聖堂で朝の祈りを捧げていた。

ルーシャは彼らとも顔を合わせていたけれど、他の人達がそう見えるように、王族とて見分けはついていなかった。婚約後もノエルを認識せずに過ごすルーシャの様子に、国王夫妻が聖職者らと話をつけ、二人が共に過ごす時間を持てるよう取り計らったらしかった。

二人の逢瀬《おうせ》は、朝のお祈りのあとに与えられた。小一時間ほどある、ルーシャの休憩時間だ。

初めて会いに来たノエルは、シロツメクサが咲き乱れる庭園の一角に座っていたルーシャの顔を覗き込み、にこっと笑った。

「おはよう、聖女様。貴女の婚約者になった、ノエルです。一緒に過ごすお許しを頂けますか？」

彼は最初、畏《かしこ》まった口調だった。ルーシャは久しぶりに子供に話しかけられ、僅かに戸惑った。けれど、ほっと安堵《あんど》もした。子供はルーシャを叱りつけない。

「……ええ、もちろんよ……。貴方《あなた》の望みを聞きましょう……」

口をついたのは、信徒に対する挨拶代わりの言葉だった。信徒の望みは、安寧や病の改善、大地の浄化。

ルーシャは信徒から願いを聞くと、必ずその頭を撫《な》で、〝祝福〟を与えた。

神の加護を受けた聖女は、傍近くにあるだけでも人々の気を浄化し、触れれば完治はできずとも病も緩和させられる。

うつろな目で己の義務を果たそうと手を差し伸べかけると、ノエルは目の前に腰を下ろし、困ったように眉尻を下げた。

「うーん。望みは……そうですね。聖女としてではなく、そのままの君と話をしたいかな」

「……そのままの、私……？」

初めて聞いた願いに、ルーシャはきょとんとした。ノエルは頷く。

「そう。僕達は将来、家族になるでしょう？　だから僕は、ありのままの君を知りたいんだよ」

「――家族……」

ルーシャの脳裏に、自らを無条件に愛してくれていた家族が思い出された。

考えると恋しくて泣いてしまうから、両親や兄のことは意識して思い出さないようにしていた。それが急に呼び起こされ、ルーシャの胸に寂しさが滲んで広がった。しかし目の前にいる少年がその家族の一人になるのだと考えると、瞳に微《かす》かな光が宿る。――彼とは今、会えている。会えなくて寂しいと思わなくていい。

ノエルはルーシャの目を覗き込み、嬉しそうに笑った。

「あ、少し喜んでくれたのかな？　僕も君と家族になれるのが楽しみなんだよ、ルーシャ」

親しみを込めた声音で自らの名を呼ばれたこの時から、ルーシャの世界は再び色を取り戻し始めた。

ノエルは、感情に蓋をしたルーシャに毎日花を贈り、美しさに感動する気持ちを蘇《よみがえ》らせてくれた。

他愛《たあい》ない会話をして、神託以外の、彼女自身の言葉を発するよう促してくれた。

花冠を作ったり、かけっこやかくれんぼをしたりして、遊ぶ楽しさを思い出させてくれた。

おまけに国王夫妻がテューア教教会に働きかけ、ルーシャは週に一度、実家に戻れるようにまでなる。

ノエルと一緒に過ごしている時に、ルーシャがぽろりと家族に会いたいと零してしまったのだ。ノエルはそれを国王夫妻に伝え、改善できないかと頼んでくれた。

ノエルにより解《ほぐ》されていった心は、週にたった一日でも家族と会えることで、より和んでいった。

次第に感情を取り戻していったルーシャは、聖職者達の目が届かないところでも、ノエルと一緒に過ごしたいと思い始める。そしてある日、勇気を振り絞って、水の日に共に実家で過ごして欲しいとおねだりをした。

ルーシャとノエルは毎日顔を合わせていたけれど、共に過ごせるのは朝の休憩時間のみ。一緒に外出した経験はなかった。

もしも長時間共に過ごすのは煩わしいと言われたら、悲しい。どんな答えをもらうかわからず、ルーシャの声は緊張して震えていた。

身を強《こわ》ばらせて返事を待っていると、彼は一瞬驚いた顔をしたあと、すぐに笑み浮かべた。『いいよ』と答えてくれ、ルーシャはあまりに嬉しくて、ノエルに飛びついて喜びを表わした。

それ以降、ノエルはルーシャの願いをほぼ全て叶《かな》えてくれている。ひたすらに甘やかし、凍えた心に血を通わせ続けてくれたのだ。

婚約して一年後にはルーシャはすっかり恋に落ち、ノエルに夢中になっていた。

ただ、ノエルの優しさはルーシャの性格形成に多大なる影響を与え、少しばかり弊害ももたらしている。

気がつけば、ルーシャはノエルに対してだけは我が儘に振る舞う、手の焼ける令嬢になっていたのだ。

ルーシャはノエルに心酔し、他の女性が彼に近づくのを厭《いと》うた。

他国の姫が王宮に滞在すると聞けば、『同じ建物に泊まらせるなんて嫌。他所の施設を使って頂いて！』と悋気《りんき》を見せ、彼が十八歳になって社交界に出るようになれば、『他の令嬢とダンスをするなんて許さない。宴になんて出ないで！』と無理難題をふっかけた。

そういう聞けない我が儘を言うと、ノエルは困り顔になり、殊更甘くなった。

他国の姫が訪れた際は、ルーシャに甘く笑いかけ、『それじゃあ一緒に姫様の案内役をしようか』と提案。邪《よこしま》な関係にはならないと示すため、いつも三人で行動してくれた。

宴に出ないでと言った際は、ルーシャを膝の上に乗せ、『誰と踊ろうと、僕は君一人のものだよ』と甘く囁《ささや》いた。

二人きりで馬車に乗っていた時にそう言われたルーシャは、艶《つや》っぽい彼の声に、胸をときめかせた。だけど言葉だけでは満足できず、『それじゃあキスして』ともっと誠意を見せろと要求。

当時ルーシャは十三歳で、ノエルは十八歳。二人は仲がよかったが、キスなどの触れ合いは一切なかった。ちょうど恋物語を読み、キスに興味を持ったところだったルーシャは、期待に瞳を輝かせた。

婚約者同士なら、キスくらいは許される。女性側からキスをねだるのは、少々はしたない。けれどノエルは嫌な顔一つせず、しかしやんわりと微笑んで、『君が成人したらしようね』とはぐらかした。

なんでも願いを叶えてもらうのが当然になっていたルーシャは、子供扱いされてむっとした。成人しておらずとも、キスはできる。そう思い、ノエルがしてくれないなら自分で達成するまでだと、身を乗り出して強引に唇を重ねた。

物語では初めて同士で勢いよく顔をぶつけてしまい、歯が当たって怪我《けが》をしたと書かれていた。だから触れる直前に動きをとめ、慎重に最後の距離を詰めた。

ふにゃっと唇が触れ合って、ルーシャはすぐに顔を離した。強気に振る舞っていても、彼に嫌われるのは怖く、怒っていないかなと顔色を窺った。ノエルは特に咎《とが》めず、眉尻を下げて優しく微笑んだ。

初めてのキスで照れくさく、ルーシャは彼がどんな気持ちなのか確かめはしなかった。でも自分と同じく嬉しいだろうと信じ込んだ。

それ以降も、二人はたびたび人目のない所でキスをした。ルーシャが成人してからは、最後まではせずとも、より大人びた触れ合いもしている。

だけど、いつだってキスをねだるのはルーシャから。彼はあくまで受け入れて応じるだけ。

ノエルから求められた試しは一度もなく、年々それがじれったくなっていた。

〝聖礼拝〟で倒れた自らのために大聖堂に留まり、部屋まで来てくれたノエルの顔を見つめていたルーシャは、青ざめていく。これまで、ノエルが触れてこないのは、ルーシャがいつまでも子供に見えるからだと思っていた。――けれど、違うのかもしれない。

ゲームの中で、ある程度親密度を高めたブリジットに対し、ノエルは『ルーシャとは愛のない婚約なんだ』とぼやいていた。

――もしかして……ノエル様が私に触れようとしないのは、好きでもなんでもないから……？

ルーシャは自らの立ち位置を改めて意識する。

ノエルは王族だが、ルーシャは大陸中の人々が信仰する神の声を聞く聖女だ。その聖女に触れ合いを望まれては、乗り気でなくとも、機嫌を損ねぬよう応じた方がよいと考えるのが普通だろう。

自らの立場を理解しているようでしていなかったルーシャは、とんだ勘違いをしていたのでは、と額に汗を滲ませた。

――てっきり、ノエル様とは両想いだと思っていたけれど……私の片想《かたおも》いだったの……⁉

必死に両想いである証拠を探そうと記憶を辿るも、今まで見せた己の我が儘ぶりに、想われる要素は一つもない。

ノエルが優しく接してくれるのをいいことに、ルーシャは彼の社会的立場も鑑みず、近づく女性にはことごとく嫉妬《しっと》した。願いは叶えてくれて当然だとばかりに、言うことを聞いてくれなければ不機嫌になった。

彼が慰めるまで機嫌も直さず、傍若無人《ぼうじゃくぶじん》に生きていた。

それなりに人に揉《も》まれて生きた、二十三年分の前世の記憶を蘇らせたルーシャは、今ならわかる。

――どう考えても、こんな我が儘で可愛げのない娘を好きになれるはずがないわ……。ブリジットにノエル様を奪われる未来は、確実よ。

近い将来に失恋するのだと確信し、先程以上に涙が込み上げた。その様子に、ノエルは眉を顰める。

「……ルーシャ？　……もしかして、何か悪いご神託を授かったのかな……？」

顔を近づけ、小声で確かめられると、低い声が鼓膜を揺さぶり、ルーシャの鼓動は乱れた。

彼は、悪い神託を授かったなどと他の者に聞かせ、不安にさせてはいけないと考えて距離を詰めただけだった。けれど今もノエルに恋い焦がれているルーシャは、麗しい婚約者が間近に迫り、瞳を揺らす。

キスをする時の記憶が、脳裏を走り抜けた。

ルーシャがキスをねだって顔を近づければ、彼は紫水晶の目を細め、唇を重ねやすいように軽く首を傾げてくれた。

唇が重ねられる僅かの間に注がれる視線は艶やかで、色っぽい雰囲気に、いつもドキドキさせられた。

二人は身長差があり、ルーシャからキスができるのは、座っている時だけ。だから馬車の中や、王宮の部屋で寛《くつろ》いでいる際が多く、彼は身を乗り出すルーシャの腰にそっと手を添えるのが常だった。それらの仕草全てが様になっていて、一層恰好《かっこう》よく感じられるのだ。

恋心で胸がどきどきとし始め、ルーシャは彼に見入る。真剣な表情でこちらを見ていたノエルは、恋情の色濃い眼差《まなざ》しを注がれていると気づくと、目を瞬かせ、艶っぽい笑みを浮かべた。

「……ルーシャ？」

先程より甘い声で名を呼ばれ、ルーシャははっとする。見蕩れている場合ではない。

聖女として民に無用な不安を与えてはならないと、無理矢理に微笑んだ。

「……いいえ、お国や皆の生活に関わる悪いお言葉は授かっていないので、大丈夫です。気を失ったのは、その……貧血になってしまったみたいで。……神様のお声も、聞けていないの」

咄嗟《とっさ》に口をついたのは、嘘だった。

――遠からず聖女の力を失うと神託を授かったと答えるのは、容易い。

ルーシャが聖女でなくなったところで、ユーニ神は次の聖女が現れると明言している。人々が憂う未来はどこにもなく、ノエルに愛妾を持たせようとしていた議会も一安心するだろう。

ルクス王国では、女性は十六歳、男性は十八歳で成人する。ルーシャは十七歳になっており、力の喪失を知れば、では結婚準備に入ろうと誰もが言い出すはず。

ノエルを愛するルーシャにとって、それは願ったり叶ったりだった。

しかし、ここはゲームの世界。ルーシャは悪役令嬢として新たな聖女をいじめ抜き、いずれ一家断罪か、魔物と化す運命だ。

ルーシャは、自らが聖女でなくなると人々に伝えて物事が動き始めてしまう前に、まず自らがどう動くのか、しっかり考えをまとめたかった。時間の猶予を得るために、敢えて偽りを口にしたのだ。

その返答に、ノエルは目を眇《すが》める。彼は昔から、ルーシャの心を見透かすのが得意だった。今し方、何か怖いことがあったのだろうと見抜いたところなのに、何もないはずがない。そう、納得していない表情をされ、ルーシャは目を泳がせる。追及されて、上手くごまかせる自信はなかった。どうにかして話を変えなくては――と口を開きかけた時、部屋の扉が再びノックされた。

セシリアが対応に向かい、笑顔でルーシャに声をかける。

「聖女様。ジェフリー第一司教と、ご両親様がいらっしゃいました。お通ししてもよろしいでしょうか？」

「ええ、お通しして」

絶好のタイミングだ。ルーシャはすぐに頷き返し、ノエルは気に入らなそうに眉を上げながらも、身を離した。

「……失礼致します、聖女様。アーミテイジ侯爵ご夫妻をご案内致しました」

まず第一司教のジェフリー・ケードが部屋に入り、目礼した。

白髪交じりの黒髪に、漆黒の瞳を持つ彼は、齢《よわい》三十六。ケード侯爵家の次男で、背はノエルよりも低いが、立て襟の祭服を纏った肢体はすらりとしていて均整が取れていた。

視線を上げた彼の整った容貌を見て、ルーシャは微かに落胆する。

――やっぱり、ゲームと全く同じ顔……。

ジェフリー・ケードは、四人いる攻略対象の内の一人だった。また一つ、ゲームの中に転生しているのだと実感し、ルーシャは暗澹《あんたん》とした気分になりつつ応じる。

「ありがとう、ジェフリー」

ジェフリーは、七年前――ルーシャが十歳の頃に第一司教に任じられた。

テューア教では、神の声を聞く聖女が最高位の聖職者であり、その補佐につく大司教を第一司教と呼んだ。続けて各教区の長《おさ》となる司教を聖地に近い土地から順に数字をつけて、第二司教、第三司教と呼んでいく。

聖職者の位階では、第一司教が聖女に次ぐ地位にあり、第二以降の司教は同列で、この下に助祭などがおかれた。

新たに第一司教となった彼は、それまでの者よりずっと物腰柔らかく、優しい人柄だ。ノエルとルーシャが二人きりになるのも特に禁じず、間違いがあってはならないと厳格に管理しようともしない。

ジェフリーはルーシャの返答を受け、彼の背後に控えていた両親に先を譲った。両親は、ベッドに横たわるルーシャを見るなり、心配そうに駆け寄る。

「……ルーシャ。〝聖礼拝〟で倒れたなんて、何があったの……っ」

「体は大丈夫かい、ルーシャ」

ノエルはヘッドボード側に移動し、両親のためにベッド脇のスペースを明け渡す。

上品な水色のドレスに身を包んだ母ローザに、濃紺の上下を纏った父ダニエル・アーミテイジは、ノエルに礼をしてから、ルーシャを見下ろした。

白金の髪に青の瞳を持つ母は、本日も衰え知らずの若々しい外見をしていた。張りのある肌に、ほっそりとした体つき。それでいて胸元は豊満な上、造作はため息が出るほどに整っている。若かりし頃から多くの令息を虜《とりこ》にし続けたという美貌は齢三十七になった今も健在で、父の愛を一身に注がれていた。

そして齢四十一の父はといえば、宴に出ればいまだ多くの女性の目を奪ってしまう、整った外見の美丈夫。

雪を彷彿《ほうふつ》とさせる白銀の髪に、切れ長の藍の瞳は蠱惑的で、日頃から鍛錬を続けている体はほどよい筋肉で覆われていた。

ルクス王国の貴族社会では政略結婚も多いが、二人は互いに恋をして結ばれた、相思相愛の夫婦だ。

ルーシャは自分も同じような夫婦になりたいと密《ひそ》かに憧れを抱き、ノエルとの結婚を待ち望んでいた。

しかしどうにも、彼と結ばれる未来はこないようである。

大陸中の安寧を保証する重い肩の荷を下ろし、ほっとひと息つくどころか、最後には悪役で終わる予定とは——今世も運がない。

もはや今すぐにも泣きだしてしまいたい心地だったけれど、心配をかけぬよう、ルーシャは微笑んだ。

「……ご心配をおかけしてごめんなさい、お母様、お父様。少し、貧血になってしまったみたいなの。大切な〝聖礼拝〟の最中に倒れてしまって、皆に申し訳ないわ」

両親は「そんなことはない」と顔に書きながら、ジェフリーの手前、口を閉ざした。聖職者にとって〝聖礼拝〟は最も重要な儀式だ。たとえ我が子が可愛くとも、〝聖礼拝〟を蔑《ないがし》ろにする発言はできはしない。

母は労《いたわ》る手つきでルーシャの頬を撫で、父は優しく目を細めた。

両親のあとにゆっくりと歩み寄り、ベッド脇に立ったジェフリーは、穏やかに笑みを浮かべる。

「どうぞお気に病まれないでください、聖女様。私共にとっても、聖女様のお体が第一でございます。……ご気分はいかがでしょうか。優れぬようでしたら、また医者をお呼び致しますが」

以前の第一司教なら『誠その通りだ。聖女たる者、皆のために体調管理もできずにどうする！』と叱責していただろう。

高齢で職を辞した前任者に代わり、ルーシャの補佐についたジェフリーの鷹揚《おうよう》な態度に、両親は安堵する。

ルーシャも気遣いがありがたく、笑い返した。

「体調は大丈夫です。気遣ってくれてありがとう、ジェフリー。……けれどご神託を授かる前に気を失ってしまったので、今回は皆に伝えるお言葉を聞けていないの」

ノエルに答えたように同じく嘘を伝えると、ジェフリーは目を瞬かせ、「そうですか」と答えたきり、眉根を寄せて黙り込んだ。

これまでルーシャは、必ず神の声を皆に伝えてきた。それがないとなると、聖女の力が弱まってきているのではと、信徒らが不安になるのは必至だった。どうすれば混乱を招かないかと考えている様子のジェフリーに、ノエルが話しかける。

「……ルーシャがユーニ神様のお声を伝えぬ事例はなかったから、多少驚く者はあるだろうが、歴代の聖女様方ではたびたびそのような日もあったと記録されている。皆には珍しい出来事ではないと貴方から伝えれば、大事にはならないと思うが」

ルーシャの補佐を務めるジェフリーは、実質テューア教教会を取り仕切る最高責任者で、信徒の信頼も厚い。その彼が大丈夫だと言えば、皆、納得はするだろう。

ジェフリーはノエルを見返し、頷いた。

「……さようでございますね。皆には私から、恐れる必要はないと伝えておきましょう。……本日のお役目は全てキャンセルしておりますので、聖女様はどうぞお休みください」

後半はルーシャに話しかけ、ジェフリーは両親とノエルに目を向ける。

「それでは、私はこれで下がります。皆様もご心配でしょうが、聖女様の顔色が優れぬようですので、よろしければお休みになるお時間を差し上げて頂けますと幸いです。聖女様に何かありましたら、すぐにご連絡致しますので」

前世を思い出したばかりで、ルーシャはまだ混乱状態だった。母は顔色がよくないルーシャを心配そうに見て、セシリアに声をかける。

「何かあったらすぐ知らせてね、セシリア」

「もちろんでございます、奥様」

以前なら、ルーシャが高熱を出したって両親に連絡はいかなかった。

聖職者らは自分達だけでルーシャを管理したがり、極端に外界との接触を拒んでいたのだ。

聖女が何者かの意見に惑わされ、教会側の都合に合わせて動かなくなることを恐れていたのである。

その戒めが緩められたのは、ジェフリーが大司教になってからだった。彼は聖女が皆のために聖職者らと協力して力を使うと約束してくれるのであればと条件をつけて、慣習を見直してくれた。

頻繁に実家と連絡を取ることを許し、ルーシャの世話をする侍者も、アーミテイジ侯爵家が雇った者を使ってよいとした。ルーシャとの謁見も、以前は事前の申請がなければ家族といえど会えなかったが、今は肉親であれば手続きを省いて通してくれる。

それまで大聖堂施設内でどう過ごしているか関知できなかった両親は、セシリアから様子を伝えられるようになり、随分安心していた。

ジェフリーに促され両親がベッド脇から離れると、ノエルが枕元に近づき、ルーシャの顔を覗き込む。

「……本当に、体はなんともないんだね？」

嘘を吐かれていると察しながらも、彼は真偽を確かめず、ルーシャの体の方を気にした。優しい態度に、ルーシャの恋心がまた疼《うず》き、瞳が揺れる。ノエルは、我が儘放題の自分を今まで見放さず、慈しみ続けてくれた、かけがえのない婚約者だ。

――ノエル様が、誰よりも好き。

彼とずっと一緒にいたい気持ちが溢れるも、運命は定まっている。ノエルは必ずブリジットに心奪われ、ルーシャはいずれ捨てられるのだ。

彼が他の女の子に惹かれる様を想像すると、嫉妬で胸が苦しくなった。幼少期から恋している彼を誰にも譲りたくない気持ちが込み上げ、ルーシャはポロリと零す。

「……貴方をお慕いしています、ノエル様……」

突然告白されたノエルは、目をぱちくりさせた。両親やジェフリーはこちらを振り返り、ぽかんとする。

ルーシャは、はっとして口を押さえた。淑女は人前で赤裸々に想いを口にするものではない。

どんなにノエルに対して傍若無人に振る舞おうと、良家の令嬢であるルーシャは、公《おおやけ》の場でみっともない真似《まね》は絶対にしなかった。素直な想いを告げるのは、ノエルと二人きりの時だけだ。

両親やジェフリーの前で思わず愛を告げてしまったルーシャは、頬を真っ赤に染め、焦って首を振る。

「ご、ごめんなさい……っ、なんでもないの！　やっぱり、調子が悪いみたい……っ。その、皆、来てくださってありがとう……っ。お気をつけてお帰りになってね……！」

ただでさえノエルには想われていないのかもしれないのに、淑女らしからぬ振る舞いをして、ますます印象を悪くしてどうする。

ノエルの反応を見るのも恐ろしく、ルーシャはブランケットを頭から被り、ベッドに横たわった。

部屋には躊躇う空気が漂い、互いに見合わせる気配がして、ジェフリーが口を開く。

「……それでは失礼致します、聖女様」

「……ゆっくり休むのよ、ルーシャ」

「何かあったらすぐに連絡するんだよ」

続けて母、父の順で声をかけられ、皆が部屋を出て行く足音がする。ノエルには何も言ってもらえず、やっぱりはしたないと呆《あき》れられたのだとルーシャは落ち込んだ。目に涙が滲むも、悪いのは自分。唇を引き結んで涙を堪《こら》えた時、ブランケットを被った肩に誰かがそっと触れた。傍近くに人がいることに気づいていなかったルーシャは、びくっと背を震わせる。――と、耳元で甘い囁きが聞こえた。

「……僕も君を愛してるよ、ルーシャ。何かあったなら、必ず僕に言うんだよ」

「……っ」

耳元に彼の吐息を感じ、ルーシャはどきっとして身を竦《すく》めた。彼はさりげなく肩を撫でて、身を離す。

両親達に遅れて部屋を横切る足音が響き、出入り口で待ち構えていたセシリアが「お見送り致します」と言って、静かに扉が閉じた。

居室は静寂に包まれ、ルーシャはブランケットの下でぎゅうっと蹲《うずくま》る。

ノエルは、ルーシャが大好きと言えば、必ず僕も大好きだよと返してくれた。だから両想いなのだと信じていた。けれど彼の方から自発的に愛を告げられたことはない。

前世を思い出した今、彼の言葉が本心なのかどうか、ルーシャには判断がつけられなかった。

涙の膜が張った目を強く閉じ、深く息を吸う。溢れ返るノエルへの想いに胸が詰まり、別れの予感に吐息が震えた。

――ノエル様が、大好き……。

確かなのは、自分のこの気持ちだけ。

◇◇◇

ノエル達が退室したあと、いつの間にか数時間寝てしまっていたルーシャは、大分心を落ち着かせていた。

起き上がって居室の窓辺に立ち、今後について考える。

部屋着に使っているシュミーズドレスを纏った彼女の眼前に広がる世界は、もう夕暮れ色に染まっていた。

――ブリジットが現れるまで、恐らくそれほど時間はないわ……。

ゲームの主人公が片田舎から王都に到着するのは、春の盛りだった。あちこちで花が咲き誇る中、テューア教の聖職者達に案内され、大聖堂でルーシャと対面する所からゲームは始まるのだ。

朝晩はまだ冷え込むも、王都はもう多くの花が開き始めている。

ルーシャは部屋を見渡す。春になると、ノエルは必ず花を手にルーシャに会いに来た。出会った頃から始まったその贈り物は、婚約して十年経った今も続いている。

甘い香りに満ちた室内にいると、ノエルの愛情で包まれているように感じられてとても胸が温まった。

だけど――毎日贈るのは大変よね。

ノエルの本心がわからなくなったルーシャは、彼にとってはこの贈り物も負担なのではと不安になる。

ため息を吐くと、背後にあるテーブル脇で茶を用意していたセシリアが、心配そうに声をかけた。

「聖女様、体調がまだよくないのではありませんか……？　ベッドでお休みくださって大丈夫ですよ」

「体調が悪いわけじゃないの……。これは恋煩いのようなものよ」

物憂く応じるルーシャに、セシリアはきょとんとする。

「……恋煩いというのは、片思いの時に使う言葉ではございませんか？　ノエル様とルーシャ様は、両想いでいらっしゃいますよね」

当然が如く両想いだろうと言われ、ルーシャは情けない表情になった。今までなら、強気に「それもそうよね」と返していた。しかし相当可愛くない振る舞いをしてきたと自覚した今、のうのうとノエルに愛されているに決まっているとは思えない。

ノエルが自分をどう思っているのか不安で、ルーシャはセシリアを振り返り、おずおずと尋ねる。

「……ねえ、リーア。私って実は、ノエル様に嫌われていると思う……？」

ルーシャは自分一人で答えが出せない時、いつも身近な人に相談した。ノエルにセシリア、父や母、兄のエドガーといった面々だ。これは婚約して間もない頃、ノエルから教わった。

『ルーシャ。悩みやわからないこと、辛いことがあったら、一人で抱え込まずに、信頼できる人に話すといいよ。他の人に話すだけで頭が整理されるし、いい解決策を教えてもらえる時だってあるからね』

自分を教会に連れ去った聖職者達は厳格で恐ろしく、ルーシャは嫌なことがあっても我慢して過ごしていた。毎日大地の浄化のためにあちこちに連れ回され、疲労がたまっていても堪え、最終的に倒れるのが日常茶飯事。病気の時も同じだった。

助言をもらってから、ルーシャは恐る恐るノエルにいろいろと相談した。すると彼は、次々にルーシャの悩みを解決していき、驚かされたものだ。引き離された家族には再び会えるようになり、大地の浄化のための辛い大陸移動も、彼が新たなシステムを考えだして楽にしてくれた。

ノエルは、ルーシャが移動せずとも浄化できるよう、力を何かに移せないかと実験を始め、水晶ならば力を溜められると発見したのだ。水晶球の浄化力は、ルーシャ自身には及ばずとも、日常的な穢れの浄化には使える。このおかげで、大きな問題のない土地には水晶球を送り、ルーシャは特に穢れた土地を回るだけでよくなった。

そこからルーシャは、他人を頼っていいのだと学び、悩むと信頼の置ける人に意見を求めた。

相談を受けたセシリアは、目を点にする。

「え……っと、お二人は大変仲睦《むつ》まじくていらっしゃると思いますが……。ど、どうかされたのですか……？　何かノエル殿下に纏わるご神託を授かられたのでしょうか……？」

由緒正しきアーミテイジ侯爵家に雇われるだけあって、そそっかしくとも頭の回る侍女である。通常ならケンカでもしたのかと尋ねそうなところを、即座に神託に結びつけた。

ルーシャは眉根を寄せ、考える。セシリアには何があったかを話すべきかもしれない。

ルーシャが力を失えば、彼女は少なからず影響を受ける立場だ。秘密にしておいて、いきなり主人が断罪されたり魔物化したりしては彼女も困るだろう。

しかし――〝私は日本という異界で生きていた前世を持ち、この世はそこでプレイしていたゲームの中の世界だったの。そしてそのシナリオによれば、私はノエル様には愛されておらず、悪女になる運命なのよ〟――などと話して、信用してもらうのも難しいと思われる。

ルーシャは信じてもらえる内容になるよう、考え考え、ゆっくりと話した。

「……あのね、私は十分に冷静だし、おかしくなったわけでもないのだけれどね……」

異界の記憶については詳しく話さず〝聖女の力を失う神託を授かり、その際に自らの運命を知ってしまった。ノエルは遠からず現れる新たな聖女と結ばれ、自身は悪女へと転身するだろう〟と、かいつまんで伝えると、セシリアはぽかんとした。

「……それは、大変です……。ど、どうして、力を失われると第一司教様にお伝えにならなかったのですか？

それに、えっと、ノエル様が心変わりなさるという意味でしょうか？　聖女様が悪女になられるという意味が理解できないのですが……そ、それもご神託で授かった未来なのですね？」

ルーシャは窓辺から離れ、セシリアと向かいあう位置にある長椅子に腰かける。

座った拍子に背に流した白銀の髪がさらりと胸元に垂れ落ち、何気なく払いのけた。髪先が燭台の光を弾いて柔らかく光を弾き、セシリアがその美しさに目を奪われるも、ルーシャは気づかぬまま続けた。

「……まだ次代の聖女が現れていない段階で力を失うと言えば、皆不安になるでしょう？　だから黙っていたの。それと、私が悪女になるのも神託よ」

ユーニ神は『お前の婚約者であるノエルに、他の恋人候補が現れる。お前は恋人を奪われる未来を知って狼狽し、そして彼女に対し、心ない振る舞いをしていくだろう。それこそ――悪女のようにね』と言っていた。

はっきり頷くと、セシリアはみるみる青ざめていった。ルーシャは暗澹と視線を逸《そ》らす。

「これから……恐らくブリジットという名の聖女が現れるわ。彼女は栗色の髪に翡翠《ひすい》の瞳を持つ、天真爛漫《てんしんらんまん》で明るいお嬢さんなの。一般階級出身で、素朴な言動が可愛らしいと思われ、ノエル様やジェフリー、エドガーお兄様やディック騎士団長なんかも彼女に好意的になっていく」

説明する途中で、自らの兄エドガーもこのゲームの攻略対象だったのだと気づき、顔が歪《ゆが》んだ。

エドガーは近衛騎士団の副団長で、父とよく似た白銀の髪に藍の瞳を持つ、今年二十歳になった凛々《りり》しい青年だった。見目麗しい上に次期侯爵である彼は、社交界でもかなりの女性人気を集めているとか。

ルーシャは聖女であるため、俗世の宴などには参加できないが、実家に戻った際に侍女達から話を聞かされていた。

また、ディック騎士団長は今年二十四歳になるアルトリッジ侯爵家の次男で、ノエルの護衛も務める腕のいい騎士だ。真面目なエドガーと対照的な、遊び人風のキャラクターだった。

このゲームは、攻略対象は最初から主人公に興味を持ち、自ら歩み寄ってくれる仕様である。

婚約者ばかりか身内の兄まで恋敵に興味を持つ姿を目にするのかと思うと、ルーシャは更に追い詰められた心地で俯《うつむ》いた。両手で顔を覆い、呻《うめ》く。

「……ああ……見たくない……」

脳内を渦巻くのは、ゲームのオープニングスチルで見た、ノエルの決めゼリフだ。

『僕には君しかない。どうか聖女としてではなく、一人の女性として君を守らせて欲しい』

前世でも、ルーシャはノエルの外見がとても好みだった。そしてこんな甘い言葉をかけられるのだと期待して、最初に攻略すると決めた。

今世では、まず彼の優しい言動に惹《ひ》かれ、恋をしていた。だけどその外見が好みなのも事実で、ルーシャにとってノエルは、性格も容姿も大好きな、完璧に愛し尽くしている相手なのである。

——でも、あの甘いセリフを吐かれるのは主人公であるブリジット……。

ブリジットとノエルがいちゃつく様を想像すると、激しい嫉妬心が燃え上がり、ルーシャは地団駄を踏みたくなった。

——考えてみたら、これって浮気じゃないかしら。ノエル様は私というものがありながら、ブリジットに恋をしていくのでしょう……？　最終的に断罪されるか魔物になるくらい私が悪行の限りを尽くすのだとしても、心移りを正当化するなんて、酷《ひど》い話じゃない……！

そう腹の内で憤り――いや、違った――と思い直す。

ルーシャの末路を調べた際に、中盤で婚約破棄を申し入れられるのだとインターネットに書いていた。

ルーシャはそれを拒み、ブリジットに嫌がらせの限りを尽くして、一家断罪されるか魔物に変身するのだ。

実際には毎回トゥルーエンドだったので、ルーシャはノエルが婚約破棄を申し入れているシーンすら見ていない。だけど、悪行は知っている。

ルーシャは二人のデートにわざと居合わせたり、馬車に細工をしてブリジットが移動できなくさせたり、力を込める水晶を割って浄化の妨害などをしていた。

大陸の穢れが進むと攻略対象との親密度も勝手に下がるため、ゲームをプレイしていた際はイライラさせられた。

俯いて思考に没頭していたルーシャを見つめ、セシリアが悩ましげに尋ねる。

「ええと……それでは聖女様が仰る通り、皆さんがその新たな聖女様に好意的になられ、中でもノエル様が心変わりなさる未来が来るとして……その後、聖女様はどうなるのか、ユーニ神様はお告げになられたのでしょうか？」

ルーシャは両手を下ろし、うつろな眼差しで答えた。

「……私はね、聖女の座を奪われ、挙げ句ノエル様と親密になっていくブリジットが気に入らなくて、次々に嫌がらせをしていくの。しばらくすると恐らくノエル様から婚約破棄を申しつけられるのだけど、それも拒んで悪行の限りを尽くし、最後にはお怒りに触れて一家断罪されるか、心が蝕まれ、魔物となって消えてしまうのよ」

セシリアは内容を理解するのに数秒を要した後、瞠目《どうもく》した。

「――それはいけません……っ。一家断罪となりますと主要な使用人諸共処刑となりますし、聖女様が魔物になって消えるのも皆が悲しみます！　お考え直しください……！」

必死の形相でやめろと言われるも、ルーシャは頬杖《ほおづえ》をついて暗く呟く。

「……私が考え直しても意味はないのよ、リーア……。そうなる運命なのだもの……」

「諦めるのは早いと思います……っ。例え神託であろうと、その未来はまだ現実になっていないのですよ、聖女様！　悪い未来がわかっているなら、よい未来へ変えてしまいましょう！　ユーニ神様も、きっと未来を変えよという意味で託宣を授けられたに違いありません……っ」

額に脂汗を浮かべて訴えるセシリアを見上げ、ルーシャは諦めきった顔で未来を変える術を考える。

「……そうね……。ブリジットさんに嫌がらせもせず、婚約破棄も受け入れたら、一家断罪は免れて貴女達は守れるかしら」

そう答えつつも、ルーシャはブリジットとノエルが恋仲になって行く様を冷静に見守っていられる自信がなかった。

婚約して一年後には完全に恋をして、彼と夫婦になるものと信じて生きてきたのだ。王妃になるための勉学だって、ノエルの隣に立つためだと思えたからこそ、聖女の仕事で疲れていても頑張れた。

彼への想いは体の芯まで染み込んでいて、ブリジットに惹かれるノエルを見たら、確実に嫉妬まみれになってしまう。たった今だって、二人の恋を想像するだけで心は醜く悋気に染まった。

それに婚約破棄しようと言われたら、嫌だと泣いて駄々《だだ》をこねてしまうだろう。断腸の思いで婚約破棄を受け入れられたとしても、侯爵令嬢でもあるルーシャは、その後独り身でなどいられない。必ず次のお相手を宛《あて》がわれ、また別の問題を引き起こすはずだ。

ルーシャは、ノエル以外の男性と夫婦になれる気がまったくしないのである。十三歳での初キス以降、全幅の信頼と恋情をもって彼と恋人として触れ合ってきた。仕掛けるのはルーシャからでも、ノエルはそれに必ず応え、今や大人びたキスなどもしている。艶《なま》めかしいキスは彼の気分も高揚させるのか、成人してからは時折、体にも触れられた。

純潔を失ってはいけないルーシャは、淫らな触れ合いには恐怖心を覚えた。しかし彼の手管は抵抗も忘れるほど巧みで、心地よさに翻弄されてしまう。いつもギリギリのところで我に返り、「これ以上はダメ！」と、なんとか一線を越えぬよう頑張っている状態だった。

もしもノエルがルーシャを想っていなかったなら、あれはただの戯れだ。しかし彼の触れ方は壊れ物を扱うように繊細で、ルーシャはノエルの腕の中、早く聖女のお役目を降り、お子を授りたいと願っていた。

これまでの日々を思い返していたルーシャは、ふと自らの願いに既視感を覚え、視線を落とす。

——そういえば、前世でも似たような願いを抱いていたわ……。

恋人も作れず、仕事に忙殺されるだけの人生だった前世の自分も、ささやかな夢を抱いていた。

つましくとも構わないから、誰か素敵な人と結婚し、子供をもうけ、家族が欲しかったのだ。

幼い頃に両親を亡くし、たった一人で生きていた寂しさを忘れられるほどに温かな、愛情溢れる家庭を持ちたいと願っていた。

ノエルと夫婦になって子を授かりたかったルーシャの望みと、前世の自分は酷く似通った夢を持っていた。

──今世でも、夢は叶わないのね……。

己の運命を知った今、ルーシャは深くため息を吐く。

幸い、今世ではルーシャの両親は健在だ。自身の家族が欲しいなら、贅沢《ぜいたく》を言わず、ノエルと婚約破棄をして別の男性と子を作ればいい。

それはわかるが、結婚したところで、恐らくルーシャはひたすらにノエルを想い続けてしまう。

幼くして聖女となり、感情を失うほどに苦しんでいた自分を救ってくれた、初恋の人だ。十年弱の恋は、永遠に忘れられない。こんな自分のまま別の誰かと結婚するのは、お相手に不誠実だ。それに他の女の子に惹かれていくノエルを見るのも、辛すぎる。いっそ出奔した方がマシだろう。

出奔という選択肢を脳裏に描いたルーシャは、心の中で暗く呟いた。

──この国を出て行けば、前世と同じく、私はまた一人きり……。

「……せめて、ノエル様のお子がいたらな……」

深く考えず呟き、直後、失望で淀《よど》んだ瞳にキラリと光が宿った。ルーシャは顔を上げ、目の前で青ざめている侍女に笑みを見せる。

「……そうだわ。ノエル様以外の殿方と結婚なんてできる気がしないし、どうせ聖女の力を失うなら、ノエル様のお子を授かって、そのまま国を出てしまえばいいのよ」

夫は得られずとも、愛した男性の子供と家族を築けばいい。一人きりで死んだ前世より、ずっと幸福な未来ではないか。

名案だと瞳を輝かせるルーシャに、セシリアは目を瞠《みは》った。

「えっ……それは……本気でおっしゃっているのですか……？」

ルーシャは力強く頷く。

「ええ、本気よ。この国に残り、一家断罪を避けるためにノエル様との婚約破棄を受け入れれば、私は十中八九、他の貴族令息と結婚させられる。だけどノエル様以外の殿方を愛せる自信はないし、それで確実に一家断罪となる未来や、魔物化を避けられるかもわからない。確実に最悪の結末を回避するためにも、私はこの地を離れた方がいいのよ」

なにせルーシャは、前世でこのゲームを攻略できなかった。ハッピーエンドへの道筋を知らない以上、ゲーム内でのイベントごとに、上手く回避できる保証などどこにもない。ましてやゲームのシナリオに強制力があったら、どうしようもないのだ。

せっかく今世では生き残っている大事な家族を巻き込んでしまわないためにも、シナリオが動き出す前に逃げ出すのが一番の安全策だと思えた。そうすればノエルも気に入った娘を気兼ねなく娶《めと》れ、家族の未来も守れるはずである。

考えれば考えるほどこれしかないと思え、ルーシャは確信を持って頷いた。

「ええ、これしかないわ。出奔《しゅっぽん》しましょう」

「そんな……いくら聖女様が魔法を使えると言っても、出奔だなんて……っ」

狼狽して口走ったセシリアのセリフに、ルーシャはぱちっと両手を重ねる。

「そうよ！　私には魔法があるから、ますます大丈夫だわ。空を飛ぶ魔法だけは魔力が足りなくて使えないけれど、暴漢に襲われそうになったとしても攻撃魔法で追い払えるし、魔法薬が作れるから、一人になっても生活資金は稼げるわ」

ルーシャは聖女であると共に、この世では珍しい魔法使いでもあった。幼い頃はどんな力に特化しているのかわからなかったものの、聖女として過ごす内に、薬を作る能力が長《た》けた。

誰にも体調不良を伝えられず、限界が来て昏倒《こんとう》する日々を送る内に、自分でなんとかしたいと思って薬を作るようになったのがきっかけだ。

ルーシャは浄化の力を持ち、他人の病を和らげられはするが、自らの治癒はできないのである。また、その治癒の力も、病を完治させるほどに強くはない。

それが魔法薬なら、病を完治させることができた。

ルーシャの薬は精度が高く、多くの者が欲しいと望み、注文はひっきりなしに入っていた。

今のところ量産ができず、全て高値で売買されているが、テューア教教会を介さなければ自らの裁量で価格も決められる。

本音を言えば、経済的に苦しい者にも届くよう価格は下げたかった。しかし薬の販売は教会側がその権利を握っていて、簡単に変えられなかった。

ノエルと結婚するまで、ルーシャは教会関係者の位置づけにあり、最高位であろうと制作する物は教会の資産として扱われるのだ。

教会側は、ルーシャの薬は贅沢品《ぜいたくひん》と位置づけ、経済力のない者は礼拝に訪れればいいと考えていた。

出奔して教会を離れれば、やっと自由に魔法薬を販売できるようになる。

「あら、とっても素敵じゃない？　出奔して薬を売り歩いて生きるの。初恋叶わず傷ついた心も、ノエル様のお子を育てながら世界中をゆっくり旅して回れば、癒やしていけるのじゃないかしら」

ルーシャは他の貴族令嬢達と違い、五歳の頃から教会施設に住まい、着替えや髪結いなど、身支度は自分一人でもできる。今でこそアーミテイジ侯爵家が雇った侍女が置かれているけれど、それまでは最低限の世話をする侍者が一人つけられていただけだったのだ。

魔法薬以外にも、槍《やり》や煙幕《えんまく》を作ったりといった戦闘魔法や、衣服の洗浄や物を浮かせたりする生活魔法なども使え、万事問題はない。

「出奔するなら、まず辻馬車《つじばしゃ》を借りて、宿を取らねばならないわよね。その資金は、申し訳ないけれど実家の衣服などを少しもらって、それを売って作りましょう」

前世と違い、侯爵令嬢であるルーシャは、基本現金を持ち歩かなかった。買い物をする際も、側仕えが支払うか、後々実家に請求させるのが常で、お小遣いなどもない。そのため、最初の資金は物を売って作らねばならないのだ。

現実的に出奔を考えだしたルーシャに、セシリアはしどろもどろになった。

「で、ですが……っ、旅だなんて……っ。ノ、ノエル様へのお気持ちは、よろしいのですか？　幼い頃から、慕っていらっしゃったのではありませんか？　それに先の〝聖礼拝〟で、聖女様は気を失われています。記憶を混同し、悪夢を神託だと思い込んでいらっしゃる可能性だってあるのでは……っ」

ノエルへの気持ちは、ルーシャの態度を見ていれば誰にでも察せられる。しかし恋心があると明言しているのは、同年代のセシリアだけだった。

心を許し、恋の話もしてきた侍女の言葉に、ルーシャはふと笑みを消す。

ルーシャだって、叶うならこの地に留まり、ノエルと結ばれたかった。何かの間違いだったなら、どんなにいいかと思う。胸に迷いが生まれ、ルーシャは僅かに考えを改めた。

「……それじゃあ……本当にブリジットさんが王都を訪れたら、出奔計画を実行するわ……」

訪れるのがブリジット以外なら、この世はゲームの世界ではないと判断できる。

ユーニ神は〝新たな聖女が現れ、ルーシャは悪女のようになる〟とは言ったが、〝アーミテイジ侯爵一家が断罪される〟とも、〝ルーシャが魔物化する〟とも言っていない。

〝ノエルの新たな恋人候補〟というだけなら、必ず新たな聖女と結ばれるシナリオがあるとは断言しにくく、未来を変える術もあるかもしれない。

もしもブリジットだったとしても、王都に訪れた時点では、まだシナリオは始まったばかり。できるだけ悪役として振る舞わず、早々に姿を消せば、一家が断罪される未来は来ないだろう。

すぐには出奔しないと聞いたセシリアは、ほおっと胸を撫で下ろした。

「……承知致しました。聖女様が授かったご神託が白昼夢であることを祈るばかりですが……ご出奔なさると決意された時は、私もお連れくださいね。聖女様お一人なんて心配ですし、一人より二人の方が何かと安心です。私は刺繍が得意ですから、少しばかり生活費も作れるかと思います」

「……あら、でもお給料は多分出せないと思うわよ？　お父様にも内緒で行くことになるから、生活も裕福とは行かないでしょうし。無理しなくていいのよ」

彼女は男爵令嬢。ルーシャと出奔しては、婚期も逃してしまう。

気を遣う必要はないと答えると、セシリアは不満そうに口を歪めた。

「だからこそ、ご一緒すると申し上げているのです。聖女様は教会施設で育ち、他家のご令嬢と違ってお一人でお着替えなどもできますが、衣食住全てをご自身で管理されたご経験はないでしょう？　いくら魔法が使えても、お一人では必ず心細く、辛いと感じられるはずです。私の家は良家のご子息に嫁げるような名家でもありませんし、そもそも支度金を用意できませんから、結婚は端から望んでおりません」

貴族令嬢は、嫁ぎ先に支度金を用意するのが慣習だった。良家の令嬢であれば相応の支度金が手に入るため、それを目的に口説く男性もいるほどだとか。

その点セシリアは経済的な理由で結婚はできそうにない上、貧乏な家に育ったおかげで料理もできる。連れて行けば役に立つと力強く同行を望まれ、ルーシャは眉尻を下げた。

「……ありがとう。私が寂しくならないように、ついて来ると言ってくれているのね。貴女はお人好《ひとよ》しで、とても優しい子ね、リーア」

真心がありがたく、礼を言うと、セシリアはぽっと頬を染めた。

「とんでもございません。毎日聖女様と共に過ごさせて頂けているだけで、私はとても幸福なのです」

ルーシャは微笑む。テューア教の信徒だからこそ、彼女は自分を特別視し、ついて行くと言っているのだろう。――力を失い、聖女でなくなったルーシャでは、彼女の思いを甘受するに値しない。

しかし連れて行かないと言えば、心配して両親に相談を入れる可能性がある。

全てつつがなく進めるため、彼女と共に行く振りをして、出奔自体は自分一人で決行する。彼女については、父にアーミテイジ侯爵邸で雇い続けてもらえるよう手紙を残せば大丈夫だ。

胸の中で今後の方針を定め、ルーシャはこの話はこれでおしまい、と明るく言った。

「それじゃあ、次の聖女様が現れるまではゆっくりしましょう。お茶を淹《い》れてもらってもいいかしら？」

「はい。もちろんです」

セシリアは中断していた作業を再開し、紅茶をルーシャの前に差し出しながら笑う。

「……そうだ。来週は花祭りが開かれますね、聖女様。午後はノエル殿下とご一緒に過ごせますよ」

香り高い紅茶を手に取り、ルーシャはそういえばそうだと頷いた。

花祭りとは、毎年花の盛りに入る直前に開かれる祭りだ。人々は無事に冬を越えられた感謝と、これからの豊穣《ほうじょう》を祈り、神に花を捧げる。

これに合わせて街中も花で彩《いろど》られ、王都はとても美しい光景となった。

ルーシャは午前中は信徒達から神に代わって花を受け取り、午後からは浄化するという名目で、毎年ノエルと王都を巡る。

今年はまだ一緒に回る約束はしていなかったが、セシリアに合わせてルーシャは笑った。

「そうね、とても楽しみだわ」

言葉とは裏腹に、胸は一層濃い靄《もや》に覆われていった。

ゲームの中では、花祭りのイベントはなかった。けれどオープニング映像は、王都のいたる場所が花で彩られ、花弁舞い散る華やかな様子だったと記憶している。

――ブリジットが王都を訪れたのは、もしかしたら花祭りの直後だったのかもしれない……。

間もなく訪れるだろう喜ばしくない未来を間近に感じ、ルーシャは密やかにため息を吐いた。

◇◇◇

——翌朝、ルーシャは予定通りに起きられなかった。倒れた当日こそしっかり気を保っていたが、前世の記憶を思い出し、体に負荷がかかったのだろう。朝六時に目覚めると、体中が熱くてまともに会話もできない状態だった。

いつも通り起こしに来たセシリアは、ルーシャの発熱に気づくやジェフリーに連絡しようとしたが、ルーシャは身振りでそれをとめた。

解熱用の魔法薬はあり、それを呑めば半時ほどで熱は下がるのだ。

ルーシャは風邪を引いた時と同じように熱を下げると、薬の副作用で滲む汗を拭いながら、ローゼ塔から廊下で繋がっている大聖堂へと向かった。

途中、開け放たれた外回廊に差し掛かり、ノエルとよく過ごしている庭園を横目に見る。シロツメクサが咲き乱れた庭園は一角に噴水があり、長閑《のどか》な小鳥のさえずりと涼やかな水音が響いていた。柔らかな風が吹き、ルーシャが纏う純白の祭服を揺らす。

青の瞳は発熱の名残を残し、潤んでいるが、背中に垂らした白銀の髪は朝日を受けて煌めき、美しくたなびいた。

斜め後ろについて来ていたセシリアがその姿をうっとりと見つめ、次いで眉根を寄せる。

「……聖女様。昨日お倒れになったのですから、今日くらいお休みになられたって、誰も咎めないと思います。お部屋へ戻られてはいかがですか……？」

熱を下げて幾分楽になったものの、立っていると頭がクラクラとして、ルーシャはそれを煩わしく感じた。

――この倦怠感《けんたいかん》を消せる薬を作らなくちゃ……。

新たな薬の調合方法を考えながら、セシリアには優しく微笑む。

「……大事な〝聖礼拝〟を気絶して台無しにしたのに、今日も倒れていては皆が不安になるでしょう？　聖女は安寧を保証する象徴として皆の前に立ち、安心して今日を生きてもらうために存在しているのよ。熱くらいで臥せってはいけないわ。甘えは禁物よ、リーア」

幼い頃は、なぜ自分一人が皆の安寧を背負わねばならないのかと苦悩した。けれどノエルに癒やされていく内に、自らに縋《すが》る信徒達の気持ちも理解できるようになった。

皆、魔物と隣り合わせのこの世で、よりどころが欲しいのだ。目の前に大地を浄化し、神の声を聞いて、人々の病を癒やす者があれば、我らを守り給えと願うのは当然の心理。

ルーシャにとってはノエルがそうであるように、民にとっては、聖女が心の支えなのだ。

ただの少女としては、早くこの重すぎる肩の荷を下ろしたくてたまらなかった。だけど聖女としては、自らを頼りにしている信徒達の気持ちがわかるだけに、蔑ろにはしたくない。

ルーシャはこの対極にある心を抱えて、聖女として生きていた。

生真面目な返答に、セシリアは困惑する。

「……ノエル様にはいつも甘えていらっしゃるのに……どうしてご自身のお役目に関してだけは厳しくあられるのか、私にはわかりません」

ノエルにはしょっちゅう駄々をこねるのに、自らに課されたお役目だけは拒まない。ルーシャの姿勢に納得がいかないと返され、ぐっと言葉に詰まった。彼と引き裂かれる自らの運命を思い出し、項垂《うなだ》れる。

「……それは言わないで、リーア……。今まで甘えてきてしまったせいで、ノエル様は私を厭い、他の女の子に目移りしてしまうのよ……」

ノエルに対する独占欲だけではない。病気になった際も甘えてばかりだった自分が悔やまれ、ため息が漏れた。

幼い頃、ルーシャはまだ魔法薬を上手に作れず、風邪を引けばすぐに寝込んでいた。そのたび司教や助祭には『体調管理もできないのか』と叱責され、とても怖かった。以前はルーシャの世話人もアーミテイジ侯爵家の者ではなく、テューア教教会関係者。食事が喉を通らなければ無理矢理口に詰められ、乱暴に扱われる。

幼い頃から面倒を見ていたため、聖職者達は、ルーシャを自分達の所有物と考えている雰囲気だった。

けれど体面は慮《おもんぱか》るので、関係者以外の人前ではそんな真似はしない。だから弱って自力で動けない時は、いつもノエルに帰らないでと我が儘を言った。

第一司教がジェフリーになり、そんな仕打ちを受けなくなっても、ルーシャは同じように振る舞い続けている。トラウマが残っていて、弱っている時はまた酷い仕打ちを受けるのではと恐ろしくなるのだ。

ノエルは毎回いいよと言って付き合ってくれるが、相当迷惑だったろう。

彼はルクス王国の王太子。日々公務や軍部の訓練などの予定が組まれ、忙しくしている。なのにその日の予定もお構いなしに『お仕事は休んで！』と我を通される。

しかも魔法薬を作れるようになったルーシャは、もう病では倒れない。寝込む時は決まって疲労困憊になった場合で、疲弊したルーシャはすぐ眠りに落ちた。つまりノエルは、目覚めた際にルーシャを安心させるためだけに一日を無駄にするのである。――どんな嫌がらせだろう。

「……もっと殊勝にしていればよかった……」

両手で顔を覆い、後悔の念を吐き出すと、セシリアは慌てた。

「え……っ、いえ、私はそんな意味で申し上げたわけでは……っ。聖女様のご要望ならどんな我が儘もお聞き入れになられるあのご忍耐は、愛以外のなにものでもないと……！」

フォローしているつもりの侍女のセリフに、ルーシャは更に暗澹とした心地になった。

――忍耐が必要なほどの、我が儘ぶり……。

風が促すように聖堂の方向へ吹き抜け、ルーシャはいつの間にかとめていた足を再び動かす。

「……新たな聖女様が、いつまでも現れなければいいのに……」

風に髪をなびかせながら小さく呟くと、背後でセシリアがあわあわとしている気配がした。


午前七時の礼拝は、主に聖職者達だけで行われた。

一般信徒も自由に出入りできるが、仕事があるので、平日の参加者は少ないのだ。信徒が最も多いのは、大地の日に行う朝と昼の礼拝だった。

身廊をゆっくり歩いて行くと、既に司教や侍者など、シュピーゲル大聖堂に身を置く者達が揃っている。

皆ルーシャを振り返り、頭を垂れた。

祭壇手前には第一司教のジェフリーがおり、信徒用に設けられた椅子の最前列には国王一家が揃っている。

ノエルはほぼ毎日礼拝に訪れるが、国王夫妻が訪れる日はまちまちだ。彼らのいる時に床に臥《ふ》し、余計な心配をかけずに済んでよかったと、ルーシャは胸を撫で下ろす。国王一家の手前まで進み、膝を折って挨拶をした。

金色の髪に青い瞳を持つアーサー国王は、今年齢四十二になる。穏やかな性格をしていて、傍にいると気分が和らぐ人物だった。彼の傍らにいる王妃クローイは、齢三十九。快活な人で、目映いハニーブロンドの髪に紫の瞳が目を引いた。理知的で明るく、なんでも頼っていい気持ちにさせられる。

ノエルと交流できたのは彼らの采配のおかげで、ルーシャは今も会うたび感謝の気持ちを抱く。

「おはようございます、聖女様。お加減はいかがですか？」

普段は無言で目礼を返すのみだが、昨日の出来事を耳にしていたらしく、王妃が声をかけた。

ルーシャは顔を上げ、微笑んだ。

「体調は問題ありません。ご心配をおかけして、申し訳ございません」

「そうですか、それはよかったです。ですがお加減がよろしくないようでしたら、どうぞお休みくださいね」

身分は彼らの方が上だが、国王夫妻は大陸の安寧を守る聖女に敬意を払い、ルーシャが務めを果たしている最中は敬《うやま》った話し方をした。水の日に会うと、息子の婚約者として気安く接してくれる。

ルーシャはお休みの日に会う方がずっと居心地がよく、優しく接してくれる彼らが大好きだった。

こんな人達と家族になれたら、とても幸福になれたはずだ。

「……ありがとうございます、王妃殿下」

一抹の寂しさを覚えながら礼を言い、王妃の奥にいたノエルに視線を向けたルーシャは、どきっとする。

目が合う前からこちらを見ていた様子の彼は、僅かに眉を顰めていた。

体調が芳しくないと気づかれた雰囲気だったが、ルーシャは平気な振りで彼にも微笑み、国王一家の前を通り抜けていく。

祭壇前に膝を折ると、背後でジェフリーやセシリア達が跪く衣擦れの音がした。まばらに集まった信徒達も席に腰を下ろし、両手を重ねる。

ルーシャは息を吸い、神への感謝と安寧を祈る聖書の一説を口にし始めた。

目の前にあるユーニ神像が淡い光を放ちだし、教会内の空気がすうっと清められていく。

それは聖女の祈りだけが生み出せる浄化の光で、ルーシャが祈りを捧げ終えた瞬間、さあっと大陸中に浄化の力が行き渡った。

海の中にいて、上陸を目論《もくろ》んでいる魔物の瘴気は常に放たれている。礼拝後、また徐々に空気は穢れていくが、ルーシャは朝のこの時間は気に入っていた。

空気が一気に清らかになるのが肌で感じられ、心地よいのだ。

しかし体調が芳しくないからか、今日は僅かに、空気を清め切れていないようだった。

七色の光に包まれて美しいユーニ神像を見上げ、ルーシャは澄んだ青の瞳を細める。

――今日も人々の生活が、幸福に満ちますように。

心の中で締めくくりの祈りを呟くと、こめかみから伝い落ちた汗をそっと拭って、立ち上がった。やはり熱を下げるだけではダメなのか、気分が悪かった。

聖職者らは信徒を見送るために今しばらく大聖堂に残り、ルーシャはこれから一時間程度の休憩に入る。

退席しようとするルーシャに、浄化の光を浴びた信徒達が嬉しそうに両手を合わせて頭を下げた。ルーシャは笑みを浮かべて「よい一日を」と声をかけ、ゆっくりと大聖堂をあとにする。

婚約以来、朝の休憩時間の逢瀬は今も続いていた。いつものように先に庭園に出て、ノエルを待とうと考えていたルーシャは、庭園へと繋がる外回廊に出たところで足をとめる。涼しい風が吹き抜け、心地よさに瞼を閉じた。――刹那、目眩に襲われた。

「……あ……っ」

「聖女様……っ」

足もとがふらつき、後ろからついてきていたセシリアが慌てた声を上げる。同時にとん、と誰かが肩に大きな手を添え、支えてくれた。

いつの間にか傍近くに来ていたその人は、そのままルーシャの肩を抱き、顔を覗き込む。

差し込んだ朝日に金色の髪が輝き、目映く美しかった。紫水晶の瞳は凛々しく、自らを支える腕は力強い。

まるで抱き締められているような恰好になったルーシャは、顔をしかめる彼のその表情にさえ胸をときめかせ、はにかんで笑った。

「……おはようございます、ノエル様」

恋心いっぱいに挨拶をすると、銀糸の刺繍が入る黒の上下を纏ったノエルは、眉尻を下げる。

「おはよう、ルーシャ。……まだ体調が悪いのだろう？　昨日の今日で、無理はしない方がいい。今日は休んだらどうかな」

「……？　いいえ、私は大丈夫です」

熱は下がっていて、動ける状態だ。特に休む必要はないと少し不思議な心地で応じると、ノエルは頭に被せられたベールの下に手を差し入れ、額に手を押し当てる。

「……こんなに汗を掻《か》いて、解熱薬を使ったんだろう？　まだ少し熱っぽいよ。ジェフリー第一司教には僕から話すから、君は部屋に戻って休んだ方がいい」

ルクス王国王家は、この世でも希少な魔法医を雇い入れていた。その魔法医は、ルーシャが作る魔法薬も処方していて、ノエルは副作用を承知している。

簡単に見抜かれ、ルーシャはばつの悪い気持ちになった。しかしそれよりも、汗でじっとりと濡れた肌に触れられた方が気になり、慌てて胸元からハンカチを取り出す。

「ごめんなさい、手を汚してしまったわ……っ」

他人の汗など気持ち悪いだろう。拭おうとするも、ノエルはにこっと笑った。

「僕は気にしないから、大丈夫だよ。もう風で乾いてしまったし。……ああ、ジェフリー第一司教が来たね。部屋まで僕が送るから、庭園のベンチで待っていてくれるかな？　セシリア、支えてあげて」

「はい……！」

紫の差し色が入った黒の祭服を纏ったジェフリーが後方から現れるのを見て、ノエルはセシリアにルーシャを頼んだ。ジェフリーに歩み寄る彼の背を見ながら、ルーシャは口を尖《とが》らせる。

「……私は動けるわ。このまま各地へ移動して、大地の浄化もできるのに」

不満そうにすると、セシリアがルーシャの手を取って首を傾げた。

「あら、せっかくのご厚意を無になさるのですか？　ノエル殿下に強情で聞き分けのない方だと思われるかもしれませんよ」

意地悪なセシリアの忠告に、ルーシャは目を見開く。

「……そ、そうね……。気分はよくないし……ご厚意に甘えた方がいいかもしれないわ……」

彼に嫌われたくない一心で考えを改めると、セシリアはにっこりと微笑んだ。

「ええ、それがよろしいと思います」


ルーシャは外回廊から少し離れた、庭園に面する木陰のベンチに腰を下ろし、微かに聞こえるジェフリーとノエルの声に耳を傾けた。

「ああ……そうですか。やはりまだ、体調が優れないのですね……。それでは本日もお役目はキャンセルを」

「……いや。今日だけでなく、しばらく休養をとらせられないだろうか？」

「と、おっしゃいますと……？」

ルーシャは目を瞬かせ、くるっと二人を振り返る。ベンチからは距離がありすぎて、声をかけられそうになかった。だがしばらく休養を取りたいなどと言った覚えのないルーシャは、なぜノエルがそんな提案をしたのか理由がわからず、じっと見つめる。

ノエルは眉尻を下げ、腹の前で腕を組んだ。

「休養の件は、以前から話していたと思うが……ルーシャは冬の間、ずっと各国を回るだろう。春先は特に疲れが溜まっている。今回は礼拝の最中に失神までしているし、体に負担がかかりすぎているように思う」

以前から休養について話していたなんて、ルーシャは知らなかった。ジェフリーはちらっとルーシャに視線を向け、言い淀む。

「……しかし、来週には花祭りがございますので……。長期のご休養に入られたと聞けば、皆が不安になるやもしれません……」

聖女は、冬の間こそ忙しかった。

冬は何もかもが凍《い》てつき、実りもない。秋までの蓄えで持ちこたえねばならず、人々の心は疲弊する一方。体を壊す者も多く、聖女は雪が降り始めると、信徒らに浄化の力を与えるため、各司教区を順番に回るのが慣例だった。

浄化の力を込めた水晶球でも役割は同じだが、聖女の顔を見るのと見ないのとでは気持ちも変わる。

一年に一度は各地を見て回るのは聖女の定めとされており、それを最も癒やしを必要とする冬から春先にかけて行っていた。

大陸を移動する冬の四ヶ月、ルーシャは休みがなく、つい二週間前にお役目が明けたばかりだった。

信徒を気にするジェフリーに、ノエルは穏やかに微笑む。

「彼女は聖女を務めてもう十二年だ。他の聖女様方であれば、力を失っていてもおかしくない期間、お役目を果たしている。それにルーシャは他の聖女様方よりずっと幼い頃からテューア教の最高位につき、家族と過ごす時間も限りなく少なかった。一度長期の休養を取らせてもいいのではないかな？」

自分は大丈夫だと言うために立ち上がったルーシャは、ぴくっと肩を揺らした。言われてみれば、歴代の聖女達は十年前後で役目を降りている。最長でも十五年だ。

昨日は力を失うにはあまりに早いと思ったが、これは自然の成り行きとも言える頃合いだった。

時を置かずして新たな聖女が現れると予言も受けており、本来なら、喜ばしい聖女交代の流れになるはずだったのだ。

――ノエル様が新しい聖女様に心移りし、私が悪女になる運命でさえなければ……。

ルーシャは気分が沈み、視線を落とす。

ジェフリーは眉根を寄せ、ノエルに反論した。

「聖女様は、ずっと魔法薬をお使いになりながらお役目を果たしてこられました。これまで通り、数日ご休養頂くだけでも問題ないのではないでしょうか？」

ジェフリーの言う通り、ルーシャは五歳の頃から、病気になったり、疲労困憊で倒れたりした時でも、体が動くようになればすぐ聖女として務めた。近頃は魔法薬も自作でき、大体一日で復帰している。

長期休養は大げさだと言うジェフリーに、ノエルは微かにため息を吐いた。

「……熱を強引に下げても、体が癒えていなければ意味はないと思うよ、ジェフリー第一司教。――僕の婚約者に、あまり無理をさせないでくれないか」

ルーシャは驚き、顔を上げる。彼はさりげなく、〝僕の婚約者〟を強調していた。ノエルは今、王太子の婚約者に無理を強《し》いるなと圧力をかけたのだ。

ノエルが自らの立場を利用して意向を通そうとする姿を見たのは初めてで、ルーシャは目を丸くする。

ジェフリーも驚いたのか、軽く目を瞠り、額に汗を滲ませた。数秒躊躇《ためら》い、渋々応じる。

「……では……。……殿下の仰る通り、お疲れが溜まっておられるのかもしれません……。長期のお休みをお取り頂くために、各国の司教達に連絡をし、了解を取って参ります……」

苦渋の決断とも言いたげな顔色でノエルの要望を呑み、ジェフリーは自らの執務室のある別塔へと向かおうとした。その時――彼が向かおうとした先から修道女が駆けてきた。

「ジェフリー第一司教様……っ、お耳に入れたいご報告が……！」

それは他国の大地の様子を確認し、浄化すべき地を定める『精査官』という役職についている女性だった。

大陸には七カ国あり、手紙を送って連絡を取るには時間がかかるが、テューア教の教会施設では、魔法使いが造り出した魔道具を使う。火を灯《とも》し語りかければ瞬時に声が届く、魔法のランプだ。

やり取りにタイムラグはなく、すぐに各国の状況を確認できた。

慌てた様子の彼女に、ジェフリーは冷静に応じる。

「落ち着きなさい。大聖堂施設内で大きな声を上げるものではない」

窘められるも、精査官は狼狽したまま報告を入れた。

「いえ、ですが……っ、先程、各国の司教様方と連絡を取っていたところ、オッター州より神の声を聞く少女が現れたと報《しら》せを受けました！　浄化の力は確認しておりませんが、次代の聖女様かもしれないと……！」

脳天から一気に全身の血の気が下がり、ルーシャは蒼白《そうはく》になった。

「――嘘……。こんなに、早く……？」

傍らにいたセシリアが、昨日ルーシャが抱いた疑念と同じ言葉を漏らした。彼女は青ざめ、震える手で口を覆う。

――次代の聖女が現れる。ノエルを奪い、ルーシャを地獄へ落とす〝神の愛し子〟が、間もなく目の前にやってくる――。

瞳は動揺に揺れ、頭の中が真っ白になりかけた。だがルーシャは唇を引き結び、自らに冷静になれと命じる。この報せを受け、ルーシャが力を失うと答えれば、ノエルの花嫁になるための準備が始まってしまう。新たな聖女がゲームの主人公のブリジットなら、ルーシャはすぐにも逃げ出す心づもりだ。

結婚の準備をさせて多くの者に迷惑をかけぬよう、新たな聖女の顔を確かめるまで、ルーシャは慎重に行動せねばならなかった。

ジェフリーもさすがに瞠目し、ルーシャを振り返る。全員の視線が自分に注がれていると認識したルーシャは、強ばった頬を一転、柔らかく緩めて微笑んだ。ゆっくりと皆に歩み寄り、首を傾げる。

「……新たな聖女の報せですか？」

ジェフリーは気遣わしく首を振る。

「いえ、まだ力を確認しておりませんので、聖女様であるとは定まっておりません。誤報である可能性も……」

落ち着いた顔でジェフリーと精査官のやり取りを見ていたノエルは、ジェフリーの返答に微かに眉を顰めた。ルーシャを振り返り、やんわりと微笑む。

「ルーシャ、君の力に変わりはないのかな？　確か昨日は、神の声を聞く前に気を失ったそうだけど……聞こえなかったわけではない？」

「――」

実はもう力が弱まっているのではと言いたげに尋ねられ、鼓動が大きく跳ねた。力はまだある。昨日は平生通り神の声を聞き、朝の祈りもこれまでと変わらず、浄化の力を世界に行き渡らせた感覚があった。

自分は今までと何ら変わりない。そうノエルに答えようとしたルーシャは、はっと口を閉じる。

――違う。……今朝は、これまで通りではなかった。

ルーシャは先程、大聖堂内の空気を浄化しきれず、僅かに穢れが残ったままだった。体調のせいだと思ったが、考えてみれば、病気であろうと浄化が完全にできなかった記憶はこれまで一度もなかった。

――私の力は、弱まっている……。

ルーシャは再び顔色を悪くし、視線を落とした。

昨日託宣を授かったばかりなのに、神は驚くほど早急に、ルーシャから力を奪おうとしていた。

「……ルーシャ？　どうなのかな」

ノエルが甘い声で、繰り返し尋ねる。それはまるで、真実を話して聖女の役目を終わらせ、自らのものにおなりとでも誘いかけているように聞こえた。

ルーシャは彼を見返し、答えを迷う。

長年ノエルの妻になりたいと願い続けた彼女にとって、力の喪失は願ってもない出来事だった。

それは大陸の安寧を保証する、押し潰されそうに重く苦しいお役目から解放され、愛する人と結ばれる祝福の時。待ち望んだ未来がやっと来たのだと喜び、ノエルに抱きつきたくてたまらなかった。

けれど神は――ルーシャにそんな未来は与えないと宣言した。

ノエルが結ばれるべきは、新たな聖女。

残酷な未来は心を冷静にさせた。ルーシャは静かに息を吸い、皆に向け偽りの笑みを浮かべた。

「……私の力はこれまで通りありますが、これから失うのかもしれません。念のため、その少女を王都へ招いてはいかがでしょうか？」

「聖女様……⁉」

セシリアは何を言うのだと驚愕《きょうがく》し、ノエルは目を眇める。

セシリアにとって、進んで次代の聖女を王都へ呼び寄せるのは、出奔する時期を早める愚行に見えるのだろう。しかし本来なら、ルーシャは新たな聖女の登場を喜ばねばおかしい。愛妾を持たないでと訴え、自分だって早く結婚したいのだとノエルの前で泣いていたのだから。

視線でセシリアを黙らせ、ルーシャは精査官に首を傾げた。

「その方は、どちらの州にいらっしゃるのかしら？」

精査官は額に滲んだ汗を拭い、手にしていた書類を見下ろす。どうやらそこに、新たな聖女候補の情報を書いているらしかった。

「……住まいは……オッター州とのことです」

オッター州といえば、麦や野菜の栽培が盛んな、長閑な田園地域だ。ゲームの中では片田舎と表現されていただけだったけれど、馬車で移動すれば十日程度で王都に着く、案外に近い場所である。

「では、お招きしましょう。聖地へ招いて確認する方が、もしも次代の聖女様であった場合も対応はしやすくなります。それでよろしいですか、ジェフリー？」

確認すると、なぜか表情を曇らせていた彼は、すぐに笑みを浮かべた。

「承知致しました。……ですが、聖女様のお力は今もお変わりない様子。空耳を神の声と勘違いしただけやもしれません。聖女様にはこれまで通り、我らと共に信徒達へ祝福をお与えくださいますように」

今までと変わらない働きを望まれ、ルーシャは頷く。

「ええ、もちろんです。……ノエル様も、私を心配してくださってありがとうございます。お言葉に甘え、今日は大事を取ってお休みを頂こうと思います。ですが、長期のお休みは必要ありませ……」

「いや、長期休養は取って欲しい。各地へ送る水晶球は君が日々ストックを作っていて、十分な数があるはずだし、それでも朝の礼拝が必要そうなら王宮の礼拝堂でしてもらって構わない。——君には休みが必要だよ、ルーシャ」

ルーシャの言うことはなんでも聞き入れていたノエルが、珍しく意見を退けた。きょとんとしている間に、彼はジェフリーに目を向けて言う。

「聖女の祈りは、ユーニ神像を祭る場所ならどこからでも効くのだろう？　ルーシャの力が衰えていないならば尚更《なおさら》、先程の休養の件について各司教らに確認しておいてもらえるだろうか」

「……承知致しました」

口調は柔らかいのに、否やを許さぬ空気を感じた。ジェフリーは一瞬口元を歪め、不承不承頭を下げる。

「ありがとう。それじゃあ、ルーシャは部屋へ行って休もうか？」

改めてこちらを振り返った彼は、優しい笑顔を浮かべていた。長年エスコートされてきたルーシャは、考えるより先に、差し伸べられたノエルの手に自らのそれを重ねる。

ノエルはぎゅっと手を握り、ルーシャを引き寄せると、前触れもなくその体を軽々と抱き上げた。

「きゃ……っ」

急に視界がくるっと回り、ルーシャは何が起こったのかわからなかった。ジェフリーや精査官はぎょっと

し、ルーシャは自分の状況を把握すると、頬を真っ赤に染めた。

「ノ、ノエル様……っ、私、歩けます……！」

結婚もしていないのに人前で横抱きにするなんて、女性は貞淑を求められるこの世では、大胆すぎる振舞いだ。慌てて下ろしてとお願いするも、ノエルは笑う。

「君は体調が悪いのだから、これくらい許されると思うよ。落としたりしないから、僕に運ばせてくれないか？」

お伺いを立てられ、ルーシャは言葉をなくす。彼の気持ちは嬉しいが、人前でこれを受け入れるのは憚《はばか》られる。そんな葛藤で答えられないでいると、ノエルはさっさとジェフリー達に挨拶をして、ローゼ塔に向かいだした。後ろをセシリアがついて来ているが、彼女ははしたないと顔をしかめるどころか、にこにこと微笑んでいる。

ルーシャは彼と体が密着しているのが気恥ずかしく、俯いた。そんなルーシャを見てノエルはふっと笑い、廊下の先に視線を向ける。

「……次代の聖女様が、現れたのかな……？」

静かな彼の声に、ルーシャの頬から赤みが消えた。さあっと二人の周りを風が通り抜けていく。

間違いなく、次代の聖女だろう。十日後に、ルーシャがノエルを失うシナリオが始まるのだ。

それはちょうど花祭りが終わった頃だと気づき、ゆっくりと顔を上げる。

いつの間にかこちらを見下ろしていた彼と視線を重ね、ルーシャは青の瞳を細めた。

「……次代の聖女様かどうか、私にはわからないけれど……今年の花祭りも、ご一緒に回ってくださいますか、ノエル様……？」

——これが、最後のデートになるかもしれないから。

頭に載せていたベールが風に揺れ、腰に届く白銀の髪が朝日を受けて清らかな輝きを放った。ずっと愛し続けた青年との別れを予感して、ルーシャの瞳は悲しさに潤む。

ノエルは彼女の表情に眉尻を下げ、甘く笑った。

「もちろんだよ、ルーシャ。今年も花祭りを一緒に見て回ろう。……熱が上がってしまったのかな？　今日はゆっくり休むんだよ」

瞳が潤んでいるのは熱のせいだと思い、体を気遣う彼に、ルーシャの胸がきゅうっと苦しくなる。

幼い頃から注がれ続けた彼の優しさを、酷く愛しく感じた。

第二章

熱を出した翌日、大事を取って休みにしてもらったルーシャは、居室の一角にある執務机の前に立っていた。色とりどりの薬液が入ったガラス瓶を複数並べ、それぞれを合わせては呪文を呟き、魔法をかけていく。するとと液体が淡く輝き、ぽっと小さな煙を上げて色を変えた。

部屋着のシュミーズドレスを纏った彼女は、できあがった桃色の液体に顔を寄せ、すん、と鼻を鳴らして眉根を寄せる。

「……もうちょっと甘い香りを足した方がいいかしら？　よくわからなくなってきちゃった……」

制作中の薬品の香りがちょうどよいのか、強めた方がよいのかよくわからぬまま、執務机の脇にある、ガラス扉の薬棚に手を伸ばす。花の香料が入った瓶を取り出したところで、部屋の扉をノックする音がした。

「どうぞ」

応じると、茶器の並んだワゴンを押して、セシリアが入ってくる。今日もきちんと修道服を身につけた彼女は、白銀の髪を一つに束ね、数多の薬品瓶の前に立つルーシャを見て、眉をつり上げた。

「まあ、聖女様。まだ完全に回復されていないのですから、横になっていてください……！」

咎められるも、ルーシャはにこっと笑って振り返る。

「昨日ほど辛くないから、大丈夫よ。お薬湯、持ってきてくれた？」

体は少し熱っぽいが、魔法薬を使うほど酷い状態ではなかったので、セシリアに薬湯を用意してとお願いしていた。魔法薬は強く効く分、副作用もある。ルーシャは病気が軽い症状の時は、薬草茶などの効き目が優しい薬を好んだ。

ルーシャの笑みを見たセシリアは、眉尻を下げてため息を吐く。

「もちろん、お持ち致しました。それと、お手紙と贈り物をお預かりしています」

「ありがとう、リーア」

近くまでワゴンを押してきた彼女から薬湯を受け取り、ルーシャはひと息つくために、椅子に座った。おいしくもない苦い薬湯を口に含むと、セシリアが机の上に封筒の束を置く。その脇に高価そうなビロードで覆われた箱も添えられ、ルーシャはため息を吐いた。

「……またどなたか宝飾品を送ってこられたの？　贈り物はテューア教教会に提出するから、何度贈られても身につけないのに……」

「リーゲル王国のモットレイ伯爵からです。……この方はルーシャ様からお礼のお手紙がくれば、それで満足なのでしょう」

セシリアもやや辟易《へきえき》した様子で肩を竦めた。

ルーシャが十三歳くらいになった辺りから、複数の男性信徒から恋文が届くようになっていた。一部の裕福な信徒にいたっては、時折、高価な宝飾品まで贈ってくる。

ルーシャがノエルと婚約しているのは周知の事実なので、なぜそんな手紙や贈り物が届くのか理解できなかった。貞淑を示すため、ノエル以外の男性からの贈り物など受け取るわけにはいかないし、何より聖女宛に贈られた品は、全てお布施として教会が回収する決まりだ。

送ってくれた人には、神のご加護を祈り、感謝を示す内容の手紙を返している。そこにいつも、贈り物は身につけられずすまないと書き添えていた。

それでこちらの意向は理解できそうなものを、一部の熱心な信者は贈り物をやめない。

ビロードの箱を開け、豪華な真珠のネックレスを見ながら、その中に添えられた手紙を読む。処方した魔法薬への礼と、ルーシャの外見を賛美する内容が延々綴《つづ》られていた。

「……モットレイ伯爵は、私に贈り物をするより、病弱なお体を治すのに専念された方がいいと思うわ」

隣国に住まう彼は昔から病弱らしく、熱や咳《せき》など多くの薬を必要とし、テューア教教会が販売している魔法薬の上客であった。呆れて言うと、セシリアが頬に手を添え、ため息交じりに言う。

「病弱だからこそ、効きのよい聖女様のお薬に感動なさって、贈り物をなさっているのですよ、きっと」

「……お薬でご満足頂いているなら、それでいいのだけれど」

ルーシャの心はノエル一人のものなので、恋心だけはもらっても困った。嘆息して薬湯にまた口をつけると、セシリアは心配そうにこちらを見る。

「聖女様のお薬が効くのは確かですが、少々働きすぎていらっしゃると思います。平気で無理をなさるから、ノエル様もご心配されているのではありませんか？」

「……無理なんてしているかしら……」

ルーシャは怪訝《けげん》な顔をして、自分の一日を振り返った。

午前中に大陸全体を清め、その後特に穢れた土地を浄化するために各地に移動。それがなければ、水晶球に浄化の力を込め、時に養護施設などを訪問。夕暮れになるとアーミテイジ侯爵家が派遣した家庭教師の講義が始まり、夜は寝る直前までテューア教教会が受注した魔法薬作りをしている。

言われる通り暇ではないが、水の日だけはのんびりしているので、さほど辛いとも感じていなかった。

セシリアの言葉がいまひとつ理解できないでいると、彼女は眉根を寄せる。

「されておりますとも。そのご自覚のないところが、すでにお仕事中毒なのです。この瓶も、何を作っていらっしゃるのです。また新しい魔法薬……あら、香水か何かですか？　砂糖菓子のようでいて、花のようでもある、とてもよい香りですね」

机の上の瓶を覗き込んだ彼女が意外そうに尋ね、ルーシャは薬湯を飲み干して頬を綻ばせた。

「いい匂いだと思う？　よかった。媚薬《びやく》を作っているのよ。どうせならおいしくしようと思って、お花の成分やハチミツを入れているの」

セシリアはこちらを振り返り、目を点にする。

「……え……？」

何を言ったのかよくわからないという顔をされたので、ルーシャはわかりやすくもう一度言い直した。

「媚薬よ。呑むと興奮して、性衝動を抑えるのが大変になるお薬を作っているの。ちなみに男女どちらが使っても同じ効果があるようにしているわ。いざという時に、私が怖《お》じ気《け》づいてもいけないし……」

ルーシャは生娘《きむすめ》。前世でも恋人がいた経験はなく、閨事の知識はあろうと、実際にそういう雰囲気になって自分がどう感じるかは想像できない。そのため、怖くなって逃げ出してしまいかけたら、自分でも媚薬を呑んでことに及ぶつもりだった。

最後は小声で呟くも、セシリアは瞠目し、額に汗を滲ませる。

「……ま、まさかと思いますが……ノエル王太子殿下に使おうとお考えなのですか……？」

ルーシャはぽっと頬を染めた。

「ええ、そうよ」

恥じらい交じりの返答に、セシリアは口を開けた。

「――聖女様……！　本気で、ノエル殿下の子種を頂いてから出奔なさろうと考えておられるのですか……⁉　出産はかかりつけのお医者様がいた方がよいのです！　出奔先でそのような落ち着いた環境に住めるとは限らないのでは……っ、あ、いいえ！　こんな現実的な話をする以前に、新たにおいでになる方が聖女様だとはまだ決まってはおりませんよ！　出奔すると決めるのは早計ではありませんか……⁉」

ルーシャとセシリアでは、出奔を決める理由が同じようでいて微妙に異なる。

セシリアは、ルーシャが授かった神託そのものが白昼夢だったのではと疑い、新たな聖女が真実現れた場合に出奔するのだと考えていた。

一方ルーシャは、新たな聖女が来るのは確かだとわかっており、それがブリジットだった場合に出奔すると決めている。

ルーシャはセシリアの認識に合わせて、返答した。

「まだ出奔するとは決めていないわ。だけどいらっしゃるのが新しい聖女様だったら、到着までそんなに時間がないでしょう？　出奔する時は粗相《そそう》をしてしまう前にできるだけ早く実行したいから、お薬だけ先に作っているの。……だけど、そうね。出産するにはお医者様が必要よね……」

妊娠・出産に関して、ルーシャは深く計画立てていなかった。セシリアの言う通り、隠遁《いんとん》生活で安心して子を産むとなると、一定期間同じ場所に住まいを持たなくてはいけない。

しばし考え、ルーシャはあっけらかんと答えた。

「まあ、大丈夫じゃないかしら」

「何を根拠に……っ」

「……最初の目的地はね、タオ王国にしようと思っているの。タオ王国なら、魔法使いも大して目立たないでしょう？　〝聖女交代の儀〟を終えたあとに髪を染めて、しっかり逃走経路を組んで入国すれば、誰にも気づかれずに定住することも可能だと思うわ」

ルクス王国の西――小麦の生産が盛んな隣国リーゲル王国の更に西にあるタオ王国は、魔法使いが他国よりも幾分多い。人口の三割ほどが魔法使いなのである。そこならルーシャが魔法薬を作って販売しても、さほど注目を集めない。

ルーシャは頭の中で立てていた出奔計画をより詳細に想像し、眉を顰める。

「……だけどそうね、できるだけ家族にも見つからないように、住まいは栄えた街に持つ方がいいわね。人の出入りが盛んな方が、人波に紛れ、目立たぬよう過ごせるでしょうし。お父様達には、ノエル様とブリジットさんが結ばれてどうにもならない頃合いにこっそりお手紙を書くのがいいかもしれない。元気だとお伝えして、他国でお会いしてご安心頂くの。うん、いけそうじゃない？」

急に姿を消しては捜索されるだろうが、新たな聖女がブリジットだった場合、どうせノエルは遠からず心移りする。『ノエル殿下とは婚約破棄致します。新たな聖女様とお幸せに』と置き手紙をすれば、ブリジットに惹かれていく彼もそれがルーシャの意志だったのだと都合よく受け取り、探さなくなるだろう。

家族は何があっても探すと思うが、ノエルの子を孕《はら》んだあとならば、見つかってもさして問題ではない。ルーシャが出奔する理由の一つは、ノエル以外の男性との結婚を受け入れられないからだ。しかし未婚で子を孕んでしまえば、新たに娶りたいと名乗り出る男性は滅多《めった》に現れない。

ただし、国に連れ帰られた場合、ノエルに子を孕ませた責任を取れと言いだされるのは困る。

彼のことは誰よりも愛しているけれど、他の女性に心奪われたノエルなど、顔も見たくないのが正直な気持ちだ。

だから下手にすぐ見つかるわけにはいかないが、かといって心配させ続けるのも心苦しい。子を産んだ後くらいに連絡するのが最適だった。

つらつらと冷静に今後の動きを説明していくと、異を唱えていたセシリアは顔を歪め、息を吐いた。

「……そうですか……。聖女様は、本気でいらっしゃるのですね……。では私も、覚悟を決めます」

苦渋の選択とばかりの表情に、ルーシャは首を傾げる。

「無理はしないでいいのよ、リーア。一人でも、私はちゃんと頑張れるわ」

もともと連れて行くつもりはないし、出奔までの間、気持ちを塞がせるのも悪い。考え直しても大丈夫だと優しく伝えると、セシリアはいつかと同じように、不満そうに顔を歪めた。

「――まあ。私は、必ずご一緒に参ります。聖女様への忠誠心は、そう容易く捨てられるほど軽いものではありません。王太子殿下に媚薬を盛る手助けとて、厭わず実行する覚悟はございます！」

媚薬を盛ったとノエルに知られ、勘気《かんき》に触れれば相応の罰を与えられる。それを承知だとわかる真剣な表情で答えられ、ルーシャは微笑んだ。

「……ありがとう、リーア。だけどお薬は、私が入れるから大丈夫よ。私、来週から休養に入るでしょう？　ノエル様にお時間を頂いて、二人きりで過ごしている際に、お飲み物にでも入れるつもり」

ノエルが言い出したルーシャの長期休養は、ジェフリーに圧力をかけただけあって、当日中にあっさり通っていた。

ルーシャには、二週間の休みが与えられる予定だ。聖職者たちは、信徒らを不安にさせぬため、花祭りを終えたあとに実施するよう条件をつけるに留めたのである。

元々長期の休みなど取る必要性を感じていなかったルーシャは、それで十分だった。しかし今朝、ルーシャの顔を見にローゼ塔を訪れたノエルは、二週間は長期ではないとまだ不満そうだった。その際、休みの間は実家か王宮に泊まるようにとも命じられ、ルーシャは彼を心配性だなと思う。

ノエルはどうも、教会の中にいるとルーシャが休めないと考えている様子なのだ。

ともあれルーシャは近く休養に入り、お役目がなくなる分、よりノエルと会いやすくなる。昔から彼と二人きりで過ごす機会は多く、媚薬を仕込むのは容易いと考えられた。

彼の気を逸らして飲み物に薬を入れる自分を想像し、ルーシャはふっと息を吐く。

「……本当はお薬を盛るなんてよくないのはわかっているのだけれど……。ノエル様は正気ではたぶん私を抱いてくださらないでしょうし……」

物憂く机の上に置いた媚薬の試作品を一つ取り、脳裏にノエルを思い描く。

ノエルがルーシャを大事にしてくれているのは、十分すぎるくらい伝わっていた。もしかしたら、多少は愛してくれているのかもしれない。

だけどそれが異性として向けられている愛なのか、不憫《ふびん》な幼少期を見ているからこその同情なのか、ルーシャには判断がつけられなかった。

大人になった今、ルーシャは彼が出会った当初から甘く振る舞ってくれた理由を理解している。

言葉を交わしたこともない相手に、最初から愛があるはずはない。

彼は、感情に蓋をして表情まで失った少女を元に戻すために、十二歳の若さで懸命に心を割いていたのだ。

自分でいっぱいいっぱいだったルーシャとは、全く違う。ノエルは王太子として己の立場を理解し、突然宣告されたよく知らぬ聖女との婚約も拒否しなかった。それどころか、異常をきたした聖女を救うべく、稚《いとけな》いその手を差し伸べたのである。

——本当に、ノエル様は幼い頃からよくできた方ね……。

彼は幼少期からとても立派な器の持ち主で、思い返すと、ルーシャの胸がまたときめいた。

しかし——だからこそ、自身への甘やかしと閨事は別だともわかる。

ルーシャが成人してから、ノエルは時折体にも触れた。一線を越えぬよう頑張らねばならぬくらいには、その触れ方は淫らだ。普通は、それなら純潔を捧げるのも容易いと思うだろう。けれどルーシャを乱している間、ノエルの体はいつだって熱くなっていなかった。声を殺して心地よさに身を捩《よじ》るのはルーシャばかり。

ノエルは微笑んでルーシャを見つめ、「可愛いね、ルーシャ」と感想を述べる余裕だってある。

あれはやはり、興が乗って戯れているだけなのだと思われた。

そんな彼をその気にさせるには、やはり薬を使うしかない。

――いいえ、もしかしたら媚薬だけではその気になって頂けないかもしれないから、扇情的なネグリジェも用意したほうがいいかも……。

万が一媚薬の効きが悪かったら、視覚的に興奮させる作戦だ。

ノエルと恋仲になる新たな聖女様には申し訳ないが、彼は今のところルーシャの婚約者。逢瀬を交わして非難される立場ではない。

自分にそう言い聞かせて鼓舞するも、やはり胸に罪悪感が広がった。

――……どうか私とのことは悪女に酷い目に遭わされたと早々にお忘れになり、ノエル様がお幸せになられますように……。

俯いて神に彼の幸福を祈っていると、媚薬を自らが入れたっていいと豪語していたセシリアが頷いた。

「承知致しました。ですが、それ以外でも手が必要になれば、なんなりとご命じください」

覚悟ある眼差しがまっすぐに向けられているのを目の当たりにし、ルーシャは眉尻を下げる。

「ありがとう。――私、貴女も大好きよ。リーア」

自らへの忠誠心の強さを感じられ、とても嬉しかった。

目を細めて素直な気持ちを伝えると、セシリアは照れくさそうに頬を染める。

「……それは、とても光栄です……。お薬湯は苦かったでしょうから、甘い紅茶をお淹れしますね」

気の利く侍女はおいしい紅茶を淹れ始め、ルーシャは礼を言って、再び媚薬作りを再開した。

◇◇◇

次代の聖女が現れたかもしれないと連絡が入った一週間後、王都ヴィルトカッツェはあらゆる場所が花で彩られる、花祭りの日を迎えていた。この日、テューア教の信徒達は、午前中に教会へ赴き、神に花を捧げる。そして午後から街へ繰り出し、春を祝う祭りに参加した。

祭りは珍しい魔道具を扱うお店から、駄菓子や果物、花はもちろん宝飾品などあらゆる種類の露店が出る。通常の祭りであれば大々的に舞いを披露する場面もあるが、花祭りではない。冬を乗り越えた喜びを分かち合う色が濃く、人々は花を眺めてまわり、それぞれ会話を楽しむのが通常の過ごし方だった。

シュピーゲル大聖堂は、例年通り大聖堂の外まで参拝者が並ぶ賑わいで、混雑していた。ここだけは聖女が花を受け取り、信徒に〝祝福〟が与えられるからだ。

ステンドグラスに光が射し、七色の光に包まれたユーニ神像の手前で、ルーシャは信徒から花を受け取る。

「神のご加護と祝福を……」

跪く信徒の額に軽く指先を乗せると、淡い光が放たれた。光に触れた信徒は深く息を吸い、礼を言って下がる。体内に溜まった疲労や病が改善し、心地よくなるらしかった。

祝福を与えているルーシャ自身は、病気や疲労に悩まされるのに、不思議なものだ。

花祭りの日はいつもより信徒が多く参拝するため、礼拝は朝の五時から始まっていた。時折休憩を挟んではいるものの、立ちっぱなしで祝福を与え続けるルーシャは、疲れを感じて顔を上げる。

信徒は大聖堂中央に走る身廊ではなく、壁側にある側廊に列をなしている。そこから前方へ移動し、ルーシャに花を捧げて祝福を与えられると、反対側の側廊に抜けて帰って行く順路だ。

今日ばかりは、礼拝の際に信徒が使う長椅子に座る者はほとんどいない。しかしその最前列の椅子に、一際人目を惹く青年が一人、腰を据えていた。

金色の髪に、どこか色香のある紫水晶の瞳を持つルクス王国王太子——ノエルである。

白糸の刺繍が入る、濃い青の上下に身を包んだ彼は、ゆったりと長い足を組み、頬杖をついてルーシャを眺めていた。軍部で鍛え上げた体躯《たいく》はどんな姿勢でも美しいラインを造りだし、艶やかな髪が片目にかかると、けだるげな雰囲気が漂った。そんな様子も恰好よく、ルーシャは彼を見るたび胸が高鳴る。

おまけに今日は周りに厳《いか》めしい近衛兵《このえへい》が侍《はべ》っているため、彼は他の参拝者らの注目も浴びていた。

朝の礼拝時に訪れる際も、王族は近衛兵を引き連れている。しかし朝は参拝者が少なく、近衛兵は礼拝の邪魔にならぬよう、後方の席に控えるのが常だった。

今日は多くの人々が大聖堂内を行き来する花祭りのため、彼の両脇と後方に立って警護しているのだ。

その近衛兵の中には、ゲームの攻略対象となるディック近衛騎士団団長もいる。

燃えるような赤毛に翡翠の瞳を持つ彼は、アルトリッジ侯爵家の次男で、ノエルとは友人関係にあった。見た目は厳ついが、話せば気さくな性格をしており、また女たらしでも有名である。紳士なノエルと仲がいいのは不思議に感じるけれど、腕は確かだそうなので、武術関係で気が合うのだろう。

王太子が大聖堂内にいると知らない信徒達は、最前列の位置まで進んできてから彼に気づき、一様にぎょっとした。その後、ルーシャしか見ていない彼に目礼をして、前を通り抜けていく。

ルーシャがノエルの婚約者であるのは周知の事実。皆、ルーシャに会いに来たのだなと思うのか、特に疑問は抱いていないようだった。

けれどルーシャの方は、彼がなぜ午前中から大聖堂を訪れたのかしらと、奇妙に思っていた。

ノエルは元々、午後から来る予定だったのだ。それがふらりと朝から訪れて、何をするでもなくルーシャを見ているのである。

その視線が祝福を与える自らの指先に注がれている気がして、ルーシャは居心地が悪かった。

神から聖女の力を失うと告げられて、一週間だ。気づかれぬように振る舞っていても、浄化の力は日に日に衰えている。

信徒をいい加減に治癒して帰すわけにはいかず、ルーシャは常よりも長めに指先を押し当てて、以前と変わらぬ効果が出るようにしていた。それをノエルに見定められている感じがするのだ。

さりげなくノエルの様子を見ていたルーシャは、大聖堂の出入り口に見知った男性が現れたのに気づき、視線を向ける。司祭服を纏った、ジェフリーだ。

彼はルーシャをまっすぐ見つめ、軽く頭を下げる。それは、ここまでの信徒で終了だという意味だった。

出入り口の上部に掲げられた時計を確認すれば、ちょうど十二時を指していて、ルーシャは息を吐く。

礼拝は正午まで。ルーシャからは見えないが、大聖堂の正面玄関扉が閉ざされたのだろう。

人々を癒やす責任ある役目が終わる安堵感《あんどかん》に襲われ、同時に聖女として務める最後の花祭りなのだと意識して、物寂しさが胸に広がった。

「花々の祝福に感謝し、秋の豊穣をお恵み頂けますように」

新たに信徒が目の前に跪いて祈りを捧げ、ルーシャは青の瞳を細めて、差し出された愛らしいチューリップの花を受け取る。そして掌《てのひら》を信徒の額に押し当て、穢れを払っていた時だった。

「――わあ、ここがシュピーゲル大聖堂？　とっても大きいのね。シャーフ村の教会の十倍はありそう！」

神の加護を祈り、聖女による祝福を与えられる神聖な大聖堂内に似つかわしくない、溌剌《はつらつ》とした明るい少女の声が響き渡った。

信徒達の視線が声が放たれた出入り口へと集中し、ルーシャは祝福を与え終えてから、微かに眉を顰めて顔を上げる。荘厳な空気を乱す不躾《ぶしつけ》な者を、やや不快に感じた。

「これ、そんなに大きな声を出すものではない……っ。聖女様が信徒に祝福をお与えになっている、神聖な儀式の最中だ」

珍しく、ジェフリーが慌てた調子で窘め、いつの間にか彼の隣に現れていた少女を目にしたルーシャは、ひゅっと息を呑んだ。一気に全身から血の気が下がり、薄く開いた口から震える吐息が零れる。

――嘘……。どうして……？　王都に到着するまで、あと数日はかかるはず……。

身廊の先にいたのは、ピンクとクリーム色でストライプ柄になっている、質素なワンピースを身につけた美少女。フワフワと癖のある栗色の髪に、大きな翡翠の瞳を持つ――ルーシャが前世でプレイしていたゲーム『天空世界アルカディア　ブリジットと聖なる恋物語』の主人公、ブリジットだった。

彼女は今しがた大聖堂内に入ってきたのか、後方から司祭服に身を包んだ別の聖職者が駆け寄り、小声で咎める。

「ブリジット様、お一人で勝手に動かれては困ります……！　それに、シャーフ村のように振る舞われてもいけません。ここはテューア教最高位の聖職者である、聖女様がいらっしゃる大聖堂です！」

聞き覚えのあるセリフばかりが耳に木霊し、ルーシャは混乱のあまり、目眩を覚える。

――嘘……嘘……。ゲームが……始まっている……？

これは前世で何度も見たシーンだった。オープニングムービーのあと、村を出発し、そしてゲームが始まる最初の場面。

大聖堂で主人公がルーシャと対面し、意地悪なセリフで応酬されるシーンだった。

ブリジットは方々から叱られ、愛らしく身を竦める。

「ご、ごめんなさい……。今までみたこともない綺麗《きれい》な建物だったから、つい、はしゃいでしまったの」

耳に心地よい、鈴を転がしたかのような声だった。くるくると変わる表情に、素直な振る舞い。誰もが惹かれていく運命となる次代の聖女は、庇護欲を煽《あお》る上目遣いで、周囲を黙らせた。

ジェフリーはため息を吐き、そっと顔を寄せて彼女を促す。

「……それでは、聖女様にご挨拶をなさってください。失礼のないようにするのですよ」

ブリジットは近づけられたジェフリーの端整な顔に薄く頬を染めつつ、元気よく頷いた。

「わかりました、第一司教様！」

こちらを振り返り、彼女はルーシャへ向かって一直線に駆けてくる。身廊のど真ん中を堂々と走り抜けていく姿に、ジェフリーや他の聖職者達が目を剥《む》いた。

「ま、待ちなさい……っ」

「違います……！　そこからじゃありません、ブリジット様……！」

猪突猛進《ちょとつもうしん》が如く、自分に向かって笑顔で走り寄る少女に、ルーシャは呆れて眉尻を下げる。

シュピーゲル大聖堂の身廊は、通常の教会よりも広く長い。ブリジットは少し息を切らして目の前に到着すると、大きな声で挨拶をした。

「はじめまして、聖女様。私はオッター州のシャーフ村から来ました、ブリジット・エイミスといいます！　聖女試験を受けるため、これからしばらくこちらに滞在します。どうぞよろしくお願いします！」

彼女のセリフを聞いた瞬間、ルーシャは頭が真っ白になった。

大聖堂内には、まだ多くの信徒が祝福を受けるために待っている。こんな場面で『聖女試験』などと口走られては、ルーシャの力が弱まっているのだと疑いを抱かれ、信徒を不安にさせる。

「聖女試験だって……？」

「もしかして、聖女交代がなされるのか……？」

予想通り、信徒達が心細げにざわめきだし、ルーシャはいかにも無垢《むく》な少女ですといった顔をしているブリジットに苛立ちを覚えた。次期聖女ともあろう者が、信徒の気持ちを慮《おもんぱか》れないでどうする。聖女は信徒の――この大陸に生きる全ての者に安寧を与えるために存在しているというのに。

ルーシャは微笑みを称《たた》え、怒りのままに口を開いた。

「……そう。ブリジットさんとおっしゃるのね。初めまして、私はルーシャといいます。貴女はあまり教会内の作法をご存じじゃないようね。テューア教では、身廊は神の通る道とされていて、普段は聖女しか歩いてはいけないの。お行儀がなっていないわ」

聖女試験を受けるなら、お前はまだ聖女ではない。立場を弁《わきま》えよ――と暗に命ずると、ブリジットは、はっとした。

「ご、ごめんなさい……！　聖女様にお会いできたのが、嬉しくてたまらなくて……！」

心根の澄んだ少女らしい返答だった。しかしルーシャは思わず――「返事の仕方もなっていないわ。自分よりも位階の高い者に謝罪する時は、『ごめんなさい』ではなく『申し訳ありません』と答えるのよ」と窘めたくなり、なんとかその欲求を飲み込む。すうっと深く息を吸い、苛立つ心を必死に静めた。既視感のある自分とブリジットのやり取りに、鼓動が激しく乱れる。

この会話もまた、何度も前世のゲームで見た記憶があった。しゅんと項垂れたブリジットを見つめ、ルーシャは内心、愕然と呟く。

――なんということ……。ゲームのシナリオ通りのセリフを言ってしまったわ……！

悪役令嬢として動いてはならないと思っていたのに、意地悪なセリフはするりと放たれていた。

――落ち着くのよ、ルーシャ。悪役になってはダメ。優しさを持って対応するのよ……。

これ以上シナリオ通りに振る舞って、一家断罪の未来に進むのだけは避けねばならない。

ルーシャは己のキツイ態度をフォローするため、笑みを浮かべて再びブリジットに話しかけようとした。だが横合いから別の者が進み出て、彼女に声をかける。

「やあ、こんにちは。君が新たに聖女試験を受けに来た女の子？」

ルーシャの呼吸が、瞬間的にとまった。コツリと高い靴音を鳴らして歩み寄った青年を、絶望的な心地で見上げる。ステンドグラスから注ぐ光を受け、金色の髪が目映く煌めいた。紫水晶の瞳は、常になく嬉しそうな輝きを乗せてブリジットを見下ろす。

ここで話しかけるのは、主人公が攻略対象に選んだ相手と決まっていた。前世でルーシャの末路を調べた際、オープニングの仕組みについても確認し、把握していた。

――やっぱり、ノエル様を攻略対象に選んでいる……。

ブリジットに話しかけたのは、ルーシャの婚約者――ノエルだった。

全身に嫌な汗が滲み、愛する人を奪われる恐怖に掌が微かに震える。そしてブリジットへ向けられた彼の表情を目の当たりにして、心が勝手に嫉妬に染まった。

――どうしてそんな嬉しそうな表情をなさるの、ノエル様。それではまるで、ブリジットさんに興味を持ったようじゃない……っ。

幼少期から培われたノエルへの独占欲が頭をもたげ、一度は沈めた苛立ちが再び燃え上がる。

このゲームは、攻略対象達が最初から主人公に興味を持って歩み寄るシステムだった。だからノエルの反応は当然だ。けれど目の前でこれほどあからさまな表情をされては、冷静でいられない。ノエルは一目でブリジットに惹かれたと言っているも同然に見えた。

声をかけられたブリジットは、秀麗な造作の彼を見るや、小さく口を開けて呆《ほう》けた。輝く金色の髪に、優しさの滲む切れ長の瞳。凛々しい眉と、甘い笑みを作る口元。軍部で鍛えた体躯は無駄のない筋肉で覆われ、背は彼女の頭一つ分は高い。誰もが理想とする青年を目の当たりにした彼女は、うっとりと瞳を潤ませた。

明らかに見蕩れているブリジットに、ノエルは笑みを深めて挨拶する。

「はじめまして。僕はルクス王国の王太子、ノエルです。お会いできて光栄だ。大聖堂にはよく訪れているから、王都の生活で何かわからないことがあれば、気軽に尋ねてくれていいよ」

彼はシナリオ通りのセリフを口にして、ルーシャは更なる嫉妬で胸が苦しくなった。

ルクス王国では、初対面での挨拶は目下の者からするものだ。ブリジットはまだ、彼に向けて挨拶もできていない。それなのに、ノエルは自ら名乗り、世話まですると申し出る破格の対応を約束した。

――私というものがありながら、他の女の子に甘くするなんて……!

いつも通り我が儘な気持ちが込み上げ、彼に文句を言いたくなるも、ルーシャは唇を噛《か》む。

ここで感情的になっては、何も変わらない。シナリオ通りにことが運ぶだけだ。

前世を思い出したルーシャは、変わらねばならない。家族を守るため、ノエルと結ばれる未来は諦めると決めた。自分以外の女の子に惹かれる彼は見たくなくとも、愛しているなら、その幸福を祈るべきだ。

ルーシャは目立たぬように深呼吸し、感情をコントロールする。

――嫉妬してはダメ。一目会ったその時から、好意を抱いてしまったなら、仕方ないじゃない。私は今まで我が儘だったし、ノエル様の心が他へ向いてしまうのだって仕方ないのよ。

ルーシャは自分に向けていたのと同じか、それ以上に見える甘い微笑みを浮かべるノエルから、ブリジットへと視線を戻す。

彼女は瞳を輝かせ、ようやく挨拶をした。

「あ……っ、初めまして、ノエル様。私は、ブリジット・エイミスと申します。どうぞよろしくお願い致します」

「うん、よろしくね」

ノエルは優しく応じ、後方から近づいてくる足音に振り向く。ブリジットをとめようとしてとめられなかったジェフリーと、どこかで見た覚えのある司祭服を纏った聖職者が側廊を通って歩み寄っていた。

「申し訳ございません、聖女様。こちらが、先日お話ししておりました少女です。街路の整備が整っており、予定よりも早く到着されました。こちらは、オッタ一州の司祭、アンガス・ベルでございます」

ジェフリーに説明され、ルーシャは納得する。以前ならば十日かかっていたが、そういえばノエルが成人して以降、彼の方針でルクス王国は各地の道路整備が積極的に進められていた。荷の出入りをより円滑にし、商業を活気づかせるためだ。

紹介されたオッター州の司祭は、恐縮しきりで頭を下げる。

「不躾な振る舞いをしてしまい、誠に申し訳ございません、聖女様。なにぶん、片田舎の教会しか利用した経験のない方ですので、どうぞお許し頂けますと幸いです……っ」

ルーシャは冷静さを取り戻し、鷹揚に微笑んだ。

「……構いません。ですがブリジットさんには、立ち居振る舞いの講師をつけた方がよいかもしれませんね。後々、彼女自身が恥をかかぬように」

ブリジットは一般階級の娘だ。幼少期から講師をつけられ、立ち居振る舞いは完璧にできるルーシャとは違う。聖女としての品格だけではなく、ノエルの妻になるためにも、勉強は必要だ。

ただの提案として言ったのだが、ブリジットはかあっと頬を染めて俯き、アンガス司祭はまた焦った。

「なにぶん、一般階級の者ですので、教養が足りず申し訳ございません……っ」

「……申し訳ありません聖女様。私、恥ずかしい振る舞いをしていたみたいで……」

ルーシャはしまったと思う。ブリジットが次期聖女であるとわかっているのは、今時点ではルーシャだけだ。周りにとっては、まだ聖女試験を受けにきただけの娘で、聖女ではない。その娘に教育が必要だと言えば、それはただ貶《けな》しているだけだった。

シナリオではルーシャはこんなセリフを言っていなかったはずだが、どちらにせよ印象が悪くなったのは確か。悪役令嬢としての道を着実に進みだしている状況に、ルーシャは軽く青ざめた。

やり取りを見ていたノエルが、くすっと笑って間に入る。

「お転婆《てんば》な様子もとても可愛らしかったよ、ブリジット嬢。大聖堂に滞在中、君が振る舞いも学びたいと望むならジェフリー第一司教が講師を招くだろうが、無理に直そうとする必要はないからね」

ノエルはルーシャの意見をやや否定して、ジェフリーに目を向けた。

「花を捧げに来た人達が待っているから、そろそろ彼女を奥へご案内してはどうかな」

ジェフリーは頷いて、ブリジットに目配せする。

「それでは、当面の貴女の宿泊施設に案内します。ついて来なさい、ブリジット」

「はい……っ」

「——御前、失礼致します聖女様」

ブリジットは傷ついた顔ながらも気丈に頷き、ジェフリーは折り目正しく頭を垂れてから、アンガス司祭と共に下がっていった。

ルーシャは呆然《ぼうぜん》と彼らを見送り、ノエルがさりげなく耳元に唇を寄せて囁いた。

「……意地悪をしちゃダメだよ、ルーシャ。彼女は次代の聖女様かもしれないのだから、もっと優しく教えてあげなさい」

ルーシャは肩を揺らして彼を見上げる。ノエルは叱りながらも甘く微笑み、最前列の席へと戻っていった。

——意地悪したわけじゃないのに……。

自分の振るまいを悪意と取られ、胸がズキッと痛んだ。気落ちして俯きかけると、目の前に信徒が進み出て、ルーシャは無理にも聖女として微笑みを湛《たた》えた。

午前中の礼拝が終わり、予定通り花祭りへと向かうため、ルーシャはノエルと共に大聖堂前に回された馬車に乗り込んでいた。大聖堂前の広場には、花を売る数多の露店が立ち並び、甘い香りに満ちている。花は教会に奉納するだけでなく、各家でも飾られるため、午後になっても多くの人々で賑わっていた。

大聖堂の正面扉前に、ジェフリーや修道者達がルーシャを見送るために整然と並ぶ。

「それでは、お預かりする」

ノエルが声をかけるとジェフリー達は頭を下げ、馬車の扉が御者により閉ざされた。馬車はゆっくりと動き出し、ノエルの護衛達が騎馬で周囲に侍る。セシリアは後方につけられた別の馬車で共に移動していた。

ルーシャはそこにいるだけでも一定距離まで浄化するので、街中を馬車で一回りするだけで、方々を浄化できる。二人は浄化の名目で王都中を見て回り、時折気になるものがあったら馬車を停《と》め、買い物や散策をする予定だった。

物憂く窓の外を見つめ、ルーシャは小さくため息を吐く。ノエルと過ごしたこれまでの温かな日々が思い起こされ、瞳にうっすらと涙の膜が張った。予想より早く、ノエルと別れねばならない時が来てしまった。

しかし泣いてはダメだと瞬きを繰り返して涙を乾かしていると、頭から聖女のベールが取り払われる。

「……ルーシャ？　何か怒っているのかな……？」

ルーシャはノエルとデートできる日、決まってはしゃいで饒舌《じょうぜつ》になった。それが今日はずっと黙っているので、不機嫌なのかと思われたようだ。

まだ瞳が少し潤んでいたけれど、無視もできず、ルーシャは振り返る。彼はすぐに濡れた青の瞳に視線を注ぎ、優しく頬を撫でて尋ねた。

「……どうかした？」

その仕草や声音は相変わらず甘く、ルーシャの胸に、じわりと甘えたい気持ちが湧く。ノエルは言葉にせずともルーシャの気持ちを察し、甘やかすのが上手かった。たとえそうなる運命でも、彼に嫌われたくはなくて、ルーシャは気になっていた先程の振る舞いについて話す。

「……その……さっき、大聖堂でブリジットさんに教養が必要だと言ったのは、意地悪しようと思ったわけじゃないの……。もしも彼女が聖女なら、将来のために講師をつけた方が彼女のためだと思って……」

聖女は出自に関係なく、テューア教の最高位聖職者として、王族から諸侯貴族まで身分の高い人々に会う。その際に今日のような振る舞いをしては、見下され、軽んじられかねない。

この世が聖女の力を必要としているのは確かだ。しかし聖女の立ち位置は、人心に頼っていた。もしも聖女という存在が侮られ、人々が都合よく浄化に使える道具として扱い始めたら悲惨である。ルーシャが幼い頃の教会関係者の態度が、既にその危険が迫っていると物語っている。

五歳の少女に対し、教会関係者は辛いと言っても聞く耳を持たず、病になれば叱責した。第一司教がジェフリーに変わって組織の雰囲気は改善したけれど、また悪化してはいけないのだ。まして、それが外界に広まっては最悪だった。

未来の聖女達のためにも、新たな聖女は崇敬されねばならず、教養を身につけている必要がある。だからルーシャは、ブリジットに教養が必要だと指摘した。

信じてくれるかどうか不安になりながら説明すると、ノエルは目を瞬かせ、眉尻を下げた。

「……そうだったんだね。誤解してしまって、ごめん。それでブリジット嬢が下がってからも、君はずっと悲しそうにしていたのかな？」

意外なほどあっさり気持ちを理解してもらえ、ほっと肩の力が抜けた。おまけにブリジットが下がったあと、ルーシャはずっと微笑んでいたのに、こちらの気持ちまで見抜かれていたらしい。

悲しんでいたのは、ノエルを失う未来が来ることに対してもだった。だけど事実は口にできず、ルーシャは頷く。

「はい……」

ノエルは肩口から垂れ落ちたルーシャの髪を指先で梳《す》き、さらりと背に流して囁いた。

「そっか。……傷つけてごめんね、ルーシャ。お詫《わ》びになんでもするよ。何か欲しいものがある？」

ルーシャの鼓動がどきっと跳ね上がった。それは、彼がよく使う誘惑だ。ルーシャが不機嫌になると、ノエルはいつも「なんでもするよ、ルーシャ」と甘く囁いて、許しを請う。

ノエルがこう言う時は、大抵の願いが叶えられた。だからルーシャは、十三歳からは決まって同じお願いを繰り返している。

ドキドキと胸を高鳴らせながら顔を上げると、彼は色香たっぷりの微笑みを浮かべてルーシャを見つめ、小首を傾げる。

「……なんでもおねだりをしていいよ、ルーシャ？」

ルーシャは緊張で吐息を震わせ、か細い声でねだった。

「……キ、キスをしてもいい……？」

このおねだりの仕方には、暗黙のルールがあった。

『キスをして』ではない。ルーシャは必ず『キスをしてもいい？』と聞かねばならないのだ。

ノエルはどんな時も、自らキスはしてくれないから。

恒例のおねだりに、ノエルは紫水晶の瞳の奥を妖しげに揺らめかせた。ルーシャを抱き寄せ、ひょいっと膝の上に乗せる。

「あ……っ」

彼の上に足を開いて座らされ、ルーシャは頬を染めた。馬車の中でキスをする時、ノエルは決まってこのポーズをさせる。祭服で隠れて見えないとはいえ、はしたない恰好だ。

たぶんキスをねだり始めた十三歳の頃は身長差があって、隣に座った状態ではルーシャからキスがしにくかったからだろう。ノエルは自身の上にルーシャを座らせ、軽く膝立ちにさせて好きに口づけさせた。

その名残でずっとこのポーズをさせられるルーシャは、甘く微笑む彼を気恥ずかしく見下ろす。

ノエルは艶っぽく目を細め、ルーシャの細い腰に手を添えた。

「いいよ、ルーシャ」

促されたルーシャは、横目に窓を見た。

「あの……カーテン……」

馬車の窓辺には、薄いレースのカーテンがかかっているだけだ。厚い布地のカーテンも閉めてとお願いするも、ノエルはにこっと笑った。

「カーテンを閉めたら、中でおいたをしていると皆が気づくよ。大丈夫だよ。誰も馬車の中は覗かないし、外が明るいから、中は暗くて見えない」

「……っ」

花祭りを見て回っているはずなのに、厚い布で窓を覆っては、どう考えても中であらぬことをしていると伝わるだろう。明暗差があるから中は見えないと宥《なだ》められ、ルーシャは躊躇いつつ顔を寄せた。

ノエルは楽しそうにルーシャを見つめ返し、唇が触れる直前、艶っぽく目を細める。その表情の変化だけでも胸がときめき、ルーシャは鼓動を乱してちゅっと彼の唇を啄《ついば》んだ。

軽く顔を離して様子を窺うと、一度瞼を閉じた彼は、薄く目を開けてルーシャの唇を見つめる。

「一度だけでいいの……？」

物足りなそうに尋ねられ、鼓動が更に乱れた。ルーシャは誘われるまま、また啄むキスを繰り返し、次第に心地よさを感じ始めた頃、彼がルーシャの唇を吸い返した。情熱的に唇をはまれ、息が上がっていく。

「ん、ん……っ、ノエル様……はあ……」

ルーシャが陶然としてノエルを呼び、また互いに唇を重ねると、彼の舌が口内に滑り込んだ。ルーシャは肩を揺らすも、おずおずと舌を絡め合わせ、その感覚に背筋を震わせる。大人のキスは時折しているが、何度しても慣れなかった。水音は淫らに感じるし、実際絡め合わせられる舌の動きは淫猥《いんわい》だ。この段になるとルーシャの腰は引けていて、足は力を失い、ぺたんと彼の太ももの上に座り込んでしまう。

ノエルは逆に興が乗るのか、後頭部に大きな手を回し、より濃厚に舌を絡めだした。

「んぅ……っ、んっ、ん」

ぬるぬると互いの舌を味わい、歯列を撫で、上顎をくすぐって、舌の側面をなぞる。そしてまたねっとりと厚い舌を絡め合わせられ、あまりにいやらしい動きに、鼓動が乱れに乱れた。馬車の中に響く水音が耳について羞恥心《しゅうち》を煽り、同時にお尻と密着したノエルの足から車輪の振動が伝わって、変な気分になる。

「……ん、ん……っ、ノエル様……あっ……きゃっ」

キスに翻弄されていたルーシャは、ノエルの不埒《ふらち》な手が太ももを撫で下ろし、祭服の下に滑り込んできて、びくっとした。

「ノ、ノエル様……それは……」

ルーシャは咄嗟に唇を離し、彼の手を祭服の上から押さえる。今は太陽が鮮やかに輝く昼間だ。さすがに淫らな触れ合いは憚《はばか》られ、頬を染めてダメだと態度で示すと、ノエルは掌を太ももの上に乗せたままとめた。もう一方の手は祭服の上から反対側の太ももの上に乗せ、首を傾げる。

「……ルーシャ。一つ聞きたいことがあるんだけど、いい？」

「……？　は、はい」

両足を掴《つか》まれた状態でドキドキしながら頷くと、彼はやんわりと微笑んだ。

「……君は、聖女の力が弱まってきている。そうだろう？」

睦み合っていたところに、突然秘密にしている事実を確認され、ルーシャは冷や水を浴びせられた心地だった。ノエルには毎度心を見透かされてしまうが、これだけは悟られてはならない。

ルーシャは強張《こわば》りかける頬を叱咤《しった》し、必死に平静を装って応えた。

「……聖女の力は、まだ十分にありますけれど。――えっ、あ……！　きゃう……っ」

嘘を吐いた直後、ノエルは祭服の下に忍ばせた手を動かした。強引にルーシャの手を押しのけ、するるっと脇腹を撫で上げ、躊躇いなく胸に触れる。

祭服の下には、ワンピースのシュミーズと腰を覆うコルセットしか身につけていなかった。

ノエルは華奢な体の割に豊満なルーシャの胸を大きな掌で包み込み、いやらしく捏《こ》ね回《まわ》し始める。

「……あ……っ、ダ、ダメ……っ、ん……っ」

ルーシャは身を竦め、慌てて高い声が外に漏れぬよう、唇を引き結んだ。

ルーシャの胸は、ノエルの手にちょうどよく包み込めるサイズで、揉まれるとすぐに心地よさを感じた。

得も言われぬ感覚に襲われ、吐息が震える。しかも彼の触れ方がいかにも快感を煽るよう、ゆったりと揉みしだくものだから、腹の奥がじんと疼いた。

しかし今は、王宮で食事会などをした夕暮れの帰り道ではない。明るい内に淫らな触れ合いをするのは抵抗があり、ルーシャは彼の腕を弱々しく握って首を振った。

「ん、ん……っ、まだお昼なのに、そんなに触っちゃ、ダメ……っ。外から見えちゃったら……！」

キスもよくないが、体に触れているのを人に見られるのはもっといけない。いくら婚約していようと、人目は忍ばねば——と、快楽に瞳を潤ませながら訴えると、ノエルはルーシャの耳元に唇を寄せた。

「……外から見えたって、何をしているかわからないよ」

「ん……！」

彼の低い声と吐息で鼓膜が揺さぶられ、ルーシャの足が震える。耳から背筋にかけて電流が流れ、下腹部がきゅうっと重くなった。

彼の言う通り、ルーシャに触れているノエルの手は、祭服の下にすっぽりと隠れている。外から見てもルーシャが彼の上に座っているだけで、何をしているかまではわからない状態だった。

「……気持ちいい？　ルーシャ」

「あ……っ、あ……っ、んん……っ」

ノエルは意地悪に耳元で尋ねながら、今度は胸の形を辿って撫でる。くすぐったくも心地よくて、ルーシャは吐息を乱した。指先でつんと勃ち上がった乳首の周りを撫で回されると、焦らされているようで余計に感じる。

ノエルは悦楽に染まりゆくルーシャを静かに見つめ、額を重ねた。

「……ルーシャ。どうして嘘を吐くのかな……？　君の我が儘は可愛くて好きだけど、今回の嘘はあまりよくないね」

「あっ、あっ、は……っ、ひゃあ……！」

ノエルはまた柔らかく胸を捏ね回し、不意に胸の先を摘まんだ。びりびりと心地よさが下腹まで走り抜け、ルーシャは太ももに力を込める。しかし足の間にはノエルの太ももがあり、快感は中途半端に腹の底に溜まった。

ルーシャは乱れる呼吸をなんとか整え、ノエルを見返す。長年共に過ごした彼女は、ノエルの僅かな苛立ちを肌で感じていた。

「……私は、嘘なんて……」

それでも認めるわけにはいかず、眉尻を下げて同じ答えを繰り返すと、ノエルはにこっと微笑んだ。

「そう。嘘つきな悪い子には、罰が必要だね。今日の花祭り見学は中止にして、王宮へ帰ろうか？」

「――え……」

これがノエルと過ごせる最後の花祭りになるルーシャは、ショックのあまり顔色をなくす。ノエルがルーシャに罰を与えるなどと言い出すのも、これが初めてだった。

そんなに怒らせてしまったのかと血の気を失い、もしもこれがゲームが始まった影響だったらと不安に襲われる。

この世界はノエルとブリジットを結びつけるために動いていて、何をしてもルーシャが嫌われるようになるシステムだったら――。

ルーシャはみるみる悲しそうな顔になり、震えながら尋ねた。

「わ……私がお嫌いになったのですか……？」

ノエルは目を瞬かせ、小首を傾げる。

「……どうしたの？　僕が君を嫌うはずがないだろう。僕の趣味は君を喜ばせることだよ。……いや、君の願いを叶えて喜ぶ顔を見るのが趣味だ、と言った方がいいかな……」

想定外に甘すぎる答えを返され、ルーシャは咄嗟に反応できなかった。きょとんと彼を見返し、数秒して内容を理解する。彼の優しさはまだそこにあると信じていいのか、不安とときめきに心をぐちゃぐちゃにして、再度確認した。

「ほ、本当……？　私を、嫌いになっていない……？」

恋情を隠し切れない潤んだ瞳で聞き直すと、ノエルは艶っぽく目を細めた。

「……本当だよ。君の笑顔は、世界で一番可愛いと思ってる。それにいやらしいことをしている時の反応も――とてもそそる」

「え？　――あっ、きゃ……！」

ノエルは膝の上でルーシャの体の向きを前方へ向けて座り直させると、もう一度祭服の中に手を差し込んだ。今度は両手でシュミーズ越しに胸を揉まれ始め、ルーシャはまた快感に襲われて、身を屈《かが》める。

「待って……っ、そんなにいっぱい触っちゃ……っ」

ノエルと向かい合っていた時と違って、否応なく外の景色が目に入る。明るく日の照った昼間に、馬車の中で淫らな行為をしている。そう意識すると、羞恥心に火がつき、ルーシャは暴れかけた。

「……ルーシャ？　あんまり声を出すと、護衛が中を覗くかもしれないね……？」

ノエルに耳元で注意され、ルーシャはびくっと体を揺らして、抵抗をやめる。淫靡《いんび》に胸を揉みしだかれ、息を詰めて身を捩った。

「……んっ、ん……っ、あっ、あ……っ」

ノエルの指先が、ルーシャの勃ち上がった乳首をカリッと引っ掻き、高い声が上がった。思わず背を反らして、すぐに両手で口を押さえるも、ノエルの膝が微かに浮いて、足のつけ根にぐりっと押しつけられる。

「やぅ……！　ん……っ」

ルーシャは強い刺激に声を漏らしかけ、必死に耐えた。しかしノエルの足は押しつけられたままで、車輪の振動で小刻みに揺さぶられ下腹が重くなっていき、その上胸まで捏ね回され、あまりの心地よさに生理的な涙が滲んだ。

「——ダメ……ダメ……っ、頭がおかしくなっちゃう……っ。これ以上はダメ……！」

ルーシャが「これ以上はダメ」と言えば、ノエルはいつもピタリと動きをとめ、解放してくれた。けれど今日の彼は行為をやめず、耳元に唇を寄せてぼそっと尋ねた。

「……ルーシャ。やめて欲しいなら、きちんと答えてね。……もう、聖女の力は弱まっているんだろう？」

——薄々感づいていても、当人の告白がなくては結婚に向けて物事を動かせない。ルーシャの口から事実を聞きだそうとするノエルの本音が垣間《かいま》見え、鼓動が乱れた。

快楽に呑まれかけていても、その質問にだけは答えられず、ルーシャは唇を閉じる。肩越しにその態度を覗き込んで見たノエルは、ふっと笑った。何も言わず片方の膝を更に持ち上げ、ガタンと馬車が揺れると同時に、ぐりりっとルーシャの心地よい場所を刺激した。

「ひゃあ……っ、あぅ……っ」

ルーシャはびくりと跳ね、腰を浮かして逃げようとした。しかし彼は逃げるのは許さないとばかりに、両手で腰を掴み、心地よい場所を擦り上げた。

「やぁ……っ、あっ、あっ、んん——！」

ルーシャはたまらずびくびくと体を震わせて、衣服を着たまま初めての絶頂を迎えた。

何度か体を震わせると力が抜け、くたりと彼の膝上から崩れ落ちそうになる。すかさずノエルが腹に手を回し、彼の胸に背を預けさせた。荒く息を吐くルーシャの顔を覗き込み、困ったように眉尻を下げる。

「……強情だね、ルーシャ」

ルーシャは快楽の余韻で瞳を潤ませ、眉根を寄せた。

「……ノエル様は、意地悪ね……」

今まで甘いばかりだった婚約者が、全く言うことを聞いてくれなかった。初めての絶頂感で動揺し、指先は震えていた。強がって文句を言うと、彼は優しくその手を握り込む。

「……怖かった……？　ごめんね」

そう言う彼の表情や体は、今日も熱くなっていない。ルーシャはまた自分一人が乱れていたのだと、悲しい気持ちになりながら首を振った。

「いいえ……。ノエル様は私に、何をなさってもいいの。私は貴方が大好きだから……」

何もかもを捧げてよいと、ずっと想っていた人だ。ルーシャは永遠に、ノエル一人を愛し続ける。だから傍にいられる間は、好きに触れていい。

俯いて本心を答えると、癇癪《かんしゃく》を起こすとでも考えていたのか、ノエルはほっとしたようだった。

ルーシャは深く息を吸い、これからについて思考を巡らせる。

ブリジットが現れた以上、ルーシャの破滅は確実だ。家族を守るため、可能な限り早く国を出なくてはいけなかった。大聖堂には聖女判定のため、常に穢れた土地が保管されている。瘴気を外に出さぬよう、それらは少々ややこしい魔法で封印されていて、解くのに時間がかるが、それも二、三日もあれば解呪できる。

彼女が聖女だと判定されるのは数日中で、その後すぐに聖女交代の儀がなされ、ルーシャの花嫁準備が始まるのだ。できれば判定が下る前にノエルの子種をもらい、聖女交代の儀の直後に出奔してしまうのが最善だった。

――ノエル様はやっぱり私ではその気になれないみたいだから、媚薬に頼るしかないわね……。

別れを意識すると泣いてしまいそうになるが、ルーシャは感情を抑えて、自身の手を握る彼の指先に自らのそれを絡めて言った。

「……ねえ、ノエル様。……私、明日から休養に入って、時間ができるでしょう？　だから、私の実家に遊びに来てくださらない？　できれば、明日か明後日に」

以前と変わらぬ振る舞いを心がけ、我が儘な言い方をして振り仰ぐと、彼はルーシャの瞳をまじまじと見つめた。その眼差しは何かを探ろうとしていたが、さすがに媚薬を盛ろうとしているとまでは気づかれるはずがない。

何を確かめたいのだろうと不思議に思って見返すと、彼はぼそっと「……嫌われているわけじゃないんだな……」と意味のわからない呟きを零し、気を取り直したように微笑んだ。

「いいよ。だけど、明日は王宮へおいで。初めて君が二週間も休めるのだから、お祝いをしたいと思っていたんだ。公務もあるから、会えるのは夕暮れからになるけど、二人で一緒に過ごさない？　遅くなったら、泊まっていってもいいしね」

ノエルの婚約者であるルーシャは、国王夫妻に誘われ、幼い頃から時折王宮に宿泊していた。水の日の前夜に王宮を訪ね、夜遅くまで国王一家と共にチェスやカードゲームをして遊ぶのだ。そして宿泊する部屋は、いつでも落ち着いて過ごせるようにと、客室の一つをルーシャ専用にしてくれている。

王宮に泊まるのは特別珍しい出来事でもなく、ルーシャは明るく応じた。

「素敵なご提案ね。必ずお伺いするわ」

ノエルは紫水晶の瞳を細め、頬に口づける。甘い彼の態度に鼓動をまた乱しつつ、ルーシャは心の中で、予定は狂ったけれど、なんとか媚薬を仕込んでノエルとことをなそうと決意した。

◇◇◇

花祭りを見て回り、ルーシャをローゼ塔の居室に送ったノエルは、釈然としない気分で大聖堂施設内の回廊を歩いていた。

「……なぜルーシャは、新たな聖女の出現を喜ばないんだ……？」

ぼそっと呟くと、斜め後ろについていた護衛の一人、近衛騎士団団長のディックが飄々《ひょうひょう》と応えた。

「あのお嬢ちゃんが、新たな聖女じゃないからでは？」

お嬢ちゃんとは、今日王都に到着した聖女候補・ブリジットのことだろう。ふわふわとした栗色の髪に翡翠色の瞳を持つ彼女は、顔つきは愛らしかったものの、振る舞いは全くなっていなかった。まさに一般階級出身の元気なお嬢さんという印象である。

王族として生まれたノエルには、身廊のど真ん中を走り抜けるという型破りな振る舞いはいっそ小気味よく、面白くすら感じた。しかし幼少期から王太子の妻となるために教養を身につけたルーシャにとっては目に余ったらしく、珍しくお小言を口にしていた。

ノエルは幼少期から友人関係にあるディックを振り返り、半目になる。

「お前の目は節穴か？　どう見たってルーシャの力は弱まっているだろう」

やや機嫌悪く返すと、ディックはにやっと笑った。

「聖女様の御力《おちから》が弱まっているかどうかなんて、俺にはわかりませんよ、殿下。議会にせっつかれて焦っていらっしゃる殿下の目の方が、狂っているのかもしれないじゃないですか」

「……いえ、聖女様の御力は弱まっているように感じました。信徒に祝福を与えられるお時間が、今日はいつになく長かった。力が弱まった分、長時間力を与えねば浄化しきれなかったのではないでしょうか」

もう一人の護衛、エヴァン・アーチャーが口を挟んだ。白金の髪に琥珀色《こはくいろ》の瞳を持つ彼は、今年二十三歳になるアーチャー伯爵家の次男だ。感情の起伏がほぼない冷静沈着な男で、彼もまたノエルやディックと友人関係にあった。

「そうだったか？」

ディックが怪訝そうに応え、ノエルは眉間に皺《しわ》を刻む。

「――そうだった。お前はもっと物事を繊細に見る必要があると思うぞ、ディック。明らかに力は弱まっているのに、彼女は新たな聖女の来訪を喜ぶどころか、力の衰えを認めようとすらしない。……なぜだ」

最後は誰に答えを求めるでもなく、ぼそっと低く呟いた。ディックとエヴァンは互いに視線を交わし、口を閉じる。その無言の意味がわからぬノエルではなく、つい苛立って舌打ちした。

「……なんだその間は。彼女が俺と結婚したくないのだとでも言いたいのか？」

ノエルが自分でも危惧していた可能性を口にすると、エヴァンは気遣わしく「いえ」と答え、ディックは肩を竦める。

「昔から聖女様はノエル殿下に夢中であられたので、最近嫌われるような真似をなさっていないなら、大丈夫では？」

ノエルは目を眇め、黙り込んだ。

「あ、何かしてるんですね？」

すかさずディックに突っ込まれ、ノエルは言下に「煩《うるさ》い」と返した。


ルーシャが五歳という異例の若さで聖女になった年、ノエルは十歳だった。初めて彼女を見たのは、国王に新たな聖女として挨拶するため、謁見の間を訪れた際だ。

自分に何が起こっているのかわからないが、大人達にそうしろと言われているから挨拶をした。父王に頭を垂れる彼女は、傍から見るとそんな雰囲気だった。

次に見たのは大聖堂で、朝の礼拝をする彼女の横顔は、今も忘れられない。大陸中の民から敬愛される聖女は、泣き腫らした目で神に祈りを捧げていたのだ。聖女が泣く状況が全く想像できず、ノエルは驚いた。

聖女とは、ゼクスト大陸中の民が信仰するテューア教の最高位聖職者だ。誰もに傅《かしず》かれ、蝶よ花よと大切にされるイメージしかない。実際、前任の聖女はいつだって幸福そうに微笑み、穏やかに過ごしていた。

しかしルーシャは全く違い、日に日にやつれ、瞳から精気がなくなっていった。ルーシャが聖女になって二ヶ月した頃には、ノエルは両親に『何か変じゃない？　あの子、大丈夫なの』と聞いていた。

両親もルーシャの異常には気がついていたが、罪を犯している証拠もなく、宗教組織の内部運用について精査するのは難しいそうだった。

数ヶ月経つと泣き腫らした顔は見なくなったが、代わりに彼女は表情を失い、神の言葉以外口にしなくなっていた。

ノエルは、祭服を纏った美しい人形となったルーシャを見守るしかない自分や両親の無力さに愕然とした。

こんなに近くにいるのに――王族であっても、手出しができない。

なんとかして、あの子の表情を取り戻す術はないのだろうか。内部組織に介入できる手段があれば――と方法を探し始めた頃だった。

ルーシャとノエルは婚約すべし――と神託が下った。

議員らは即座に、アーミテイジ侯爵家の策ではないかと疑った。神託を利用して王家と縁を結び、権威を手にしようと諮《はか》ったのではと考えたのだ。

だが建国時より王家に仕え、名のある武将を輩出してきたアーミテイジ侯爵家は、広大な領地を持ち、経済力も豊か。以前は騎士として軍部に所属していたが、今はその職を退き、領地運用のみに専念している現当主は、穏やかな性格で権威に執着するたちでもない。

猜疑《さいぎ》の目を向けられたアーミテイジ侯爵は、辟易している様子だった。議員でもある彼は、議会にて真偽を問われ、静かに憤りと悲しみを示した。

『聖女となって以降、テューア教教会はあの子の心が乱れると言って、一度として私たちにあの子と会う機会を与えてはくれません。大聖堂での礼拝さえ、訪れてはならぬと命じられている。皆様が神託に疑いを抱かれるのならば、どうぞあの子を聖女の役目から降ろして頂けはしまいか。私たちの望みは、権威でも、富でもありません。……今一度あの子の顔を見て、この腕に抱き締めることだけなのです』

議員はもとより、国王もテューア教教会が内々にアーミテイジ侯爵家に通達していた忠告を知らなかった。

完全に娘を取り上げられ、静かに悲嘆に暮れている彼の心情は痛いほどに伝わり、議会は静まり返った。

そしてノエルとルーシャの婚約は、その日の内に認められた。

ノエル同様にルーシャを気にかけていた国王夫妻は、婚約を機に教会組織に少しずつ働きかけ、彼女に関わっていった。

婚約してから、ノエルはルーシャが心を開くよう、毎日話しかけ続けた。表情のない彼女は、花を贈れば大きな青い瞳に光を灯し、冗談を言えば微かに笑った。自分の気持ちを口にしなかった彼女が、水の日に一緒に実家で過ごしてと恐る恐るお願いしてきた日など、快哉《かいさい》を叫びたい気分だった。

ようやくルーシャが、心を取り戻したのだと実感できた瞬間だった。

その上ノエルが共に実家に行ってもいいと答えたら、飛びついて喜んだのだ。全身で感情を表わす彼女がこれ以上ないほど愛しく、ノエルはあの時、華奢な体を抱き締め返し、一生この子を守ろうと心に誓った。

それから彼女が我が儘を言うたびに感情があると思えて嬉しく、ノエルは可能な限り全ての望みを叶えた。

ルーシャがキスをねだった時ばかりは応えられなかったが、それは致し方ない。

当時、ノエルは十八歳で、ルーシャは十三歳。成人した彼にとってルーシャは稚く、何より婚約と同時に父王から〝決して聖女を穢してはならぬ〟と強く命じられていた。

二人が仲睦まじくなるほどに、聖職者達の眼差しも尖っていく。聖女は純潔を失えば力を失う。安寧を保証する存在をみだりに穢す者が傍近くにいる状況に、神経を尖らせるのは当然だった。

そういった関係者の気持ちも汲《く》んで、父王は敢えて諫《いさ》めたのだと思う。

だがノエル自身、五歳も年下のルーシャは可愛いと思えど、肉欲は全く感じていなかった。だから周囲の視線も父王の忠告も特段気にとめず、毎日ルーシャに会っていた。

それが、キスをはぐらかした直後、ムキになった彼女に唇を重ねられ、ざわりと心が揺らいだ。

幼い少女だとばかり思っていたルーシャは、よく見ると背も伸び、体つきも変わってきていた。恥ずかしそうに頬を染め、間近で自分を見つめる表情はあどけなさの中にも色香があり、重ねられた唇の感触は信じられないほど柔らかく心地よい。ノエルはすぐにまた唇を重ね、もう一度その感触を味わいたい気分になった。けれど彼女がすぐに身を離し、我に返った。

聖女は神の愛し子だ。神に愛され続けるには、彼女は穢れてはいけない。キスだって、肌を汚したと神に悟られ、力を失う時期が万に一つでも速まったらどうする——と、自分を窘めた。

聖女の力は、純潔以外ではその喪失の理由が判然としていない。歴代の聖女の中には、力の喪失時に神の寵愛《ちょうあい》を失ったと嘆く者もあったと記録されている。それでノエルは、漠然と聖女は『神の花嫁』なのだとイメージしていた。

——人生の中の十数年。若く美しいその一時、神に愛される少女達——。

ルーシャは神のものだ。次期国王として、無責任な真似はできない。そう自分を諌めた彼は、同時に強烈な苛立ちを感じた。

——ルーシャは俺の婚約者だ。それなのに、彼女は神にまで愛されている。

まるで神と自分で彼女を共有している気分に陥り、ノエルの胸は灼熱《しゃくねつ》の嫉妬で焦がされた。

これまでルーシャは、無邪気に『大好き』と何度も気持ちを伝えてくれた。そのたびノエルも『大好きだよ』と返していた。しかしその感情は、恋情よりも慈しみの方が色濃かった。だがキスをした刹那、ノエルはルーシャに独占欲を抱き、嫉妬心に支配された。

――彼女を愛するのは、俺一人で十分じゃないか。神が聖女に選んだから、ルーシャは家族と過ごす穏やかな日々を失い、倒れるまで働かされ続けている。神は大陸の民を守りはしても、ルーシャは救えない。彼女を守り、慈しめるのは俺だけだ。

心の中で神を罵《ののし》り、ノエルはいつからか目覚めていた、ルーシャへの恋情を自覚した。

きっとルーシャがノエルに初めて実家に来てとねだった日から、もう始まっていた。

自らに飛びつき、喜んだ彼女を抱き締めたあの瞬間、ノエルの心はこれ以上なく喜びに満ちた。彼女が愛しくて仕方なかった。あれからずっと、ノエルはルーシャを愛してきたのだ。

その後、ノエルはルーシャのキスを拒まなかった。ただし、自らは触れないと暗黙のルールを設けた。自分から動くと、自制を失い、彼女の全てを奪ってしまいそうだったからだ。

神の花嫁自身に望ませて唇を穢す日々は、背徳感に満ちていた。彼女が十六歳になり、成人して以降は、その成熟した体に触れたい衝動を抑えきれず、時折人目を忍んで手を伸ばした。

純潔を失ってはいけないルーシャは、ノエルが触れるのを怖がる。しかしそれが余計に神への嫉妬心を煽り、ノエルはよりいやらしく彼女の体に触れ、淫らに喘《あえ》がせた。

声を殺しても漏れる彼女の嬌声《きょうせい》は扇情的で、自らは熱くならぬよう気をつけるのに苦労する。それでもノエルは、早くルーシャを手放してくれと神に願い、触れるのをやめなかった。

ディックに最近嫌われるような真似をしていないなら、結婚を嫌がられてはいないだろうと言われたノエルは、思い当たる節がありすぎて口を閉じた。

議員達に愛妾を作れとせっつかれているせいもあって、最近頓《とみ》に、いやらしく触れている。

いつまでも世継ぎをもうけぬのは問題だと、議員達は一夫一妻制のルクス王国王家に、特例として愛妾制度を設けよと議案を出しているのだ。

夜会などでも、ルーシャがそういった場に決して参加しないのをいいことに、ノエルは多くの令嬢達から堂々と誘われていた。そういった様子から、議員達は愛妾を作るのは容易いと考えているのである。

しかし正直ノエルは、他の女など抱く気になれなかった。着飾った令嬢達は美しくよい香りがするが、ノエルが抱きたいのは長年見守ってきたルーシャだ。

恋情に染まった瞳で自分を見つめ、二人きりの時だけ我が儘を言う様は愛らしく、聖女としての役目だけは手を抜かぬ生真面目な性格は誠実で好ましい。姿形は着飾らずとも誰より美しく、淫らに触れた際の反応は最高にそそった。

何よりルーシャが愛妾は作らないでと泣いて嫌がっているのだから、ノエルが議案に賛同するはずもない。

議員らは、自分達の穏やかな日常が誰のおかげで保たれているのか、今一度考えるべきだろう。

もちろん政治的統治によって国は平穏に守られている。だがルーシャの浄化の力なくしては、そもそもこの大地に生きていられないのだ。

いくら世継ぎをもうけるのが義務であろうと、必死に大陸を守る彼女を蔑ろにしてまで、他の女と子作りなどしたくはなかった。

議題に愛妾の話が持ち上がるたびノエルは苛立ち、内心――そんなくだらない法案を出すくらいなら、長年慈しみ続けたあの美しい俺の婚約者を今すぐに抱ける法でも作れ――と吐き捨てていた。

もちろん感情は顔に出さず、裏で父王にもう少し待ってくれと根回しをして、議案は延々決裁を見送っている。

とはいえ、このままルーシャの力が衰えなければ、いずれ愛妾を抱えねばならないのも事実。将来を思うと憂鬱であり、彼女を目の前にすると愛情が溢れ、つい本番さながらに触れてしまっていた。

そんな折に、新たな聖女候補の報せだ。やっとその時が来たかとノエルは腹の内で歓喜した。けれどルーシャは、想像と異なる反応を示した。

彼女は報せを聞いた瞬間青ざめ、更には力は衰えていないと言い切ったのだ。

自分と早く結婚したいと泣いていたのに、と不可解に感じた。今日もかなりの確信を持って、力の衰えを確かめたが、また否定された。

議会を黙らせるのもそろそろ限界にきている。ノエルはやっと結婚できる今になって自分が嫌になったのかと、焦燥を覚えた。一方で他の誰にも譲りたくない独占欲も燃え上がり、馬車の中で無体を働いた。生娘なのに衣服を着たまま自らの上で達させ、その後微かに震えるルーシャの姿に酷く罪悪感を覚えた。

「……しかし、あのあとも実家に遊びに来てとねだっていたしな……」

嫌われる原因とすれば、あの怯えさせている触れ合いだ。しかしルーシャは事後も会いたがっており、力の衰えを認めない理由は他にあるのか——と考え込んでいると、ディックがいい加減に言った。

「まあ、純潔を失えば聖女様の力は確実になくなるんですから、そんなに力を失っていると確信を持ちたいのでしたら、お手を出されればよいのでは？　そうしたら、晴れて結婚も叶い、議員も喜びます」

突拍子もない提案に、エヴァンは唖然《あぜん》と彼を見返し、ノエルは目を据えた。

ルクス王国では、未婚の男女は互いの名誉のため、二人きりになるのを避けるのがマナーだ。しかし婚約者同士なら、許容される。公にはされないが、結婚を待たず関係を持つ男女も割と多く、そのため婚約を破棄すると再婚扱いになった。

方々で浮き名を流し、基本的に貞操観念が緩いディックにとっては、婚約しているなら許されて当然といったところなのだろう。しかしルーシャに限っては話が別だ。

「……次代の聖女が確定していない状態で、そんな真似できるわけがないだろう」

聖女はこの大陸上、最も重要な存在である。そう容易く手込めにして力を奪えるか——と呆れて言い返し、ノエルは視線を正面に戻した。するとちょうど向かいから歩いてくる者があり、部下との雑談をやめる。

ジェフリー第一司教が、傍らに白い祭服を着た少女を伴って歩いてきていた。今朝会った、新たな聖女候補——ブリジットだ。

ジェフリーはノエル達の手前まで近づくと、軽く頭を垂れて挨拶をする。

「……聖女様をお戻し頂けたとお伺い致しました。誠にありがとうございます」

その手には、大量の封筒と宝飾品が入っていると思われる上等な箱が無造作に詰め込まれた籐籠《とうかご》がある。

『親愛なる聖女様へ』と書かれた封筒の宛名が目に入り、ノエルは薄く笑みを浮かべた。

「……いや。貴方は聖女候補に大聖堂施設を案内しているのか？　……それとも、ルーシャの部屋へ向かわれているのだろうか？」

ジェフリーは籐籠を見やり、微笑んだ。

「ブリジットに設備の案内をしがてら、聖女様のお部屋にもお伺いする予定でございます。本日の花祭りで、信者達よりたくさんの手紙と贈り物がまた届きましたので」

「そうか……また恋文ばかりか？」

ルーシャが成長するにつれ、邪な想いを抱く信者は増えていた。聖女である彼女は、誰も手出しができない高嶺《たかね》の花だ。触れてはならない定めが余計に男達の気持ちを煽るのか、日増しに手紙や宝飾品の贈り物が増えている。ルーシャ自身は婚約しているのになぜ想いを寄せられるのかと困惑しているが、ノエルは男どもの気持ちがよく理解できた。

絹糸が如き銀糸の髪に、清らかな微笑み。足もとに跪けば、細く美しい指先がたおやかに額に触れ、体を癒やしてくれる絶世の美少女。しかも目をこらせば、その体つきは成熟した女性のそれとわかる。

懸想するなという方が無理だといえる、魅力的な少女だった。

数多の男を虜にしている様を目にすると、婚約者としては独占欲を煽られ、また苛つかされる。

――俺の未来の妻に手を出そうとは、いい根性だ。即刻決闘してやろうか。

と、彼女宛の手紙を見る度、ノエルは剣を抜きたい心地になった。

ジェフリーは、にこやかな笑みを浮かべて頷く。

「……そうですね。ルーシャ様は歴代の聖女様の中でも、大変容姿端麗なお方ですから……」

大した問題として捉えていない様子に、ノエルは舌打ちしたい衝動を覚えた。テューア教教会にとって、ルーシャは莫大《ばくだい》な資金源だ。その力だけでも大陸中の人々の信仰心を集めるというのに、更には例を見ない美しさ。貴族階級の者の中には心酔のあまり高価な宝飾品を贈り続け、それが全てテューア教教会の懐《ふところ》に収まっている。テューア教教会は、永遠に信者を魅了し続けてくれて構わないとすら思っているだろう。

ルクス王国は、宗教関係組織のお布施などに対しても税を設けている。テューア教教会が儲《もう》かればそれだけ国も潤い、文句はなかった。しかし聖女の婚約者としては、非常に不愉快なのである。

「凄《すご》いですねえ。ルーシャ様がお美しいのは事実ですけど、こんなにたくさん恋文や宝石が贈られていたなんて知りませんでした」

ブリジットが素朴な物言いで会話に入り、ノエルははたと彼女を見下ろした。ふわふわとした癖のある栗色の髪に翡翠色の瞳を持つ彼女は、ルーシャとは種類の違う魅力を持っているように見えた。ルーシャが高貴なる女神であれば、彼女は皆に愛される姫君といったところか。

ノエルは苦笑する。

「……何事も、内側は見えにくいものだからな」

ルーシャが幼少期にどんな扱いを受け、今もどれほど酷使され続けているのかなど——誰も知らない。

第一司教がケード侯爵家の次男・ジェフリーに変わってから、全ては大分マシになった。嫡子でない彼は、齢十二の頃にはテューア教教会に名を連ね、着実に聖職者として上り詰めてきた。彼は宗教組織に身を置いているが、その行動を見ていると、とても現実主義だと感じる。

彼が第一に重視しているのは、利益だ。ルーシャに寄せられる信徒の好意も、利益があれば問題視しない。ノエルの存在も、以前の第一司教のように邪な目では一切見ず、聖女が聖女のままであれるなら好きにしろといった雰囲気だった。

ブリジットはノエルを見上げ、頷く。

「そうですよね。この大聖堂も、大きいとは知っていましたが、あちこちに建物があって驚きました。魔道具や水晶球の保管庫だとか、大陸の管理室だとか。聖騎士様達の駐在所や養護施設もあって、一つの街みたいです」

聖騎士とは、大聖堂などのテューア教関係施設の護衛をする騎士の俗称だ。ルクス王国内では、聖騎士はルクス王国王家が管理する近衛騎士や国王軍から人員が割かれている。

以前はテューア教教会が独自に警備兵を雇っていたものの、近年になって大聖堂施設への不法侵入者が増え、ノエルが方針を変えたのだ。

建前では大陸の安寧を守る組織への感謝から警備費を負担するとしているが、実際は、ルーシャの安全を自ら確保したいがためだった。

怯えさせないよう、ルーシャ本人には伝えていないが、彼女の美しさに目が眩《くら》み、連れ去ろうと血迷った輩が増えているのである。そしてテューア教教会はあくまで宗教組織であり、ノエルが指揮を執る国王軍ほど実力ある者を雇い入れられる保証はない。ノエルはルーシャの安全を自ら確保するべく、指揮官となり、国内のテューア教関係施設および、アーミテイジ侯爵邸の警護管理も担っていた。

大聖堂よりも遙かに広大な敷地を誇る王宮に住むノエルは、無垢な感想を口にしたブリジットにふっと微笑む。

「大聖堂内には触れると危険な魔道具もある。迷われても知らぬ物はむやみに触れぬ方がよい。施設は騎士が全館警護についているので、何かあればお声をかけられよ」

助言すると、ブリジットは目を瞬かせた。

「……それは、触ると人が魔物になってしまう道具などもあるのでしょうか？」

唐突な質問に、ノエルは目を点にする。ジェフリーが呆れたように短く息を吐いた。

「何を言っているのです。人が魔物になる道具など、この世にあるわけがないでしょう」

ブリジットはジェフリーを見上げ、明るく笑った。

「そうですよね、ごめんなさい！　昔そんな話を聞いたことがあったものですから」

「くだらない話でノエル殿下達をお引き留めしては申し訳ないでしょう。ご挨拶をしてください」

「あ、はい！　それでは失礼致します、皆様」

ジェフリーに窘められ、ブリジットは素直に挨拶し、機嫌よい足取りで回廊の先へ向かっていった。

「ジェフリー第一司教。人が魔物になる魔道具は、あとにも先にも聞いたことはありませんか？」

ジェフリーと二人になっても尚《なお》、同じ質問を繰り返す声が聞こえ、ディックがふはっと笑う。

「かーわいい」

無知な少女として愛らしく感じたらしい。興味深そうに彼女を見るディックとは裏腹に、ノエルは訝しく目を細めた。物言いはいかにも純朴そうながら、ジェフリーを見上げる彼女の瞳は、冷静に見えた。

――何か探しているのか……？

ノエルは奇妙に思いながら踵《きびす》を返し、ブリジットを見送っていたエヴァンがぼそっと呟く。

「……彼女が次代の聖女様であればいいですね」

自らの本音を察している部下の言葉に、ノエルは微かに息を吐いた。

「……そうだな」

大聖堂などの教会施設は、日中、誰でも自由に出入りできる。警護だけを考えれば王宮の方がよほど管理しやすく、ノエルは安全のためにも、一刻も早く聖女交代をすませ、ルーシャを娶りたかった。

しかし、彼女は力が弱まっているとは認めない。

——俺との結婚が嫌になったのなら……辛すぎる。

腹の内では苦悶《くもん》しながらも、ノエルは顔には出さず、落ちついた足取りで大聖堂をあとにした。

第三章

休養に入る日の早朝、ルーシャは平生通り、朝の祈りを捧げに大聖堂へ向かっていた。ノエルは休みの間に朝の祈りをするなら王宮の礼拝堂を使うよう言っていたが、初日は構わないだろう。

「……それでは、本日ご実家へ戻られたあと、お着替えをすませてから夕刻に王宮へ向かわれ、お戻りは明日になられるのですね」

傍らを歩くセシリアが今日の予定を小声で確認し、ルーシャは頷いた。

「ええ。王宮から家に帰ったら、荷の準備をしたいの。手伝ってもらえる？」

ノエルとことを成し、聖女交代の儀を終えたらすぐ出奔するつもりだ。荷造りは早めに進めておきたい。

一人で国を出ると決めているルーシャは、セシリアに手伝わせるのは申し訳なく、遠慮がちに頼んだ。

彼女は胸に手を置いて、何を言うのだと言いたげに応じる。

「もちろんです。そういった作業は全て私にお任せください」

「私も一緒にするけれど、ありがとう」

アーミテイジ侯爵家に雇われた上で修道女としてルーシャに仕えてくれている彼女だが、そそっかしくも気遣いある振る舞いのできる子だ。一緒に行けたら心強く、辛い日があっても笑顔で過ごせただろう。

彼女のいない一人旅を寂しく思いながら微笑むと、セシリアは一度周りを見渡し、誰もいないのを確認してから耳打ちした。

「その、王宮内で、媚薬を使われるのですか……？」

今夜実行するつもりかと尋ねられ、ルーシャは淡く頬を染める。

「え……ええ。宿泊する際はノエル様が客室までエスコートしてくださるから、寝る前にご一緒にお酒かお茶を飲みましょうと誘って、こっそり入れるわ」

さすがに近衛兵が警護している王太子の寝室に夜這《よば》いはかけられないが、ルーシャが宿泊する客室ならそのままことに及べる。

「お薬は聖女様がお入れに……？」

「私が入れるわ。何かあってもいけないし」

侍女に入れさせて、万が一にもノエルの勘気に触れてもいけない。首謀者の自分以外が罰せられぬよう、ルーシャはそこははっきりと答えた。そして大聖堂の出入り口に差し掛かった時——さあっと心地よい風が吹き抜け、驚いて顔を上げる。一気に辺りの穢れが払われたのを感じた。その力は、ルーシャが日々行ってきた浄化と比べものにならぬほど強力で、空気どころか体内の穢れまで払われた感覚があった。

「……まあ、なんでしょう。なんだか胸がすうっと軽くなったような……」

セシリアが不思議そうに自分の胸を見下ろし、首を傾げる。

聖女の力は、只人には詳細に把握できなかった。自らが浄化されればなんとなく心地よく、空気が清められれば息がしやすく感じる程度。だがルーシャは、肌でこの大陸全体の穢れを感じ取れた。精査官に清めるべき土地を指定されはするが、何を言われずとも、どの辺りに問題があるかわかるのだ。

そして今、大陸全体がひとかけらも穢れを残していない状態になったとわかった。

圧倒的な力の差を感じたルーシャは、信じられない心地で大聖堂の出入り口に立つ。身廊の先、ユーニ神の足もとに跪く少女を見て、震える息を吐いた。

――力ですら……私は主人公に及ばないのね……。

神に祈りを捧げ、大陸を浄化したのは、昨日現れたこの世界の主人公――ブリジットだった。

彼女は立ち上がると、ルーシャのそれとは違う、見習いを意味するピンクの刺繍が入った祭服の皺をぱんぱんと叩《たた》いて伸ばす。まだ聖女と定まっていないため、ベールこそ与えられないが、聖女候補として白の祭服が支給されていた。

一人でここを訪れたらしい彼女は、胸の前で腕を組み、俯いてこちらへ歩いてくる。考え事をしているのか、ブツブツと呟いていた。

「……やっぱり全然会話にならないな……。この機能は頼りにせずに進めなくちゃダメか……」

静まり返った大聖堂の空気は響きやすく、彼女の独り言が微かに聞こえた。その口調に、ルーシャは違和感を覚える。昨日出会った際に感じた、純朴な田舎娘という印象とまた違う、スレた雰囲気があった。

ブリジットは眉根を寄せ、一向にルーシャ達には気づかぬ様子で近づく。あと数歩手前というところで、彼女はぼそっと吐き捨てた。

「……はぁ、ほんとクソゲー乙」

「――え……っ？」

ルーシャは驚きのあまり、思わず声を漏らした。ブリジットは勢いよく顔を上げ、ルーシャとその傍らにいるセシリアを認めるや、純朴少女よろしくにこっと笑う。

「わあ、聖女様にセシリアさん……！　おはようございます！　朝のお祈りにいらしたのですか？」

両手を重ねて嬉しそうにする彼女の声は、先程までの独り言とは全く違う高いトーンだった。

――き……聞き間違いかしら……？

先程ブリジットが『クソゲー乙』と吐き捨てたように思ったが、まさかこの世であんな特殊な言葉を聞くはずがない。

『クソゲー』とは、クソゲームの略で、プレイヤーにとって酷くつまらない内容のゲームソフトなどに対して使われていたはずだ。また『乙』は〝甲乙つけがたい〟といった使い方とはまた違う、ネットスラングの一種だった気がする。

なんにせよ、『クソゲー乙』なんて言葉は、ルーシャの前世でしか使われていない、この世で聞くはずもないセリフだった。

恐らく彼女の声を聞き間違えてしまっただけだろうと自分に言い聞かせ、ルーシャはブリジットに微笑み返す。

「……おはようございます、ブリジットさん。貴女も、朝のお祈りをなさっていたの？」

ブリジットは愛らしく頬を染めて、こくっと頷いた。

「はい。シャーフ村にいた頃から、朝のお祈りは習慣なのです。お祈りをすると、その一日は神様に温かく見守って頂けているように感じて……」

そういえば、このセリフはあちこちで使っていたな、とルーシャは記憶を巡らせる。ゲームの中で、主人公は初対面の攻略対象達とお祈りについて会話する際、決まってこのセリフを吐いていた。そして相手はそれぞれの感想を言うのだ。『そうか。君は純粋なんだね』だとか『こんなに可愛らしい子にお祈りされたら、神様だって見守ってあげたくなるだろうな』だとか。ちなみに先の返事はルーシャの兄・エドガーであり、あとのセリフは遊び人の近衛騎士団団長ディックである。

「そう……信心深いのはよいことです。これからも励みなさい」

ルーシャもまたゲーム通りのセリフを返し、彼女とすれ違って中に進もうとしたところ、ブリジットは脇を通り抜ける途中で振り返った。

「そうだ！　聖女様が今日から休養に入られるとジェフリー第一司教様から聞きましたが、本当ですか？」

邪な感情が一切ない、純粋な光を宿した目で尋ねられ、ルーシャは言葉に詰まる。休養に入る初日に媚薬を仕込み、ノエルと閨を共にしようとしている自分が、いかにも穢れて感じられた。

考えてみれば、このゲームのレーティングはR－12。キスシーンどまりの内容で、前世の自分も、まさか主人公が登場する以前に、攻略対象の王太子が悪役令嬢と馬車の中でいやらしい触れ合いをしていたとは想像もしていなかった。

これからノエルと心を通わせる無垢な彼女に罪悪感を覚え、ルーシャはすいっと視線を逸らす。

「……そうだけれど、それが何か？」

ブリジットは怪訝そうに眉根を寄せた。

「ああ、本当なんですね……。では、聖女様はこれから王宮やご実家にいらっしゃるのでしょうか？」

ルーシャはなぜ彼女が自分の居場所を知りたいのかわからず、戸惑う。

「……？　まあ、そうね……」

「わかりました。それでは、どうぞよい一日を！」

ブリジットは気を取り直したように明るく笑い、廊下を下がっていった。質問の意図が全くわからない。

当惑して見送っていると、彼女の背中越しに、また独り言を呟く声が聞こえた。

「……ルーシャ様が休養に入るなんて設定、ゲームの中には描写されてなかったと思うんだけど……。何かしら動けば妨害に入ってきて会えるから、詳細描写は省いたのかな……？」

ルーシャは目を見開き、息をするのも忘れて凍りつく。これはもはや、聞き間違いではない。傍らにいたセシリアも、奇妙そうに首を傾げた。

「……詳細描写とは……ブリジットさんは、なんの話をなさっているのでしょう？」

「……さあ……何かしらね……」

ルーシャは自分もわからないと答えたが、心の中では激しく動揺していた。

――あの子……ここがゲームの世界だって理解しているの……っ？　前世の記憶があるということ⁉

この世界に、同じ前世の記憶を持つ者がいる。考えもしていなかった展開に、ルーシャは頭が真っ白になり、身に染みついた動作でふらふらと大聖堂の中へと向かった。

午前七時からの祈りのために、ジェフリー第一司教や聖職者、修道者達が集まり始めている。

ルーシャは顔色悪く身廊を進み、震える声で呟いた。

「危険だわ……。一刻も早く……この国を出なくちゃ……」

もしもブリジットがこの世界の攻略方法を把握しているなら、ルーシャは絶対に勝ち目がない。破滅エンドの可能性が高まり、ルーシャは家族を守るため、出奔する時を可能な限り早めねばと焦燥感に苛まれた。

◇◇◇

王都の南西にあるアーミテイジ侯爵邸は、堅牢《けんろう》な門扉を通り抜け、整然と石で舗装された長い道を通り抜けると現れる。名のある武将を輩出している伝統あるその侯爵家の館は、乳白色の石で外壁を覆われ、窓枠やバルコニーの囲いには愛らしい花と蔓草《つるくさ》を模した彫刻が施されていた。武人の住まう家としてはとても温かみのある外観で、庭園にはいたるところに花が咲き乱れている。

ノエルが手配した王家の馬車から下りたルーシャは、玄関先を見回し、物珍しく呟いた。

「花祭りの次の日にお家に帰ったのって、初めてね」

玄関の周囲にはいくつもの花籠が置かれ、いつもは灯籠が吊《つる》されている天井も、毬《まり》のような形にした寄せ植えの花で彩られていた。

先に下りていたセシリアが、ルーシャに頷く。

「さようでございますね。お嬢様は、お祭りの前後は何かあった時のためにと、必ず教会施設の方に留められていらっしゃいますから」

実家がこんなに可愛らしく飾られていたなんて、これまで見られずにもったいないことをした。玄関先に目を向けると、開け放たれた扉脇で待ち構えていた老齢の執事が、にこっと微笑む。

「お帰りなさいませ、ルーシャお嬢様」

「……ただいま、グレン」

グレンは、ルーシャが生まれる以前からこの家に仕えていた。彼にお帰りと言われると、ルーシャはいつも心が和んだ。聖女として大陸の安寧を背負う必要のない、ただの少女に戻れた気がするからだ。

祭服を纏ったルーシャが玄関ホールに入れば、報せを受けていた家中の使用人が待ち構えていて、一斉に頭を下げる。

「――お帰りなさいませ、ルーシャお嬢様」

声を揃えて迎えられ、ルーシャはにこっと微笑んだ。そして玄関ホールの中央に立っていた両親や兄のエドガーと目が合うと、力の抜けた明るい笑みを浮かべた。

「ただいま戻りました。お父様、お母様、エドガーお兄様」

上品な薔薇《ばら》の刺繍が入ったクリームカラーのドレスを纏った母は、ルーシャが歩み寄るのを待てず、艶やかな白金の髪を揺らして駆け寄る。

「お帰りなさい、ルーシャ！　これから毎日貴女のお顔が見られるなんて、お母様、夢みたいよ……っ」

ぎゅうっと力いっぱいに抱き竦められ、ルーシャはジェフリーに休養を与えるよう話していたノエルのセリフを思い出す。

――『ルーシャは他の聖女様方よりずっと幼い頃からテューア教の最高位につき、家族と過ごす時間も限りなく少なかった』

考えてみれば、ルーシャは聖女になってから、一度だって毎日家族と過ごした経験がなかった。大聖堂にいる時は大陸の安寧が気になり、長期休養の必要性を感じていなかったが、これは随分と贅沢なプレゼントなのだ。

ルーシャは前世でも五歳で両親を失い、家族と共に過ごした記憶がほとんどない。

休養を取らせるよう以前から教会側と交渉していたらしいノエルの心配《こころくば》りにようやく気づき、ルーシャはまた彼を好きだと感じた。

母の甘い香りに包み込まれ、思わず安堵の息を吐く。もうルーシャは覚えてもない、幼い頃には当たり前に過ごせた日々が戻ると喜ぶ母の愛情が愛しく、胸をきゅうっと苦しくさせた。

「私も、とても嬉しい……」

――数日後には、出奔すると決めている。

こんなに愛してくれている家族と別れるのは、寂しくてたまらなかった。だけど決意を揺らがせてはいけない。家族を危険に晒してはダメだと、ルーシャは翻意せぬよう自分に強く言い聞かせた。

目尻に涙を滲ませて応じると、母は身を離し、顔を覗き込む。泣きそうな顔を見られるのは恥ずかしく、慌てて瞬きをして涙を乾かすと、強がりな性格がよく現れたその態度に目を細められた。

「……貴女も喜んでいるようで、よかった。それに、新たな聖女様候補が現れたと聞いたわ……。その方が次代の聖女様なら、貴女のお役目ももうすぐ終わるわね」

テューア教教会は、聖女候補について正式な告知はしていない。それなのに母が知っていて、ルーシャは一瞬驚いた。しかしブリジットの登場は、花祭りで結構な数の信徒が目にしており、噂《うわさ》があっという間に広まるのも仕方ない。大陸の安寧を左右する聖女の進退は、民にとって関心事だ。

ルーシャは眉尻を下げ、首を傾げた。

「まだ、本当に新たな聖女様かどうかはわからないけれど……」

「……そうね。だけどお母様は、新たな聖女様であることを祈るわ」

曖昧に答えると、母は待ち遠しそうにルーシャの頬にキスし、父と兄が苦笑して歩み寄った。

「お帰り、ルーシャ。欲しいものがあったら、なんでも言いなさい。ノエル殿下がテューア教教会に働きかけて、二週間分の水晶球の予備を各国に手配なさったそうだから、明日から朝の礼拝も必要ない。休みの間、好きに過ごせるよ」

白銀の髪に、藍の瞳を持つ父から聞き覚えのない話を耳にし、ルーシャは目を丸くする。

「……そうなの？」

いつそんな話になったのかと聞き返すと、紺と白の清廉な近衛騎士団の制服を纏った兄が、微笑んで言う。

「……教会側が水晶球のストックを使うのを渋っていて、それを説得するのに時間がかかったんだよ。ノエル殿下がギリギリまで話し合いを続けてくださり、昨日やっと決まったんだ。水晶球の発送も、王家が魔道具を提供して明日までには完了するそうだ」

ルーシャはジェフリーに頼まれて、毎日水晶球に力を込めていた。

その水晶球は、一つで一司教区を一週間ほど浄化できる。そして清らかな場所に保管すれば、いつまでも力は残るので、何かに備えてストックもできた。だから有事に備え、毎日作るよう求められていたのだ。

水晶球そのものは、ルクス王国王家がテューア教教会の求めに応じて無償で提供しており、ノエルはいくつ出荷しているか把握している。

以前彼は『非常時がないわけではないから悪いとは言わないが、少々水晶球を作りすぎている気がする』

と零し、少なくとも一年間分の在庫はあると話していたので、使っても問題はないだろう。

朝の礼拝も免除されるのは人生初で、ルーシャは朝寝坊ができるのだわ、と心が躍った。

「ノエル様に、お礼を言わなくちゃ」

今日見た感じでは、ブリジットが祈りを捧げればストックを使う必要もないと思われる。だがルーシャのために粘ってくれたノエルの愛情を実感し、胸がとても温かくなった。

前世を思い出し、ノエルに想われていないのではと疑心暗鬼になっていた気持ちが和らいでいき、ルーシャは息を吐く。

ここまで大切にしてくれるのだ。少なからず愛されているのだと信じられた。

恐らく彼は、ブリジットに出会って心変わりするだけなのだろう。

彼の想いを失うのは辛い。だけどそれも運命。愛された思い出を胸に、ノエルの子と共に生きていこう。

ルーシャがやる気を出して眼差しを強くしていると、兄がわしゃわしゃと頭を撫でた。

「今夜はノエル殿下と二人で過ごすのだろう？　王宮までの馬車の護衛には、お兄様もつくからな」

穏やかに言われ、ルーシャは乱れた髪を手ぐしで整えながら頷く。

「そうなのね。今日は夜勤なの？」

父とよく似た白銀の髪に気のいい性格が滲む藍の瞳を持つ兄は、今日も見目麗しい。騎士団にいるだけあって、鍛え上げた胸板は厚く、しかし騎士服も舞踏会用の衣装も見事に着こなす美丈夫。

貴公子らしく所作は気品に溢れ、女性のエスコートもお手のものだ。

でも実を言えば、彼は細かいことは気にしない性分である。幼少期から何も気にせずルーシャの髪をぐしゃぐしゃにして撫でるし、自身も仕事や宴がない日は寝癖をつけたままぼうっと家で過ごしている。

そんな兄の日常は前世のゲームでは描かれておらず、ルーシャは今になって素の彼を意外に感じた。

兄はルーシャの質問に首を振る。

「いや。日勤だったがせっかくルーシャが休みに入る日だから、護衛に入れてもらったんだ」

王族警護などを担う近衛騎士は、二十四時間体勢で護衛につくため、勤務時間を朝昼夜で分けていた。日勤だったのに、夕方の護衛にもついてくれるなら、いつもよりも長時間勤務だ。

ルーシャは申し訳なくなるも、兄の優しさが嬉しくて、はにかんで笑った。

「ありがとう、お兄様」

「あまり我が儘を言って、ノエル殿下を困らせるんじゃないぞ」

喜ぶ妹に兄は笑い、こつっと額を小突く。ノエルへの我が儘は人目のないところでしかしていないルーシャはきょとんとし、さっと頬を強ばらせた。

ノエルは兄とも交流があり、それなりに親しくしている。きっと雑談か何かで、ノエルからルーシャの振る舞いについて聞いたのだ。

「ノ、ノエル様、私のこと嫌そうになさってた……？」

今し方愛されている実感を得たが、自惚《うぬぼ》れているわけではない。不快を示されていたかと聞き返すと、兄は目を瞬かせた。

「……お前が休みを取れるようテューア教教会と交渉してくださったお礼がてら〝妹がご迷惑をおかけしていなければいいのですが〟と言ったら、〝ルーシャの我が儘は可愛いので〟と返されただけだよ。……そんなに我が儘にしているのか……？」

嫌われるかもしれないと恐れるほどに我が儘にしているのかと問われ、ルーシャは勢いよく首を振った。

「も、もちろん、度を越した我が儘なんて言っていないわ……っ」

ノエルが他のご令嬢と近しくするのを嫌がり、それなりに困らせてはいるので、本当に度を超していないかどうか判然としないが――。

額に汗を滲ませて否定すると、兄はそれでも我が儘にしてはいるのだな、と呆《あき》れ顔《がお》になる。

「……殿下は昔からお前をよく気にかけてくださっている、お優しい方だ。戯れ程度ならばいいが、ご不興を買わないよう振る舞いには気をつけるんだぞ」

「は、はい……」

今夜とびきりの我が儘を炸裂《さくれつ》させる予定のルーシャは、気まずく俯き、小声で答えるしかできなかった。

◇◇◇

空が橙色《だいだいいろ》に染まる夕暮れ――十名ほどの護衛騎士を侍らせた馬車が、王宮の正門前に到着した。

大聖堂の隣にある王宮は、厚く長大な塀で囲われ、厳めしい顔つきの護衛達が一定距離を置いて内と外に配備されている。

馬車の護衛が一人門番に近づき、来訪者の身元を示すと、ほどなく朗々と開門が命じられた。

重みでぎいっと音を鳴らして開いていく門を、ルーシャは馬車の中から見上げる。この光景は、何度見ても圧巻だった。

王宮の正門は、天を貫くのではと錯覚しそうに大きいのだ。開けるのも男性が四人がかりで押さねばならず、とてもゆっくりと開いていく。

その間に、護衛についた兄がもの言いたげに近づいた。なんだろうと窓を開けると、兄は怪訝そうに言う。

「門番が言うには、ノエル殿下からルーシャをレーヴェ塔ではなくハーゼ塔へ案内するよう言づけられているそうだ。そちらへ向かう」

「……そうなの。わかったわ」

ルーシャも不思議に感じたが、ひとまず頷いた。

ノエルの私室は、王宮の東――レーヴェ塔の四階にある。また、ルーシャが宿泊する部屋は、真逆の西塔近くにあるハーゼ塔三階だった。宿泊室のほうへ行くよう伝えられたのは初めてで、意図がよくわからない。

話している間に門が開き、兄はまた護衛の位置に戻った。王都の大通りが門の中にも続いていると錯覚させる、広く長い石の通路が現れ、馬車が静かに進みだす。

街が一つ入るほど広大な王宮内の景色を見つめ、ルーシャは胸を押さえた。

「……いよいよね……緊張する……」

向かいに座っていたセシリアも、開けた窓をしっかり閉じてから、緊張の面持ちで頷いた。

「はい……。お嬢様があのようなネグリジェを纏われる姿は、想像もできませんし……」

セシリアの視線は、足もとに置いた宿泊用の荷に注がれている。ルーシャはかあっと頬を染めた。

「……それは、だって……っ、自信がないものだから……」

ノエルに媚薬を仕込むだけでは心許《こころもと》なく、ルーシャはセシリアに頼んで、特別なネグリジェも手配してもらっていた。普段着ているのはしっかりとした厚手の布地だが、今回持ち込んだのは、着る意味があるのかどうかも怪しい、肌が透けるネグリジェである。試しに昨夜着て確認したが、絶妙に肌が見え隠れして、とても扇情的だった。

ルーシャの作った媚薬は、一般人なら必ず効果が出る。しかし、ノエルは王太子。昔本人から毒薬への耐性をつけていると聞いていたルーシャは、毒ではないが、媚薬が効かなかった場合に備えて万全の準備をしていた。

セシリアはルーシャを見返し、頭から足先まで視線を走らせる。

「……媚薬など使わずとも、お嬢様が迫るのですから、あのネグリジェ一枚でイチコロだと思います……」

侍女の嘆息交じりの呟きに、ルーシャは期待に瞳を輝かせた。

「そう思う？　なんとかその気になって頂けるといいのだけれど……。ノエル様は私の部屋にいらっしゃるようだから、貴女は目立たぬように荷を寝室へ運び込んでくれる？」

「承知致しました。お嬢様は、媚薬の準備は大丈夫ですか？」

「ええ。これ、ネックレスに見える？」

ルーシャが作った媚薬は、数滴で速攻作用があるように作っている。そのため瓶は極小でよく、ペンダントなどと合わせてチェーンに通し、ネックレスにしていた。

念のためドレスの下に隠していた小瓶を取り出して見せると、セシリアは数秒考え込み、真剣に応じた。

「ノエル様は観察眼の鋭いお方ですから、液体が入っていると気づかれるやもしれません。そのまま胸元に隠しておかれた方がよろしいと思います」

ペンダントと似せて薄いダイヤ型の瓶を魔法で作ったのだが、動かすと中身が揺れる。

ノエルの鋭さは折り紙つきなので、ルーシャは侍女の忠告に従い、きゅっと小瓶を胸の谷間に押し込んだ。


ハーゼ塔に到着したルーシャは、兄に護衛の礼を言って別れ、待ち構えていた侍従の先導で、いつも宿泊している部屋に案内された。磨き上げられた石の廊下は鏡が如く輝き、シャンデリアの光が明るく足元まで照らす。高い天井に目を凝らせば、緻密な彫刻と美しい絵画が見下ろす来賓用のこの建物は、王宮のどこよりも優美な造りだった。

テューア教の聖地があるルクス王国は、各国から多くの人々が出入りし、経済力は大陸一を誇る。その国の頂点に輝く王家ともなれば、使える資金も無尽蔵だった。

もっとも、王家が最も贅沢に資金を使っているのは、多くの信徒を抱えたテューア教教会に対してだとは、最高位についているルーシャ自身がよく知っている。

部屋に近づいたルーシャは、ふと顔を上げる。そして金の装飾が施された白い扉の前に、見知った青年が立っているのを見るなり、内心狼狽した。

金色の刺繍が入る落ち着いた紺の上下を着た彼は、遠目にルーシャを認めると、にこっと笑う。

今夜会う約束をしていた、ノエルだ。

――部屋の前でお待ち頂いているなんて、考えていなかったわ……っ。どれだけ待たせたのかしら⁉

王族であるノエルを立ちっぱなしで待たせるなど、非礼極まりない行為だ。急いで駆け寄りたくなるも、先導は貴人が歩く速度でしか進んでくれず、ますます焦りが募った。

ようやくノエルの前に到着すると、ルーシャはすぐに膝を折り、挨拶をする。

「お招きありがとうございます、ノエル様。このような場でお待ち頂いているとは考えておらず、失礼を致しました」

ノエルは瞬き、ばつが悪そうに手で口元を覆った。

「ああ……そうだね。君は教養ある淑女なのに、僕の方こそ気が利かず、謝らせてしまってすまない。……つい、二人きりの時の振る舞いの方で考えてしまった」

最後は聞き取れるかどうかの呟きで、彼は腹の前で腕を組み、悩ましげにぼやく。

「だけど僕が君の部屋の中で待っているのも変だし……こういうサプライズは難しいな」

「サプライズ……？」

なんの話かしら、と顔を上げると、ノエルは楽しそうに笑い、ルーシャの手を取った。もう一方の手を部屋のドアノブにかけ、耳元で囁く。

「君のこれまでの勤労に敬意を表し、僕からささやかなプレゼントをしようと思ったんだよ、ルーシャ」

ノエルの声音にドキッとし、同時に扉が開いて、ルーシャは瞳を輝かせた。ふわっと花の香りが廊下にまで溢れ、ノエルは部屋の中にルーシャを導いていく。

王宮にあるルーシャの部屋は、中央に大きな丸い飾り机があり、入って右手には大理石で囲われた暖炉があった。その脇には天井まで届く書棚があり、暖炉前にはゆったりと寛げる長椅子と一人掛けの椅子が二脚おかれている。床には毛足の長い白の絨毯が敷かれ、左手の壁面には愛らしい装飾のチェストと美しい花園が描かれた絵画。そしてその脇に寝室へと繋がる扉がある。

白を基調としたその部屋が、ピンク色の薔薇で彩られ、まるで花園を持ち込んだかのような光景になっていた。テーブルや書棚、スペースがあるところは全て花が置かれている。

「なんて綺麗なの……ノエル様……」

ノエルが手を放すと、ルーシャはふらふらと燭台で照らされた部屋の奥に入っていった。

床にまで薔薇が敷き詰められているが、歩く導線は開かれている。中央の飾り机の上には大きな三段のケーキがあり、その周りには色々な種類の焼き菓子やジャム、果物の砂糖漬けなどが並んでいた。

視線を転じれば、窓辺にある瀟洒《しょうしゃ》な机の上に蠟燭《ろうそく》が灯っており、ワインと軽食が用意されている。

窓の外は夕陽《ゆうひ》が沈み、空が紫から藍へと色を変え始めていて、全てを見渡すととても幻想的な光景だった。

「……どうかな。ちょっと花が多すぎた……？」

一言言ったきり黙って部屋を見渡すルーシャに不安を覚えたのか、背後に立っていたノエルが気遣わしく尋ねる。ルーシャはくるっと振り返り、満面の笑みで彼に飛びついた。

「ありがとう、ノエル様……！　お花もお菓子も、とっても嬉しい！　貴方が世界で一番大好きよ……！」

「お……っと」

勢いよく首に飛びつかれ、ノエルは軽く仰《の》け反《ぞ》ってから、ルーシャを横抱きにする。

部屋の中にはセシリアしかおらず、人目はさほど気にならなかった。ルーシャはノエルにぴったりとくっつき、ドキドキと鼓動を乱して嬉しそうに言う。

「本当に、貴方は素敵な人ね、ノエル様……」

じんわりと涙が滲み、見られたくなくて、ノエルの頭をぎゅうっと抱き締める。

当たり前に課せられた役目だったから、聖女を務めてきた自分を労《ねぎら》ってもらえるなんて、考えてもいなかった。聖女の力は日に日に衰え、かつては早くお役目を離れたいと願っていたのに、近頃は寂しさを感じる。

ルーシャは物心つく頃から、聖女として人々と関わってきた。役目が終われば、毎朝の礼拝も、信徒と顔を合わせ、話を聞く日々もなくなるのだ。

聖女であった十二年間は楽ではなかったが、安寧を保証し、人々に祝福を与える特別なお役目を任せられて光栄だった。今になって、そんな感情まで抱ける自分に驚かされている。

それもこれも、ノエルのおかげだ。彼に出会わなければ、ルーシャは最後まで神の言葉を口にするだけの、からくり人形でこの役目を終えただろうから。

「……今回のお休みも、ありがとうございます。以前から休養を与えるよう教会側に仰ってくださっていたのは、家族と過ごす時間を取らせるためでしょう？　私、聖女になって以降、家族と一緒に暮らした経験がなかったのだと、今日初めて気づいたのです。だから、ノエル様の気遣いにも気づいていなかった……」

申し訳なく告白すると、ノエルはふっと笑い、軽く頭を動かしてルーシャの顔を見る。涙ぐんだ様子に眉尻を下げ、窓辺へ向かった。

「……休みを取らせたのは、君が働き過ぎだと思ったからでもあるけどね。……僕は立場柄、君の家族よりずっとたくさん君と過ごす時間があっただろう？　結婚する前に、家族と過ごす時間も持って欲しいと思ってたんだ。僕ばかりが、君を独り占めするわけにはいかない」

婚約者になって以降、ルーシャとノエルはほぼ毎日顔を合わせ、家族よりも長い時間一緒に過ごしてきた。

彼の気持ちはありがたく、けれど予期していなかった結婚という単語に、ルーシャはぎくっと身を強ばらせる。力の喪失に確信を持ち、彼が結婚を念頭に置き始めているのが如実に伝わった。

結婚準備は可能な限り先延ばしにしたいルーシャは、ぎこちなく笑う。

「……私にはまだ力があるから……結婚はいつになるか、わからないけれど」

その返答に、ノエルの眉がぴくっと上がった。ルーシャは即座に、ノエルの勘気を察知する。せっかくサプライズをしてくれたのに空気を悪くしたくはない。慌ててフォローの言葉を口にしようとするも、彼は表情を改め、柔和な微笑みを浮かべた。

「……そうだったね。だけど君の力が弱まったら、すぐに結婚準備を進めるから、そのつもりでいるんだよ。議員達も喜ぶだろう」

彼の表情が和んで安堵し、直後に『議員達も喜ぶ』と言われて、また肝が冷えた。

議員達は、ルーシャが聖女の役目を終えるのは待てないと、ノエルに愛妾を薦めている。彼は暗に、結婚を待てる猶予はそう長くないと示唆していた。

ルーシャは、まるで彼が自分と結婚したがっているように感じ、苛立たせているのに、嬉しくもなる。

とはいえ、すぐにその気持ちも萎えるのだと、理性が恋心に冷や水をかけた。ノエルには別の運命の相手がいるのだから、ここで喜んでも意味はない。

ルーシャはにこっと笑い返すに留め、ノエルはそのまま窓辺の椅子に運び、座らせてくれた。

「……それじゃあ、君は今日からお休みだし、お酒でも飲んでゆっくりしようか？　……そうそう。君が廊下を歩いてきた時から思っていたけど、今夜のドレス姿もとても魅力的だよ、ルーシャ」

「ひゃ……っ」

すり、と指先で耳たぶを撫でられた上、身を屈めて艶っぽく耳元で褒められ、背筋に電流が走った。

今夜のルーシャは、水色とクリームカラーの布地を使った、小花模様のドレスを纏っていた。襟繰りや袖はレースで彩られていて、とても愛らしい。

薔薇の花で彩った髪は、後頭部は編み込みにして肩口でまとめ、残りは胸元に流していた。

普通の貴族令嬢と違い、夜会などに参加できないルーシャは、他人に見せるためのドレスを着る機会はあまりない。褒められて嬉しく、また気恥ずかしくもあった。

「貴方が気に入ってくれたなら……よかった」

はにかんで笑うと、ノエルは薄く微笑み返して向かいに座った。テーブルの脇に用意されていたワインボトルを取り、自ら二人分のグラスに酒を注ぐ。

王太子と聖女である二人の生活には、側仕えがつきものだ。しかし今夜ははじめから人払いがなされていて、室内にはルーシャについてきたセシリアだけが控えていた。その彼女も空気を読んで下がろうと、ルーシャの荷を寝室に運び入れている。

前任の第一司教は、ルーシャが突如力を失うのを恐れ、ノエルと二人きりにさせるのを特に嫌った。

しかし国王夫妻やアーミテイジ侯爵一家は強く咎《とが》め立《だ》てず、教会の目が届かないところでは好きに過ごさせてくれている。出会ったばかりの頃は二人とも邪な思考が不似合いなほどに幼く、また成長してからも、ノエルに厚い信頼が置かれているためだ。

いずれ一国の王として民の命を預かる者が、大陸の安寧を背負う聖女を易々《やすやす》と穢すはずがない。誰もが知に武にと優秀な成績を残すノエルを信じ、彼自身もその信頼を決して裏切らない振る舞いを続けていた。

寝室から出てきたセシリアが、ルーシャに目配せをする。小さく拳を握って頑張れとジェスチャーで応援され、頬が淡く染まった。

ルーシャは今夜、最後までは絶対に致さない目の前の婚約者をその気にさせる。目標を達成すべく、気合いを入れて、優しく微笑むノエルと他愛ない雑談を始めた。

――ノエル様ってお酒に強いのね……。

宴などには参加してこなかったルーシャは、自分の婚約者が酒を呑む姿を見た記憶がほとんどなく、心の中で驚きの声を漏らす。水のように三杯目を喉に流し、四杯目を注いだところだ。少し酔った頃合いに媚薬をワインに仕込もうと思ったのに、全く酩酊《めいてい》する気配がない。何かで気を逸らさねば、隙は作れそうになかった。

ちなみにルーシャは二杯で酩酊するので、一杯目をちびちびと飲んでいる。

どうしたらいいかしらと、部屋の中に視線を走らせていると、ノエルが首を傾げた。

「甘い物が欲しいの？　取ってきてあげるよ」

部屋の中央に並べたお菓子が欲しいのだと考えた彼の提案に、ルーシャは瞳を輝かせる。いつもなら決してノエルを使用人同様には扱わないが、今日ばかりは仕方ない。両手を重ね、大げさにはしゃいだ。

「わあ、本当ですか？　甘えてしまおうかしら。私、果物と焼き菓子が欲しいです」

「うん。ちょっと待っててね」

ノエルが笑顔で頷き、部屋の中央へと移動していくと、ルーシャは間髪入れず胸元からネックレスを引き出した。小瓶のチャームをチェーンから外し、蓋を開ける。ノエルが新しく注いだワインの中に少し多めに媚薬を入れ、蓋を閉めた時、彼がこちらを振り返った。

「そうだ。休みの間に、どこか遠出しようか？」

ルーシャはさっと小瓶を手に握り込んで隠し、ノエルを見返す。

「遠出？　行ってみたいわ」

週に一日しか休みがないルーシャにとって、遠出といえば教会関係者と回る浄化のための大陸移動だけだ。お役目以外で遠出などした記憶がなく、もしも行けたなら楽しそうだと思った。

一緒に行けるはずもないとわかりながら頷くと、ノエルは何も気づいていない顔つきでまた視線をお菓子に戻し、頷く。

「君がお役目を忘れられるところにしないとね。カナーリエン城なんかいいんじゃないかな」

「四代前の国王陛下が建てられたお城ね。湖の上に建っているのだったかしら……素敵だと思います」

媚薬を注ぐので頭がいっぱいだったルーシャは、うわの空で応じ、ノエルはお菓子を皿にのせてこちらに戻って来た。

「じゃあ、四日くらい僕と旅行に行こうか。結婚前だけど、聖職者達には伝えずに行けば問題ないだろうし」

「え、ええ……そうね」

後半のセリフは声が小さくて聞こえにくかったが、ルーシャは深く考えずに頷いた。手に握り込んだ小瓶をネックレスにかけ直せず、テーブルの下に隠れた膝の上にそっと置く。

向かいの席に座り直した彼は、お菓子をテーブルの上に置いて、ルーシャをまっすぐに見つめた。

「……僕と一緒に宿泊するのも、君は嫌じゃないんだね？」

「え？」

膝の上の小瓶を気にしていたルーシャは、なんの話かわからず、目を瞬かせる。

ノエルはワイングラスを手に取り、にこっと笑った。

「……そろそろ本題の話をしようか、ルーシャ」

ルーシャは彼の纏う雰囲気が少し固くなったのを感じ、背筋を緊張させる。ノエルは足を組み、ワイングラスを持った手を膝の上に置く。薄く微笑み、ルーシャの瞳を見据えた。

「君が何を考えているのか、聞かせて欲しいんだ。どうもここ数日、君の様子はおかしい。明らかに浄化の力を失っているのに、君は決してそれを認めない。これまでの君は、早く聖女の役目を降り、僕の妻になりたいと望んでくれていたはずだ。……何か事情が変わったのかな？」

何もかも見透かされ、ルーシャはさあっと血の気を失った。

「……何も、事情など変わっておりませんが……」

しかしまだ力の喪失は認められず、尚も否定すると、ノエルは気に入らなそうに目を細め、媚薬の入ったワインを一口呷《あお》り、静かに尋ねた。

「……花祭りで見ていたが、君が信徒達に力を注ぐ時間は、これまでよりも長かった。力が弱まっているから、これまでより長く力を注ぐ必要があったのだと思ったのだが……僕の勘違いだと？」

やはり、ノエルは花祭りの日に祝福を与えているルーシャの指先に注目し、力の様子を確認していたのだ。

ルーシャは目を泳がせ、黙り込む。ノエルは苛立たしげに眉を顰め、再びワインを口にしかけて、手をとめた。会話をしていたから飲んだ瞬間は気づかなかったのか、今になって訝しそうにグラスを揺らし、改めて口をつける。多少の毒では殺されない自負心から、二口目を喉に流したのだろう。

「……ルーシャ。ワインに何か入れた？　香りが違う……甘いな」

ルーシャはほっとする。強力な媚薬なので一口でも普通の人には効果が出るが、毒に耐性があるノエルの体には効かない可能性もある。二口も飲んでくれたなら、それなりに効果が出るだろう。

「毒ではありません。直接お口に入れても楽しめるよう、砂糖菓子のように甘い味と匂いをつけて作ったの。だけど、ワインには合わなかったかもしれませんね」

ルーシャは眉尻を下げ、膝に乗せていた媚薬入りの小瓶を持って立ち上がる。

「だけどこのお薬、たぶん商品にするととっても売れると思うの。一人で生きていけるくらいには、稼げるはずだわ」

小瓶に口をつけ、自身でも一口飲んだ。

「――ルーシャ？　何を飲んだ」

ノエルが立ち上がって小瓶を取り上げようとするので、ルーシャはさっと避け、寝室へと駆け入った。

ルーシャの寝室は、部屋の中央に天蓋つきの大きなベッドがあり、一角に書棚と小さな丸テーブル、そしてソファが二脚置かれている。ノエルのサプライズは寝室の中まで行き届いており、ベッドの上やテーブルなどが花でいっぱいに彩られていた。

「ルーシャ？」

ノエルが躊躇いながらも寝室に踏み込み、ベッド脇に立っていたルーシャは、にこっと笑って振り返る。

「寝室まで可愛らしく彩ってくださって、ありがとうございますノエル様。私、一生今夜を忘れないわ」

愛する人に初めてを捧げられる日だ。何があっても記憶に残る。

そろそろ効いてくる頃だと見守っていると、当惑していたノエルが、ぎくっと胸を押さえた。自分の体に何が起きたのかわからない様子で、口からはあ、と艶っぽい息を吐き出し、呻く。

「……ルーシャ……何を飲ませた……？」

「……お体がお辛いのですか、ノエル様？　……大変。どうぞベッドに横になって」

ルーシャが歩み寄り、腕にそっと触れると、彼はびくりと震えた。敏感な反応は薬が効いている証拠だ。次いでルーシャはノエルの顔色を確認する。効きすぎていた場合に備えて解毒薬も用意していたが、まだそれなりに思考できている顔つきだった。

ルーシャは心配している風に装い、彼をベッドに誘う。

「誰か人を呼んできますから、それまでベッドでお休みになっていてください、ノエル様」

「……ああ……」

媚薬のおかげで判断力が鈍ったらしく、彼はルーシャの三文芝居《さんもんしばい》も見抜けず、素直にベッドに横たわった。

自身も媚薬の効果が出始めたのを感じながら、ルーシャは急いで寝室の奥にある衣装部屋へと向かった。

髪の編み込みを解き、肌の透けるネグリジェに着替えたルーシャは、寝室に戻ってぎくっとする。ベッドに横たわっていたはずのノエルが、上半身を起こし、ヘッドボードに背を預けていたのだ。

媚薬の効き目がもうなくなったのかと危惧するも、体が火照って熱いのか、彼は上着とベストを脱ぎ、シャツを胸元まで開いていた。息苦しげにこちらを振り返り、目を見開く。

「……ルーシャ……？　それは、どういうつもりだ……」

彼はルーシャの顔から足先まで視線を走らせ、こくりと喉を鳴らした。透けて見える胸や下腹部に視線を注がれたのを感じ、自らも媚薬を飲んだ彼女は、鼓動を乱す。ネグリジェは膝下まで覆い隠していたが、下着は身につけておらず、まるで一糸纏わぬ姿で彼の前に立った心地だった。

ルーシャは微かに震える指先を握り込み、静かにベッドに上がる。ノエルはベッドの上を膝立ちで移動するルーシャから目を離さなかった。ルーシャが上にまたがると、熱の籠《こ》もったため息を吐き、無意識だろう――太ももを撫で上げ、見上げてくる。

自分に見蕩れてすらいそうな甘い視線が嬉しく、ルーシャもまた熱いため息を吐いた。彼の肩に手を乗せ、顔を寄せる。

「……ノエル様……どうぞ、私を抱いてくださいませ……」

囁きかけると、ノエルは息を呑んだ。ルーシャはそっと唇を重ね、何度か啄む口づけを繰り返す。ノエルが腰に手を添えたのを感じると同時に、口内に舌が滑り込んだ。ぬるっと舌が絡められるだけでこれまでの何倍も感じ、ルーシャの足は萎えた。

「ん……っ、ん、んん……っ」

ノエルはヘッドボードから背を離し、ルーシャの後頭部に手を添える。いつもと違い、激しく口内をむさぼられ、ぞくぞくと快感が下腹部に溜まっていった。

「ん、ん、ん……っ、はあ……あ……っ」

ルーシャが腰を反らし、息苦しさに顔を離した時、ノエルは情欲に染まった瞳を細めて微笑んだ。

「……僕に媚薬を盛ったのかな……？　薬など使わずとも、君が望めばすぐに抱いたよ、ルーシャ」

しっとりと腰を撫で下ろされ、ルーシャはぞくぞくと感じながら彼を見返す。

「ん……っ、ほ、本当……？　ノエル様はいつも、私に触れても熱くなられないから……」

ノエルは目を瞬かせ、眉尻を下げた。

「ああ……僕も獣じゃないからね。君を抱きたいと思っていても、体は反応しないようコントロールできるんだよ」

「そ……そうなの……」

それなら媚薬に頼らなくてもよかったのかな、とルーシャは疼く体を持てあまして俯く。媚薬のせいで瞳は潤み、胸の先はつんと尖っていた。吐息も乱れ、下腹部がとても疼いている。一方ノエルは、ルーシャよりたくさん媚薬を呑んでいるのに、少し息が乱れている程度だ。どう見ても、効きが悪い。

ノエルは身を屈め、ルーシャの鎖骨に口づけを落とす。

「あ……っ」

媚薬を盛ったと気づいても抱く気になってくれているのかと、鼓動がどきっと跳ねた。肌を吸われ、ビリビリと快感が走り抜ける。

「ん――っ」

鎖骨の下に鬱血痕をつけたノエルは、口づけを柔らかな乳房へと落としていった。

「……この薬、自分で作ったのだろう？　自分でも試したの？」

「は、はい……」

薬は最終的に人の体で試さねばならず、こっそり作っていたルーシャは、当然自分の体で試した。強く効きすぎると苦しく、ちょうどよい量ならじわじわと下腹部が重くなり、愛液が溢れる。

蚊の鳴くような声で頷くと、ノエルはくすっと笑い、ネグリジェ越しに胸に手を這《は》わした。胸の形を辿って撫でられるだけでぞわぞわと感じ、堪えられず、声が漏れる。

「ん……！　はあ……っ、あ……っ、あ……っ」

「それじゃあ……薬を飲んで、自分で体に触れたの？」

意地の悪い質問に、ルーシャはかあっと頬を染めた。

「それは……っ、その……、感覚を確認するために、少しだけ……」

「どこに触れたの？」

ノエルは嘘を見抜くためか、ルーシャの瞳の奥を覗き込む。ルーシャは恥ずかしさに瞳を潤ませ、視線を逸らしておずおずと応えた。

「……あっ、む、胸を……少しだけ……あっ、ひゃあっ、あっ、あ……！」

実験をしている際に下肢も疼いていたが、さすがに触れるのは恐ろしく、胸を少し触っただけで解毒薬《げどくやく》を飲んだ。答えを聞いたノエルは大きな手で胸を揉み始め、ルーシャは心地よさに身を捩る。

「……胸だけ……？」

ノエルは瞳の奥を妖しげに揺らしてまた尋ね、ルーシャは耳まで赤くする。

「は、はい……っ、ん……っ、あ……っ」

「そう……」

話している間もノエルはくにゅくにゅといやらしく胸を揉みしだき、じわりと蜜口から愛液が漏れる感覚がした。彼の衣服を汚してはいけないと腰を浮かした瞬間、きゅうっと勃ち上がった胸の先を摘まれ、ルーシャはビクンと跳ねる。下腹にかけて電流が流れ、高い声が上がった。

「きゃう……っ、あっ、あ……！」

跳ねた拍子に胸も揺れ、ノエルは誘われるようにネグリジェの上から乳首を口に含んだ。今までされたことのない行為に鼓動が乱れ、唾液を含んだ布地越しにヌルヌルと先を転がされると、心地よさに息が震えた。

「はあ……っ、あ……っ、あ……っ、ノエル様……っ」

もう一方の胸も手で捏ね回され、ルーシャは感じすぎて、足を震わせた。

「……気持ちいい、ルーシャ……？」

ノエルのもう一方の手が僅かに腰を浮かしていたルーシャの太ももの裏側を撫で上げ、お尻に触れる。初めてそんな場所を触られ、またびくっと背が震えた。

ノエルは白く滑らかなお尻を撫で、熱っぽい息を吐く。

「……君がいいと言うなら、すぐにも抱きたいんだけど……やっぱり最後まではしないでおこうね、ルーシャ。聖女の力があるなら……僕は奪ってはならない」

快感に瞳を潤ませていたルーシャは、さっとノエルを見返した。困ったように微笑む彼の瞳は、冷静さを取り戻しつつある。やはり自分では彼をその気にさせられないのだと、ルーシャは瞳に涙を滲ませた。

「……ち、力を失っていると言えば……このまま、抱いてくださいますか……？」

恥も外聞もなく必死な気持ちで聞き返すと、ノエルは苦笑する。

「やっと認める気になったの？　……といっても、この状況だと判断しにくいんだけど……力はいつ頃から弱まってたのか、教えてくれる？」

抱かれたいがために、まだ聖女の力があるのにないと言われても困ると、ノエルは力が弱まり始めた時期を確認する。ルーシャは疼く体に震えながら、素直に答えた。

「……新たな聖女候補が現れたと報せがあった日からっ、……私の力は弱まる一方です……」

ノエルは甘く笑った。

「……そう。それじゃあどうして、力が弱まっていることを隠そうとしたの？」

「それは……っ」

ルーシャは言い淀み、ノエルはすっと目を細めた。

「言えないの？」

媚薬のせいで上手く思考が回らず、ルーシャは言葉を失う。どう切り返せばノエルが抱く気になるのか、さっぱり想像できなかった。このまま抱かれなければ、ルーシャはたった一人で出奔することになる。一度抱かれただけで子ができる保証はないが、せめて、愛する彼に全てを捧げた思い出くらいは欲しかった。

前世と変わらず、何一つ望みを叶えられぬまま一人で生き、死ぬのは嫌だ。

想像すると寂しくてたまらず、また涙が込み上げる。いっそこの地に留まり、大切な家族やノエル達と破滅の時まで一緒にいたい気分にすらなる。けれど未来を知っていながら、皆を巻き添えにするのは非道だ。

思考はぐちゃぐちゃに乱れ、ルーシャは涙目でか細く呟いた。

「わ……私……、ノエル様とは、婚約破棄するのです……っ。だ、抱いてくださらないなら……っ」

このまま国に残っても、ルーシャはいずれ婚約破棄される運命。抱いてくれないなら自害しますとでも言えば、聞いてくれるだろうか。そう考えたルーシャが最後まで言う前に、ノエルはぎょっと目を瞠った。

「いや、新たな聖女が現れているなら、君を抱いても問題はないんだけど……。僕達は婚約者だし」

ノエルがなぜ驚いたのかよくわからないながら、ルーシャは頷く。

「ブリジットさんが、新たな聖女です……。今日、彼女が大陸を浄化したのをこの目で見ました。……だから、私を抱いてください……っ」

ノエルは安堵した表情になり、優しい笑みを浮かべる。

「……そっか。新たな聖女が現れて、よかった。……だけど、こういう行為は、結婚してからじゃダメなのかな？　せめて聖女交代の儀が終わってからとか……。今抱かないと、僕と婚約破棄するの？」

ルーシャは合点がいった。ノエルはどうやら、先程思考がこんがらがったルーシャのセリフの前後を繋げ、『抱かないなら、婚約破棄する』と言ったと受け取ったらしい。

それは勘違いだが、結婚まで待てないルーシャは、恥じらいをかなぐり捨て、はしたないおねだりをした。

「い、今、抱いてくださらないと、嫌なの……っ」

「ルーシャ……っ、ん……っ」

ダメ押しに、ルーシャは彼の唇を再び塞ぎ、一生懸命舌を絡めて淫らなキスをする。ぬるぬると絡まり合う舌の感触に陶然としかけたルーシャは、そうだと閃《ひらめ》く。薬の効きが悪いなら、自分がその気にさせればいいのだ。

前世でも今世でも触れた記憶はないし、これこそ究極にはしたない振る舞いである。しかし背に腹は代えられない。ルーシャは震える指先を叱咤し、そっとノエルの下腹部に手を這わした。

「――――！　ルーシャ、そこは……っ」

さすがにノエルが焦って唇を離すも、布越しに既に硬くなった感触を確かめたルーシャは、瞳を輝かせる。

「まあ……お薬が効いていたのですか？　それとも、私のキスで？」

今まで一度も熱くならなかったノエルの体が反応しているのが嬉しくて、笑顔で尋ねる。無邪気な表情を見せる婚約者に、ノエルは眉尻を下げた。

「……薬も多少は効いてるけど……愛してる子にそんな恰好で伸《の》しかかられたら、いくらなんでも平静でいるのは無理だよ」

彼は苦悶している様子だったが、愛してるの一言に鼓動が跳ね、ルーシャはぽっと頬を染める。

「……わ、私もノエル様を一生、愛しております……」

「……君は、本当に……」

この後に及んで恥じらい、想いを赤裸々に告げる彼女に、ノエルは大仰にため息を吐いた。下腹を撫でる悪戯な彼女の手を掴み、自らルーシャの唇を奪う。

初めてノエルからキスされたルーシャは、目を丸くして、最高に喜びを感じた。

「ん……っ、はあ……っ、ノエル様……大好き……っ」

瞳を潤ませてまた想いを口にすると、ノエルの瞳の奥が怪しげに揺らいだ。唇を重ねたまま、体重をかけてルーシャをベッドに押し倒す。ネグリジェの上から淫猥に胸を捏《こ》ねられだし、ルーシャはすぐに乱れた。

「あ……っ、あっ、ノエル様……っ、ん……っ、あ……！」

ノエルは軽く身を起こし、ルーシャを見下ろす。うっとりと見返すと、彼は真剣な眼差しで確認した。

「……君を抱くよ、ルーシャ。……いいんだね？」

紳士な声音と視線がより胸をときめかせ、ルーシャは熱い吐息を零して頷いた。

「はい……ノエル様。どうぞ私を、貴方お一人のものにしてください……」

その返答を聞いた瞬間、ノエルの瞳が獣の色に染まった。

はしたなく両足を開かされ、ルーシャは羞恥心と心地よさに身を震わせた。

「ん、ん……っ、ノエル様……っ、そんなところ……っ」

「うん……？　気持ちいいんでしょ？　こんなに赤く膨らませて……」

ノエルはルーシャの下肢に秀麗な顔を埋め、花唇を舐《な》め回す。媚薬ですっかり濡れそぼっていたそこは、ノエルが舌を這わすだけでまたとろとろと蜜を零し、ぷっくりと膨れ上がっていた。

こういう触れ合いがあるのは知っていても、実際にノエルがそれをしているのは信じられず、ルーシャは直視できなかった。しかし彼が花芯を舐め転がすたびに感じてしまい、あられもない声が抑えられない。

「あ……っ、あっ、やっ……んぅ――」

ノエルが花唇を広げ、蜜口に舌を捻《ね》じ込むと、ルーシャはびくりと肩を揺らした。狭い蜜口を柔らかい舌がぬくぬくと出入りし、中が蠢《うごめ》く。舐め回されてぬめった花芯は彼の指先で転がされ、ルーシャは強烈な刺激に腰を反らした。

「やぁあ……っ、ひゃあ……っ、んっ、あ……っ」

ノエルは蜜口から舌を抜き、花芯を再び口に含む。口内で左右に揺らされ、あまりの快感に涙が滲んだ。

「ダメ、ダメ……っ、ああっ、あっ、あっ……ん、きゃああ……っ」

不意にきゅうっと花芯を吸い上げられ、ルーシャは目を見開いた。ぞわわっと下腹から電流が駆け上り、ぎゅうっとシーツを握り締める。以前馬車の中で感じたのと数段違う強い絶頂感に襲われ、ルーシャはビクビクと体を震わせた。ノエルに花芯を解放され、脱力する。

胸を上下させて荒い息を吐いていると、シャツを脱ぎ捨て、上半身を晒したノエルが身を起こした。

「……大丈夫？　怖かったら、ここでやめるよ」

耳元に口づけ、甘い声でまだ逃げ道はあると囁かれるも、ルーシャは瞳を濡らしつつも首を振る。

「い、いいえ……。私は、ノエル様のものになりたいの……」

意志確認をしたノエルは熱く息を吐き、また自ら口づけてくれた。彼からのキスがたまらなく嬉しく、ルーシャの意識はそちらへ集中する。だが、彼の指がにゅるにゅると濡れた蜜口を撫で回し、心地よさに下腹が疼いた。そして不意にぬぷぷっと指が中に押し込まれて、ルーシャはびくりと震える。

「……痛くない……？」

「……は、はい……」

ノエルに気遣わしく尋ねられて頷きはしたが、ルーシャは少し動揺していた。愛液でしとどに濡れた中はノエルの中指を根元まですんなりと呑み込み、彼は抽挿をはじめる。ちゅぷちゅぷと音がするたび、緊張で鼓動が乱れた。これで、ルーシャは聖女の力を失うのだ。

――神様の愛し子じゃなくなるのだわ……。

ノエルのものになりたいと望んだのは自分なのに、もう神の声を聞けないのだと思うと、寂しさが胸に広がった。

「……ルーシャ？　怖い……？」

ルーシャの気持ちを感じ取り、ノエルが動きをとめる。何度も確認してくれる優しさに胸が温かくなり、ルーシャは首を振った。だけど不安感があるのは確かで、頬を強ばらせていると、ノエルは甘く笑ってまた唇を重ねてくれた。何度も彼からキスをされ、恋情が溢れる。

「……ノエル様……お慕いしています……」

互いに舌の感触を味わいながら想いを伝えると、ノエルも穏やかに応じた。

「僕も愛してるよ、ルーシャ……」

ノエルはキスを頬に首筋にと落としていき、ネグリジェをたくし上げて晒した胸に舌を這わす。ルーシャがあえかな声を漏らすと、また蜜口に指を捻じ込んだ。二本入れられ、圧迫感に体が強ばる。しかし媚薬のおかげか、じわじわと心地よさが下腹部に溜まっていった。

「……あっ、はあ……、んっ、ん……っ」

ゆっくりと指を抽挿させていた彼は、ルーシャが身悶《みもだ》えるごとに、指の速さを増していく。

「……っ、あっ、あっ、やぁ……！」

快感に膝頭が震え、彼の指をぎゅうっと膣《ちつ》壁が食い締めた。じゅぽじゅぽと卑猥《ひわい》な水音が部屋に響き渡り、彼は熱い息を吐く。

「……っ……、もう、我慢できない……」

中から指を抜くと、彼は自らのスラックスに手をかけた。留め具を外し、硬くそそり立った男根を引きずり出す。視線を向けたルーシャは、予想以上に大きなそれに驚いた。透明な蜜を零すノエルの雄芯がぴとっと蜜口に押しつけられ、びくっと背を震わせる。

ノエルはすぐには挿れず、こちらを見て尋ねた。

「……挿《い》れるよ？」

ルーシャはこれで完全に聖女でなくなるのだと全身に緊張を走らせ、覚悟を決めて頷いた。

「は、はい……」

返答を聞くと、彼はずぷっと切っ先を中に押し込んだ。ルーシャは身を竦め、震える息を吐く。ノエルはそのままずぷぷっと奥へと雄芯を捻じ込み、ぴりっと走った痛みに、ルーシャは眉を顰めた。

「う……っ」

「……痛い……？　ごめん、もう少し……」

ノエルも苦しそうにしながら、ゆっくりと押し進める。圧迫感が強く、しかし彼に犯されている感覚にぞくぞくともして、ルーシャの鼓動は乱れた。

「……あ、あ……あ……っ」

根元まで雄芯を捻じ込み、ノエルは軽く息を吐く。彼の動きがとまり、ルーシャもほっとした。

ノエルはルーシャを真上から見下ろし、嬉しそうに微笑む。

「……ルーシャ……これで、君は僕だけのものになったね……」

その瞳は喜びと愛情に満ちていて、ルーシャはこの時になって、彼の想いを肌で感じた。

——聖女として、神にも愛されていたルーシャ。

ノエルと婚約していようと、聖女である間、ルーシャは神のものだった。純潔を守り、他の誰のものでもない、神にその心身の全てを捧げていた。

それが今やっと、ノエルただ一人のものになったのだ。

自分だけのものになったと喜んでくれる彼に心が満たされ、ルーシャは涙混じりに笑い返した。

「ええ……ノエル様。これからずっと、私は貴方だけのものです……」

「愛してるよ……ルーシャ」

二人はぎゅうっと互いに抱き締め合い、もう何度目かもわからぬキスをしてから、ノエルが尋ねた。

「……動いても、大丈夫そう？」

ルーシャは頬を染め、小さく頷く。

「は、はい……」

体を気遣ってか、彼はゆっくりと腰を揺らし始めた。緩慢な動きで奥をとんとんと突かれ、ルーシャはじわじわと心地よさを感じ、熱い息を吐く。

「痛くない……？」

心配そうに聞かれ、ルーシャは陶然と彼を見返した。

「はい……気持ちいいです……」

「……よかった」

ノエルは安堵して、ちゅぷちゅぷと抽挿を繰り返す。媚薬のせいなのか、緊張が緩んだせいなのか、ルーシャは次第に体が熱くなり、奥を突かれるたび身もだえたくなるほどの心地よさに襲われた。

「あっ、あっ、はあ……っ、ん、あ……っ」

感覚に身を委ね、無意識に媚肉を蠢かせては、ノエル自身を締めつける。

「……く……っ」

穏やかにルーシャを抱いていたノエルは、先程以上に何かを堪える顔つきになり、次第に息を乱していった。ルーシャの蜜壺が愛液で溢れ、つうっとシーツまで濡らし始めた頃、彼はぼそっと尋ねる。

「ルーシャ……もう少し激しくしても、大丈夫？」

「……？　はい……」

激しくの意味がわからないまま頷くと、ノエルは硬く張り詰めた男根を切っ先まで引きずり出す。中を埋めていた温かな感触が消え、喪失感を覚えていると、彼は再び雄芯を蜜壺に打ちつけた。それは先程までの動きと比べものにならぬ勢いで、全身を走り抜けた快感に、ルーシャは驚き、高い嬌声を上げる。

「ひゃああっ、ああっ、ノエル様……っ、待っ……ああんっ」

「はあ……っ、ルーシャ……っ、ルーシャ……！」

ノエルの目は獣のそれに変わり、立て続けに最奥を穿《うが》つ。身構えていなかったルーシャは、彼の与える快楽に翻弄され、中を収縮させた。

「ダメぇ……っ、やぁっ、あ……っ、あ……っ」

ノエルは膝裏に手をかけ、はしたなく両足を開かせる。容赦なく最奥を突き上げられ、乳房が揺れた。

「くそ……っ、いい……っ、ルーシャ……！」

邪魔だとばかりにたくし上げていたネグリジェを剥《は》ぎ取り、彼はいやらしい視線をルーシャの全身に注ぐ。

じゅぽじゅぽと中をかき混ぜられ、ルーシャはあまりに心地よく、瞳に涙を滲ませて愉悦に満たされた。

「ノエル様……っ、ノエル様……っ、ああっ、あぅっ、きゃあん……！」

一点を擦られた瞬間、ルーシャはびくんと跳ね、中をきゅうぅっと痙攣《けいれん》させる。ノエルはその反応を見逃さず、同じ所を擦り上げた。

「……ルーシャ……っ、ここが気持ちいいの……？」

ルーシャは尿意に似た感覚に襲われ、首を振った。

「やあ……っ、そこ、ダメ……っ」

「……でも、中がすごく絞まるよ……っ、は……っ」

ノエルも媚薬の効果が残っているのか、快楽に集中した顔つきで、貪欲にルーシャの体を犯す。ルーシャは雄々しい眼差しにすらぞくぞくと感じ、次第に気持ちよさ以外の感覚に思考を向けられなくなっていった。

「ノエル様、ノエル様……っ」

「ルーシャ……すごく、いいよ……っ。すぐにも、達してしまいそうだ……っ」

ノエルが瞳を情欲に染めて呟いた瞬間、ルーシャは、はっと目的を思い出す。ノエルの子種をもらうために、媚薬まで作ったのだ。

ルーシャはいつの間にか互いに絡め合わせていた掌をぎゅうっと握り、瞳を潤ませてねだった。

「……ノエル様……どうぞ、私の中に子種を……」

ノエルは一瞬目を瞠り、妖しげな視線を下腹に注ぐ。

「……ルーシャ……そんなおねだり、どこで習ったのかな……？」

ルーシャのセリフに興奮したのか、彼の雄芯が中で膨らんだ感覚がした。ノエルはぐっとより深く雄芯を突き入れ、奥の最も心地よい場所を刺激し始める。

「ひゃあん！　ああん、あっ、あっ、だめぇ……！」

的確に感じる場所を突かれ、ルーシャは深く考えられなくなる。腹の底から何かが迫《せ》り上がる感覚に襲われ、乳首がきゅうっと勃ち上がった。

「はあ……っ、あ……っ、ノエル様……っ、ん、んっ……何か、きちゃう……！」

荒く息を吐き、がつがつと腰を振っていたノエルが頷く。

「はあ……っ、ルーシャ……っ、僕も、もう……っ」

「あ、あっ、中に、出して……っ、ノエル様……っ」

もう一度お願いすると、ノエルは耳元に顔を寄せ、掠れ声で囁く。

「……ルーシャ……子供は、結婚してから作ろうね……」

彼の低い声が鼓膜を揺さぶり、背筋が震えた。しかし子種を注いでくれないのだと悟り、ルーシャは泣きそうな顔になる。

「……いや……っ、ノエル様……あっ、やぅ……っ」

彼はぐりっと奥を抉《えぐ》り、快楽を与えてルーシャを黙らせようとした。しかしルーシャは涙目でねだる。

「……ノエル様……お願い……っ」

彼は澄んだ青の瞳を濡らして見つめるルーシャと視線を重ねると、「くそ……っ」と小さく悪態を吐いた。

荒々しく唇を重ね、淫らに舌を絡め合わせながら、ばちゅばちゅと腰を打ちつける。

「んぅ……っ、ん、ん」

迫り上がる快感に煽られ、ルーシャの頭の中は真っ白になった。下腹に熱い感覚が籠もり、ぞわわっと何かが腹の底から駆け上がると、ルーシャはぎゅうっと足先を丸める。

「あ、あ……っ、ん、んん――！」

絶頂を迎え、内壁がきゅうっと収縮した。ノエルが低く呻く。彼は息を詰めると、微かに背を震わせて、ルーシャの中に子種を注ぎ込んだ。

◇◇◇

翌日、鳥のさえずりを聞いて目を覚ましたルーシャは、身動きができず、視線だけを動かして周囲を見回した。目の前には鍛え上げた胸筋と艶っぽい鎖骨があり、視線を上に向ければノエルの秀麗な寝顔がある。

ルーシャの腰には筋肉質な彼の腕が巻きついていて、それが重くて動けない状態だった。

生まれて初めてノエルの寝顔を見られたルーシャは、ぽっと頬を染める。金色の睫は意外に長く、いつもはきりりとしている眉はリラックスして弧を描いていた。穏やかな寝息が聞こえ、もしも結婚したらこんな様子を毎日見られたのかしらと、寂しさとときめきで複雑な心地になった。

じっと見つめていると、睫が震え、美しい紫水晶の瞳がこちらを見る。まだ寝ぼけ眼の彼は、視線が合うとやんわりと微笑み、ルーシャの額にキスをした。

「……おはよう、ルーシャ。今日も可愛いね」

キスと一緒に可愛いと褒められ、ルーシャはまた頬を染める。今まで以上に態度が甘く、胸が騒いだ。

「おはようございます、ノエル様……」

照れながら挨拶すると、彼は軽く上半身を起こす。一糸纏わぬ姿のルーシャをブランケットで包み、首筋にキスをして尋ねた。

「体はどう……？　痛いところはない……？」

昨夜の名残で、下腹部はまだ違和感があったが、痛みはない。ルーシャも上半身を起こし、首を振った。

「いいえ、大丈夫です。……昨夜は私の我が儘を聞いてくださり、ありがとうございました……」

抱いてくれた礼を言うと、スラックスをはいたままだったノエルは、片膝を立ててあぐらを掻き、前髪を掻き上げる。

「いや……お礼を言われるのは違う気がするけど……。どうしようかな……」

寝起きでまだぼんやりしているのか、彼は普段よりゆっくりと話し、辺りを見渡す。

「とりあえず、君は湯浴《ゆあ》みをした方がいいよね。このまま今日も泊まっていってもいいけど……」

純潔を奪ったため、今後どう動くか考えている様子の彼を見つめ、ルーシャはにこっと笑った。

「私は今日は家に戻ります。お父様やお母様も、私と一緒に過ごすのを楽しみにしていらしたから」

ノエルに純潔を捧げられた上、子種まで貰《もら》えた。これでもう十分だ。

実家に戻り、出奔の準備をしなくてはいけない。

嬉しそうに笑って言うと、ノエルはとろりとした目でルーシャを見下ろし、顔を寄せた。

「そう……？　それじゃあ、湯浴みを終えたら、家まで送るよ」

肌を重ねると彼の中で何かが切り替わったのか、再び自らキスをくれた。ちゅっちゅっと優しく何度も唇を啄まれ、愛情いっぱいのキスにルーシャの恋心が膨らむ。薄く唇を開けて息をすると、ノエルは艶っぽく瞳を細め、口内に舌を忍ばせた。

「ん……」

「……ルーシャ……」

淫靡に舌を絡ませ合い、室内に水音が響いて淫らな雰囲気になる。ルーシャの腰に手を伸ばし、肌を撫で上げたノエルは、しかしちらっとシーツの上に視線を向けると、唇を離した。

「さすがに今日は体を休めないとね……」

彼の視線の先には、昨日体を重ねた際についたらしい、破瓜《はか》の証が滲んでいた。

ルーシャは気恥ずかしく俯き、ノエルは頬にキスをすると、ベッドを下りた。

「少し待っていてね。湯浴みの用意をさせるから」

「はい……」

身支度を調えて部屋を出て行く彼を見送るルーシャの胸は、ドキドキと高鳴りが抑えられなかった。今までも十分に優しい人だったが、肌を重ねた途端、声も態度も比べものにならないくらいに甘い。

一段と彼を好きだと感じてしまい、ルーシャは胸が苦しくて、ため息を零した。

――ノエル様と、ずっと一緒にいたかったな……。

ノエルはルーシャが湯浴みを終えると、体調を気にして実家の居室まで送ってくれた。執事から来訪を報された父と自室前で話しだした際は、純潔を奪ったと伝えるつもりかと肝が冷えたが、議会の議題について後日話したいと言っているだけだった。

ノエルは一国の王太子で、側仕えがたくさんいる。その彼が婚約者の宿泊する部屋から一晩出てこなければ、誰もが察するというものだ。二人の関係が噂になるのは時間の問題で、秘密にするのは不可能だとわかっていた。けれど翌日すぐに純潔を捧げたと親に知られるのは、やはり気まずい。

恐らくノエルは、ブリジットが新たな聖女であるという確認を先にするだろう。新たな聖女が立てば、ルーシャが純潔を失ったと報せる必要はなくなり、下手に辱められずにすむ。

その後ノエルが王宮へ戻り、人心地着いたルーシャは、気持ちを切り替えて出奔の準備を始めた。

「逃走ルートはしっかり組まなくちゃね。できるだけ安全に、まず隣国へ行きたいのよ」

実家の二階にあるルーシャの部屋は、居室と寝室が分けられており、ローゼ塔のそれよりも遥かに広い。居室に入ると、右手奥に大きな窓があり、その手前には背の低いテーブルと長椅子が一つ、一人掛けの椅子が二脚置かれていた。

奥には重厚な縁取りのついた暖炉があり、一角に書斎机もある。壁面には書架がたくさん並び、そこには恋愛小説から学問まであらゆる種類の本が並んでいた。

ルーシャは王太子妃となるために多くの教養を身につけると共に、魔法の勉強もしていたので、実家にも多くの書物を置いているのだ。

窓辺にある一人掛けの椅子に座り、机の上に地図と各国の風土を記載した本を広げて呟くと、傍らで茶を淹れていたセシリアが声をかけた。

「……お体は大丈夫ですか、お嬢様……？　少しお休みになった方が……」

「大丈夫よ。少しだるいけれど、動けないほどじゃないし」

にこっと笑って答えてから、ルーシャは自らの手を見る。

「……だけど、本当に純潔を失うと力も失ってしまうのね。もう、何も感じないの。……大陸の様子も、空気の穢れも」

人々の中にある穢れを払っていた指先は、何を念じても、もう光を放たなかった。

香り高い紅茶が目の前に置かれ、傍らに膝を折ったセシリアを見る。そばかすの浮いた少しそそっかしい侍女の頬を撫で、やんわりと微笑んだ。

「……もう、貴女を清めてあげられもしなくなったわ。ごめんなさい。身の内に穢れが溜まらぬよう、一年に一度は新たな聖女様に御力を注いで頂くのよ」

熱心な信徒は毎日のように教会を訪れるが、大陸中の信徒が直接聖女に祝福を与えてもらえるわけではない。冬に執り行われる聖女の大陸移動時に会いに行き、一年の穢れを払ってもらうのが大多数だった。

セシリアはずっとルーシャの傍にいたから、常に清められていたが、これからは他の信徒と同じように振る舞わねばならない。ほんの少し寂しさを滲ませて言うと、彼女は優しく笑い返した。

「どうぞ謝らないでください、お嬢様。使用人の穢れまで払ってくれる主人は、この世には基本的におりません。これが普通なのです」

聖女だから傍にいることに価値を見いだしているのだろうと思っていたルーシャは、意外な返答に首を傾げる。

「……私が聖女じゃなくなって、残念じゃない？」

セシリアは首を振った。

「いいえ、特には。私はお嬢様の浄化の力ではなく、どんな時も信徒に対して慈しみ深く接する、その気丈なお姿に惹かれ、この職に就いたのです。役目を果たしたくない日もあったでしょうに、お嬢様はいつでも微笑んでおられました。私と一歳しか違わぬのにと驚き、尊敬していたのです」

思ってもみなかった告白をされ、ルーシャは頬を染めた。

「まあ……リーア。私てっきり、貴女は私が聖女だから傍にいてくれるのだと……」

「——あら。その程度の気持ちでしたら、出奔先までご一緒するとは申しておりませんよ」

セシリアは呆れて応じ、ルーシャは彼女の忠誠心を信じきれていなかった自分を、心の中で恥じた。

——馬鹿ね……。もっとセシリアを信じなくてはいけなかったのだわ……。

一人で出奔するつもりだったルーシャの心に、迷いが生まれる。一人で行けば、彼女の気持ちを裏切り、傷つける。

どうしようかしらと地図を見下ろしていると、扉がノックされた。対応に向かったセシリアが兄の来訪を告げ、ルーシャの鼓動が小さく跳ねる。

近衛騎士である兄は、王宮や王族の警護が主な仕事だ。ルーシャが家に戻った際、執事から兄は昼過ぎまで任務についていると聞いていた。時計を見ると、任務を終えてすぐ家に戻った頃合いだ。

もしや既にノエルとルーシャの関係が噂になっていて、任務中に耳にしてきたのだろうかと緊張が走った。

「ど、どうぞ……」

身構えて応じると、セシリアが扉を開き、白銀の髪に藍の瞳を持つ、整いすぎた外見の兄が部屋に入ってきた。考えた通り制服姿で、仕事帰りの様相だ。

「こんにちは、お兄様。いかがなさったの？」

「さっきグレンがお前宛の手紙を受け取っていたから、二階に来るついでに持ってきたよ」

窓辺の席に座るルーシャの近くまで歩み寄った兄は、白い封筒を差しだした。そこには見慣れたテューア教のシンボルマークが押印されていて、ルーシャは差出人を確認する。

「ジェフリーからね」

昨日別れたばかりなのに、何の用かしらと封筒を開けると、兄が覗き込んだ。

「何と書かれている？」

手紙の内容を確認するなんて珍しいと思いながら読み、ルーシャは眉尻を下げる。

「魔法薬が足りないみたい……」

休養に入る前に、ルーシャはテューア教教会が受注していた魔法薬は全て作り終えていた。しかし隣国の貴族――モットレイ伯爵が新たに薬が欲しいと訴えているそうだ。

「咳のお薬はストックがなかったから、今から作るとお返事しなくちゃ……」

ずっと咳がとまらず困っているらしいから、休み中申し訳ないが作って欲しいと書かれていた。

内容を読んだ兄は、眉根を寄せる。

「ジェフリー第一司教は、ルーシャが休みに入った意味をあまり理解していなさそうだな……」

「……ご病気なら仕方ないわ。咳は軽く見ると、危ないし」

肺炎をこじらせて死に至る場合もある。薬を作る作業自体は数時間もあればできるので、大して嫌がらず受け入れると、兄は嘆息し、ふと机の上に広げた地図に目を向けた。

「……どこかに行くのか？」

出奔ルートを定めていた地図を手に取ろうとされ、うっかりそのまま置いていたルーシャは、慌てて手近に置いていた本の下に隠す。

「いいえ……！　近隣諸国の風土について調べていただけよ……っ」

出奔先に向いているかどうか調べるため、ちょうど各地の風土が載った本が机に並べられていた。兄は眉尻を下げて笑う。

「まあ休みだからな。行きたいところがあるなら、観光するのもいいだろう」

「え、ええ……。昨日も、ノエル様と旅行へ行こうかとお話をしていたの。お兄様は、今日はもう任務は終えられたの？」

うまく遊びに行くのだと捉えてもらえ、ルーシャはほっとして話題を変えた。兄は何気なく応じる。

「今日の仕事はもう終わったよ。ああ、そうだ。任務中にブリジットという女の子に会ったよ。彼女が新たな聖女候補らしいね」

「どこでお会いになったの……⁉」

手紙を封筒に戻そうとしていたルーシャは、勢いよく顔を上げた。

ノエルと結ばれて一段落した心地だったが、もうゲームは始まっている。彼女がどんな動きをしているのか気がかりで尋ねると、兄はルーシャの真剣な顔つきに戸惑いつつ答えてくれた。

「王宮に来ていたよ。聖女候補も、祭服を着ていれば王宮に自由に出入りできるだろう？　今まで入ったことがないというから、たまたま居合わせたノエル殿下が特別に庭園を案内していた」

「――」

実をいえば、聖女はこの大陸中のどの国の王宮も出入り自由だった。各国の王家は大陸の安寧を守る聖女に敬意を示し、いつ何時も受け入れると約束している。

それは祭服を与えられた聖女候補も同じで、ブリジットは早速王宮へ繰り出したらしい。

攻略対象との庭園デートは、親密度を上げる基本的なプレイスタイル。これからシナリオが進めば、王都の花園や商店街、森の中などと一緒に過ごせる場所が増えていく。

ルーシャも前世では聖女の権限を使い、何度もノエルと逢瀬を重ねた。――ブリジットの姿で。

しかし現世では立場が違う。前世で見た、ノエルとブリジットが二人きりで庭園を歩いている映像が脳裏に再生され、ルーシャの胸に嫉妬の炎が灯った。

――私と結ばれた翌日に、ブリジットさんと逢瀬を交わされるなんて……っ。

この世界のシナリオの残酷さを目の当たりにし、嫉妬と恋情が複雑に入り交じり、何も言えなくなる。

俯くと、何かを察したのか、兄はこめかみに汗を伝わせてフォローした。

「あー……違うぞ。ちゃんと護衛も一緒だったから、殿下とブリジット嬢二人きりというわけではない」

「……護衛がついていたって、二人きりは二人きりだもの……っ」

ルーシャは知っている。護衛はいても離れた位置で見守っており、二人は親密に会話ができるのだ。そして時々ルーシャが登場し、ブリジットを居丈高《いたけだか》に追い払おうとする。

思わず感情的に返したルーシャは、視界の端に本で隠し切れていなかった地図の一部が映り、きゅっと口を閉じた。

――嫉妬してどうするの……。私は皆を守るために、出奔すると決めたのよ。ノエル様への恋心に引きずられてこの地に残ったら、それこそシナリオ通りに嫉妬して、破滅の道を進むだけでしょ……。

いまだ胸はモヤモヤとしているが、なんとか理性をかき集め、感情を落ち着かせる。紅茶を一口飲むと、息を吐いて兄に笑いかけた。

「取り乱してごめんなさい、お兄様。そうよね、護衛も一緒だし、ノエル様がどなたと仲よくしようと、私は口出しできる立場ではないわ」

ブリジットはノエルの運命の相手だ。嫉妬するなど、お門違いである。

無理をした笑顔を見下ろし、兄は気まずそうに頭を掻いた。

「いや……お前はノエル殿下の婚約者だから、多少は口出ししていいと思うが……。もしも議会で愛妾制度が通ったら、愛妾は正妃になるお前にも認められなくてはいけないしな」

数年前から議案に出ていた愛妾制度の話をされ、もう気にする必要はないのに、ルーシャは頬を強ばらせる。何度聞いても、嫌悪感を抱かせる議案だった。

世継ぎをもうけるために迎え入れる愛妾――第二妃は、夫と正妃双方の許可を得て、初めて王宮へ召し上げられる。世継ぎをもうけるという政治的目的のための婚姻なのだから、正妃も関わらねばならないのは当然だ。しかしルーシャには、到底受け入れられない条件だった。

もしも愛妾制度が導入されれば、ルーシャは第二妃を召し上げるために、予定より早くノエルと結婚し、正妃にならねばならない。そして結婚しても聖女である間は白い結婚が義務づけられ、夫が別の女性と子作りするのを漫然と許容しなくてはいけない法律なのだ。

ルーシャは眉根を寄せ、両手で顔を覆った。

「お兄様……その議案のお話は聞きたくないの。それにブリジットさんは新たな聖女よ。もしもノエル殿下が彼女をお気に召したって、愛妾制度は使えないわ……」

きっとブリジットに恋をしたら、ノエルは法改正などせず、教会組織から強引に花嫁を奪い取る。

──『僕には君しかない。どうか聖女としてではなく、一人の女性として君を守らせて欲しい』

ゲームのオープニングで流れたあの決めゼリフは、聖女の役目を降ろさせる意味を持っているはず。ノエルはルーシャを強引に娶ろうとはしなかったが、ブリジットに対しては違うのだ。

物憂くため息を零すと、兄が驚いた声で聞き返した。

「……ブリジット嬢は、聖女なのか？」

ルーシャは何を今更──と怪訝に兄を見上げ、そういえばまだ聖女試験は終わってないのかと気づく。ブリジットが聖女であることは、昨夜ノエルに伝えた。聖職者達も遠からず認めるだろうと、ルーシャは頷く。

「そうよ。……私も聖女だったから、彼女が浄化の力を持っているかどうかはわかるの。……だけど混乱させてもいけないし、テューア教教会が正式に発表するまではお話にならないでね」

兄は目を瞬かせ、そして明るく笑った。

「そうか……。よかったじゃないか。あの子が聖女なら、お前は晴れて殿下の花嫁になれる。愛妾制度も採用などされないだろう」

あとは結婚の準備を進めるだけだと喜ぶ兄に、ルーシャは笑い返せなかった。ノエルはルーシャではなく、ブリジットに恋をするのだ。

「……そうね。だけど人の心は、移ろいやすいものだから……」

頬杖をつき、窓の向こうに目を向けると、兄はきょとんとする。項垂れるセシリアとルーシャを見比べ、ひくっと頬を引きつらせた。

「そ、そうか……。まあ、なんだ。お前もこれまでずっと忙しくして、ノエル殿下との時間をあまり取れなかっただろう。結論は急がず、休養中によく交流してみたらどうだ」

「……？　はい……」

なんの結論だろうかと奇妙に感じながらも、ルーシャは頷いた。


翌日、ルーシャは魔法薬を作るためにシュピーゲル大聖堂に向かった。実家で作ろうとしたのだが、ルーシャの基本的な生活拠点はローゼ塔で、必要な薬液や道具が少し足りなかったのだ。

ブリジットが現れてから三日が経過していた。早ければもう彼女が次代の聖女だとわかっていてもおかしくない頃合いである。裏門から入り、セシリアと回廊を歩いていると、通りかかった修道者達がかつてと変わらぬ笑顔で挨拶をしてくれた。

「お帰りなさいませ、聖女様、セシリアさん」

「今日もお会いできて嬉しいです、聖女様」

もうお帰りと言われる立場でもないのにと罪悪感を胸に抱いて、ルーシャは微笑み返す。

「ただいま、皆。その後、変わりない？」

それとなく聖女試験について探りを入れると、彼らは穏やかな表情で頷いた。

「はい。聖女様の御力が込められた水晶球のおかげで、現在のところ、どの司教区も問題ないようです」

「……そう。それはよかったわ。……今日はブリジットさんは、どちらにいらっしゃるのかしら？」

全く何も変わりない様子を訝しみ、ルーシャは直接聖女候補の名を挙げる。

「確か今日は……郊外に行くとか……？」

修道者達が顔を見合わせて答え、ルーシャはブリジットが何をしているのか察した。

昼過ぎになると朝の浄化の効果が弱まり、郊外の大地の一部が穢れ始める。それを浄化して回ると、経験値を上げられるのだ。

それにしても聖女交代の儀へ向けて準備している様子はなく、首を傾げる。

「……聖女試験は、まだ終わっていないの？」

穢れた土地の前に立つだけで、聖女かどうかはすぐ見定められる。穢れた土地を封印している魔道具の解呪に手こずっているのかしらと尋ねると、背後から声がかかった。

「――聖女試験はまだ実施できていないのです。あと二、三日はかかるかと……」

聞き慣れた声に振り返り、ルーシャは目を瞬かせた。ジェフリーがいつもの笑顔で水晶球などを保管している倉庫に繋がる回廊から歩いてきていた。

「まあ、どうして？」

ジェフリーは頭を垂れる修道者達に目配せをして下がらせ、ルーシャの背に手を置く。

「昨日は、お休みのところ薬の調合をお願いするお手紙をお送りしてしまい、申し訳ありません。……居室へ向かわれているところでしょうか？　ご一緒致します」

「……ええ」

共に移動を始めると、ジェフリーは声音を落として言った。

「……昨日、ノエル殿下からご連絡を頂きました」

ルーシャはぎくっと身を強ばらせる。純潔を失ったと報せたのかと思い、どんな顔をしていいのかもわからぬまま冷や汗をかいて見返すと、ジェフリーはにこっと笑った。

「聖女様が、ブリジットを新たな聖女だと明言なさったとか」

そちらの方かと、ルーシャは肩の力を抜いた。

「ええ、お伝えしました。先日、ブリジットさんが大陸を浄化されるのを感じ取りましたから……」

ジェフリーは残念そうに眉尻を下げる。

「……そうですか。ルーシャ様が仰るのであれば、事実なのでしょう。ですが大変申し訳ないことに、聖女試験のために保管していた穢れた大地を封印していた魔道具が壊れていたらしく、全て浄化されていたのです。新たに穢れた土地を取り寄せる必要があり、あと数日はかかりそうでして……」

テューア教教会は、教会関係者の目で浄化の力を確かめない限り、新たな聖女だと認定しなかった。聖女認定には、穢れた土地が必要不可欠だ。

「まあ……そうなの」

すぐにもブリジットが聖女認定されると踏んでいたルーシャは、肩透かしを食らった気分だった。穢れた土地を待って聖女交代の儀がなされるまで、単純に考えてもあと四、五日はかかりそうである。すぐにもこの地を離れなくてはと考えていたのに、家族やノエルともう少し一緒にいられるのかと、嬉しさも感じてしまった。

ジェフリーはルーシャに顔を寄せ、小声で尋ねる。

「とはいえ、ルーシャ様は多くの信徒達に厚く慕われております。もしもよろしければ、お力がある限り、ぜひ聖女として務めて頂けないでしょうか」

ルーシャは目をぱちくりさせる。そんな話、ゲームの中にあったかしらと記憶を辿り、そういえばこのゲームは最初に経験値を上げないと、聖女として覚醒できなかったと思い出した。

前世のルーシャはほとんどすぐに聖女として覚醒してから攻略に移っていたため、失念していた。

――だけどブリジットさんは今、郊外に行って経験値を上げているのじゃないのかしら……。

先程修道者達から郊外へ行ったと聞いた。覚醒するための浄化の経験値はさほどいらず、一日でも行けば十分だったはずなのにと訝しく考えていると、鈴を転がすような高い少女の声が回廊に響き渡った。

「わあ、そうなんですね！　魔道具にまで詳しくていらっしゃるなんて、ノエル様は博識ですね」

――ノエル様……？

ルーシャはぴくっと眉を跳ね上げ、振り返る。そしてカッと目を見開いた。

シルバーブルーの上下に身を包んだノエルと祭服姿のブリジットが、二人で並んで歩いてきていた。少し離れた後方に護衛がついているが、どう見ても二人きりで過ごしている様子である。

――昨日に引き続き、今日もノエル様と過ごしていたの、ブリジット……!?

大地を清めに行っていると思いきや、ノエルと逢瀬を交わしていたらしい。瞬時に嫉妬心が燃え上がるが、こちらに気づいたノエルも、ぴくっと眉を上げた。

「……ルーシャ。こんなところで何をしているんだ?」

ノエルは僅かばかり剣呑《けんのん》な視線をジェフリーに注いでから、ルーシャに視線を戻す。ルーシャは咎める口調にびくっと肩を揺らしたが、嫉妬心の方が強く、負けずに言い返した。

「まあ。ノエル様こそ、ここで何をなさっているの? 私がこちらにいないと思って、ブリジットさんと二人で仲睦まじくされていたのかしら」

暗に浮気かと詰ると、ノエルは目を瞬かせる。何か言おうと口を開きかけたが、彼の声に被せて、ブリジットが明るく言った。

「何を……」

「そうおっしゃるルーシャ様は、ジェフリー第一司教様と仲がよろしいのですね。とっても親密そうです!」

「え……?」

急に意識していなかったジェフリーの名を出され、ルーシャはきょとんとする。傍らに立っていたジェフリーは、さっとルーシャの背に置いていた手を放して距離を置いた。

「失礼致しました。少々、込み入った話をしていたものですから」

白髪交じりの黒髪に漆黒の瞳を持つ、端整な顔つきをした第一司教は、恐縮してノエルに頭を下げる。

言われてみれば、ジェフリーはルーシャの背に手を置き、顔を寄せて話していた。セシリアがいるとはいえ、ノエルの婚約者でありながら、他人に勘違いさせる距離感で話していたのは、なっていない振る舞いだ。

意図的ではなくとも、先日自ら振る舞いを注意した一般階級出身の少女に己の失態を指摘され、ルーシャは羞恥心に襲われた。王太子妃となるべく立ち居振る舞いは完璧に身につけてきたのに――これから教養を身につけねばならない少女に注意されてしまうなんて……！

頬を染めるルーシャにノエルは眉尻を下げ、ジェフリーに微笑みかける。

「貴方は聖職者だから間違いなど起こらぬだろうが、妙な噂が広まらぬよう気をつけて欲しい。彼女は私の婚約者だから」

「申し訳ございません」

ルーシャはノエルがジェフリーを正面から牽制《けんせい》しているのに驚き、同時に微かに誰かが笑う気配を感じて、怪訝に視線を転じた。そしてさあっと血の気が引いた。

ノエルの傍らに立っていたブリジットが、羞恥心から頬を染めるルーシャを見つめ、にやっと笑っていた。

その笑顔は、彼女が敢えてルーシャの失態を指摘したのだと語っていた。

――そうだ。この子……転生者だった……。

ルーシャは一見純朴そうなブリジットが、一人の時はスレた話し方をしていたのを思い出す。彼女はこの世界のシステムを承知しており、確実に計算して行動している。

――ノエルを手に入れるため、強《したた》かに動いていく心づもりだ。

彼女の心根を想像し、ルーシャは恐ろしさのあまり、今すぐにも出奔したい気持ちになった。しかし聖女交代の儀までは堪えねばならない。心の中で自分を鼓舞していると、ノエルがこちらを見下ろして眉根を寄せた。

「……ルーシャ？　顔色が悪いよ。今日はここに何をしに来たの？　ひとまず実家に戻ろう……」

体調不良だと考え、ノエルがルーシャの手を取る。そのまま連れ帰られそうな勢いに、ルーシャは慌てた。

「いいえ、お薬を作らなくちゃいけないから……っ」

「薬……？」

ルーシャの返答を聞いたノエルが、気に入らなそうに目を眇める。その時、慌ただしく回廊を駆けてくる足音が響き渡り、全員がノエルの後方に目を向けた。

回廊を駆けてきたのは、近衛騎士の制服に身を包んだディックだった。普段は飄々と笑っている彼が、いつになく真剣な顔つきで走り寄り、ノエルの足もとに膝を折る。

「――ノエル殿下、ご報告がございます……！」

「どうした」

ルーシャの手を離し、ノエルが低い声で応じると、ディックは緊張の滲む声で告げた。

「クラーオ州に双頭の大蛇が出現致しました……！　急ぎ討伐隊の派遣を要請されております……！」

双頭の大蛇とは、海に近い深く穢れた土地でしか現れない魔物の名前だ。人を一口で飲み込めるほど大きな頭を二つ持ち、羽が生えていて、素早く動く。それがどうして、ルクス王国の王都――聖地に隣接するクラーオ州に現れたのか。

ルーシャは驚いたが、ノエルは落ち着いた表情で指示を始めた。

「わかった。ではすぐに王宮へ戻り、部隊を編成する。討伐と共に、大地の汚染が酷ければ浄化せねばならないが……」

聖女がいるのに、なぜ魔物が現れたの――とルーシャはブリジットを見る。そして気づいた。

ブリジットはまだ、聖女交代の儀を終わらせていない。一方ルーシャは、既に聖女の力を失っている。

この世界にとって今は、正当な聖女がいない状態なのだ。だから均衡が崩れ、魔物が現れた。

前世では最初に浄化の経験値を上げ、聖女になってプレイするばかりだったルーシャは、記憶を蘇らせる。

聖女にならないままプレイした場合、何が起こったか――。

数えるほどしかプレイしていないシナリオを必死に思い出し、ルーシャは真っ青になった。

――聖女にならないままでいると、魔物が現れ、ミニゲームという名の戦闘が始まる。魔物討伐にはノエルとディックが戦闘要員として参加し、そしてジェフリーと主人公が浄化要員に入っていた。ゲーム上は簡単な戦闘だが、上手くプレイしないと主人公を庇《かば》ってノエルが魔物の攻撃を受け、右手に重傷を負う。

――ノエル様が、怪我をする。

ルーシャは心配そうな顔をしているブリジットを見やる。彼女は、恐らく現時点まで一切浄化の経験値を上げていない。ノエルが魔物の攻撃を受ける可能性は限りなく高く、ルーシャは浄化要員としてジェフリーを呼ぼうとしているノエルに歩み寄った。

「わ、私もご一緒に連れて行ってください、ノエル様……！」

ノエルは眉間に皺を寄せる。

「何を言ってるんだ。君は魔物と戦った経験などないだろう、ルーシャ。危険すぎる。……それにもう、君に浄化の力はない」

最後のセリフは誰にも聞こえぬよう、腕を引かれ、耳元で囁かれた。ぐっと言葉に詰まると、ブリジットも近づいて訴える。

「私もご一緒します……！　浄化が必要なのですよね。私もお役に立てるはずです……！」

ノエルはブリジットの申し出には頷き、ジェフリーを見やる。

「……双頭の大蛇は瘴気を放つ。強い浄化が必要だ。ジェフリー第一司教、ブリジット嬢が経験を積むためにも、彼女と一緒に来てくれるだろうか？」

聖女となれば、日頃から清められている土地だけでなく、瘴気の籠もる汚染の酷い土地を浄化せねばならない場合もある。ノエルは今後を考え、ジェフリーのサポートをつけてブリジットを連れて行こうと決めたようだった。

浄化の力は聖女しか持たないが、聖職者達は水晶球を使えば簡易的な浄化ができる。平生からルーシャと共に穢れた大地を浄化していたジェフリーは、即座に頷いた。

「もちろんです」

自分だけ置いて行かれそうな気配に、ルーシャは身を乗り出す。なんとしてもノエルを危険に晒したくなかった。

「――私は、聖女です！　ブリジットさんを連れて行くというのなら、私が行かぬのはおかしいでしょう！　それに私には魔力があり、戦闘要員としてもお役に立つはずです！」

ルーシャが聖女の力を失ったと知っているのは、ノエルだけだ。皆の前では否定できまいと眼差しを強くして訴えると、ノエルは弱った顔をし、ディックが彼の肩を叩いた。

「聖女様はお連れした方がいいんじゃないですか？　お気持ちはわかりますが、これも神に選ばれた聖女様のお役目の一つです」

ノエルは迷う間を置き、ため息交じりにルーシャの手を取った。

「それでは……君も連れて行くが、戦闘は国王軍の騎士達が担う。決して討伐隊の前に出ないようにするんだよ。いいね？」

「はい……！」

浄化の力は失っていても、戦闘魔法ならある程度強力な技を学んでいる。ルーシャは討伐の役に立てる自信があった。

セシリアには実家に戻っているよう言い置き、クラーオ州へ向かうため、ノエル達と移動を始める。一度王宮へ戻るべく、ノエルに手を引かれて厩舎《きゅうしゃ》へと走っていたルーシャは、傍近くで微かな呟きを耳にした。

「……よし。この展開きた……っ」

訳知りな雰囲気の声に目を向けると、ブリジットがこちらを見て、笑った。

「頑張りましょうね、ルーシャ様」

純朴さとはかけ離れた、現状を楽しんでいるとわかる笑みを目の当たりにし、ルーシャはぞっとする。

——ルーシャはこの戦闘で自身が同行したシチュエーションを、前世で見た記憶がなかった。

クラーオ州に出現した魔物の討伐には、国王軍から精鋭十五名が選出され、王宮にある魔道具で目的地に転送された。この転送装置は大変希少で高額なため、所持しているのは国家元首くらいである。ルクス王国国王が持つそれは、王宮の北に建つ展望塔最上階に備えつけられていた。

半球体になったガラス張りの天井の中央に幾何学模様の鉄に囲われた丸い水晶球があり、その真下に魔法陣が描かれている。転送される者が魔法陣の上に立ち呪文を唱えると、目的地へ瞬間移動できる仕組みだ。

魔法陣は最大五名を同時に転移でき、まず漆黒の戦闘服に身を包んだ討伐隊員が、クラーオ州の州都フクスにあるフクス教会へ向けて移動していった。教会から魔物がいる場所までの足は、事前に声を届ける魔道具を使って教会関係者に連絡し、現地で馬が手配されている。

討伐部隊ではないルーシャは、ジェフリー達と共に最後に魔法陣に入った。呪文を唱えると魔法陣と水晶球が同時に光を放ち、次の瞬間にはクラーオ州の州都フクス中央にある教会前に出現していた。石で舗装された大地に降り立った瞬間、むわっと淀んだ空気に包まれ、不快感に眉を顰める。目の前に広がる暗い空の色に、ルーシャは目を瞠った。王都では澄んだ青空が広がっていたのに、フクスの空は瘴気を帯び、黒い靄に覆われていた。

共に降り立ったジェフリーとブリジットが呻き、口を押さえる。

「……瘴気が濃い……」

「なんて淀んだ色の空気なの……息がしにくい……っ」

ブリジットの呟きを聞き、ルーシャは自身の目も体も、かつてとは全く違うのだと再認識した。恐らくブリジットには、瘴気で淀む空気が、ルーシャよりも鮮明に見えている。

浄化の力を込めた水晶球が置かれた教会施設内ならば、浄化の力が行き届いており、魔物も近づかない。庇護を求め、教会前の広場に逃げ込んだ多くの民が、祭服を着たルーシャを目にするや歓声を上げた。

「聖女様がいらっしゃったぞ！」

「どうかフクスをお守りください……！」

――もう自分は、聖女ではない。

跪き、両手を合わせて自らに祈りを捧げる人々の姿に、ルーシャは顔を歪めかけた。しかし心の中で自らを叱咤し、縋るものを求める皆の心を安らがせるために、聖女らしい微笑みを湛える。

「……どうぞご安心ください。討伐隊と共に、この地を浄化して参ります」

声をかけると、人々は明らかに安堵し、怯えた顔に笑みを浮かべた。

先にこの地に下りていたノエル達討伐部隊は、教会関係者が手配していた馬に乗り、既に出立の準備を整えていた。隊を指揮するノエルが馬首を回し、ジェフリー達に近づく。

「我らは先に魔物が現れたアルト村の森へ向かう。ジェフリー第一司教達は後続の馬車で来てくれ。討伐を終えればこちらから声をかける故、討伐部隊に近づきすぎぬよう気をつけて欲しい」

「承知致しました」

ジェフリーが答え、ノエルはルーシャの目の前に馬をつける。普段見ない戦闘服に身を包んだ彼は、一度馬から下り、手首に巻いていた水晶のネックレスをルーシャの首にかけた。

「……ルーシャ、現地についても決して我らに近づいてはいけない。わかったね？」

それは王家が保管している、浄化作用のある水晶を使った魔除《まよ》けのネックレスだった。ブリジットならば、自ら放つ浄化の力で魔物も簡単には近づけない。しかしルーシャにはその力がないため、瘴気に当てられぬよう気を回してくれたのだ。

緊急事態でも自分を気遣う彼に申し訳ない気分になりながら、ルーシャは心配そうに眉尻を下げた。

「……ノエル様こそ、どうぞご無理をなさいませんよう」

ノエルは優しく微笑んだ。

「僕は大丈夫。だけど君は、討伐が終わるまで馬車の中にいるようにね。決して外に出てはいけない。いいね？」

「……はい」

ルーシャが頷くと、ノエルは馬首を返し、待機していた隊員達に雄々しく出立の号令を上げた。

討伐部隊が勢いよく広場の中央を突っ切っていくと、集った人々が歓声を上げた。間もなく教会が用意した馬車がルーシャ達の前に回され、ルーシャは聖女専用の馬車に乗り込む。ジェフリーとブリジットはもう一つの聖職者用の馬車に乗り込み、二つの馬車もまた現地へと向かった。


馬車が進むごとに空が厚い瘴気に覆われ、一帯は薄暗くなっていった。

ルーシャの馬車が一層濃い瘴気に満ちた森の中に入ると、窓から先に向かっていた討伐部隊の背が見えた。

討伐部隊は対魔物戦に特化しており、そこかしこに浄化作用のある水晶の欠片《かけら》を武具に仕込んでいる。

彼らの周囲だけ瘴気が浄化され、淡く光を放っていた。

見つめていると、討伐部隊の動きがとまり、最後尾にいた騎士が御者を振り返って身振りでそれ以上近づかぬよう指示した。ルーシャが乗る馬車は隊員らの背が見えるかどうかの距離でとまる。

「――戦闘準備！」

怒号に似たノエル号令が辺りに響き渡り、騎士達が背に担いでいた弓を構えた。彼らが使う鏃《やじり》にも浄化作用のある水晶が使われている。羽を持つ双頭の大蛇は口から瘴気の礫《つぶて》を吐き出すため、接近戦よりも遠隔戦の方が戦いやすかった。

双頭の大蛇が討伐隊を視認したのか、威嚇音が辺りに響き渡る。同時に号令がかかり、騎士らは一斉に矢を射かけた。鏃が大蛇に触れて割れ砕ける高い音と、双頭の大蛇の怒りに満ちた咆哮《ほうこう》が上がる。

先程以上の瘴気が辺りに充満し、騎士達が腕で顔を覆った。瘴気の勢いが強く、武具の浄化力では追いつかないのだ。まともに息ができず辛そうな様子に、ルーシャは歯がみする。

せめてこの一帯の空気を浄化できたら――。

もはや何の役にも立てない自分を口惜しく思ったその時、視界の端を華奢な人影が走り抜けていった。愛らしいピンク色の刺繍を施された白の祭服を目にした瞬間、ルーシャは瞠目し、思わず馬車の扉を開ける。

「ブリジットさん、近づいてはダメよ……！　危なすぎる……っ、う……っ」

あまりに濃い瘴気に、すぐに胸が苦しくなった。顔を歪めて呻くと、ブリジットはこちらを振り返り、溌剌とした声で応じる。

「だけど、この瘴気だけでも払ってしまわないと、騎士様方が戦えません……！」

彼女は果敢にも戦闘を開始した部隊へ駆け寄り、気づいたノエルが声を張った。

「――ブリジット嬢……！　近づき過ぎだ……っ」

魔物が攻撃を開始する音が聞こえ、瘴気の礫が全方位に放たれる。ノエルがブリジットを守るために馬首を返し、その背に向けて漆黒の礫が迫るのを見て、ルーシャは馬車を飛び降りた。

「聖女様……！」

御者が声を上げたが、ルーシャは無我夢中で攻撃魔法の呪文を唱えながら走った。無数の瘴気の礫が襲いかかり、身を竦めたブリジットにノエルが手を伸ばす。馬で彼女の前に立ち塞がるだけでは、礫が足もとを通り抜け、彼女を傷つける可能性があった。ノエルはブリジットを馬に引き上げ、自らの体で楯《たて》となって守ろうとしているのだ。しかし後方から駆けてくるルーシャを見て、ぎくっと頬を強ばらせた。

「やめろ、ルーシャ！　来るな……！」

ノエルの声に反応した騎士の一人、ディックが叫ぶ。

「——殿下！　右前方より瘴気が……！」

騎士達は抜刀し、瘴気を薙《な》ぎ払《はら》って自らの身を守るので精一杯だった。ノエルは間近に迫った瘴気の礫を見て、ブリジットを片手で引き上げると同時に抜刀する。その脇をルーシャが通り抜け、彼は声を荒げた。

「下がれ、ルーシャ！」

「——灼熱の刃よ、かの魔物を薙ぎ払え！」

ルーシャは呪文の最後の一節を唱え、両手を掲げる。刹那、視界が眩むほどの目映い光の矢が無数に放たれ、双頭の大蛇の悲鳴が上がった。あまりの眩しさに騎士達は腕で目を覆い隠し、数秒後、辺りを見渡して唖然とする。

「……一撃か……？」

「大量の光の刃が刺さっていた気はするが……」

成人男性が五人分ほどはあろう大きさの魔物が、目を眩ませて、重い音を立てて地に倒れ伏した。その目前には、両手を魔物に向けて掲げたまま、肩で息をしているルーシャがいる。

ノエルの前に出て、魔法で数千の光の刃を魔物に向けて放ったルーシャの指先は、震えていた。これは本を読んで覚え、森の中で一度だけ試した経験しかない攻撃魔法だった。あまりの攻撃力に驚き、使う機会などないだろうと、それ以降は練習しなかったのだ。成功するか定かでなかったが、ノエルが攻撃を受けると思い、咄嗟にこの呪文が口をついた。

ルーシャは後方を振り返り、目を瞠っているノエルとその腕の中にいるブリジットを確認する。二人とも怪我はないようだったが、ブリジットはルーシャと目が合うと、ぱあっと表情を明るくして無邪気に笑った。

「わあ、一撃で魔物を倒されるなんて凄いです、ルーシャ様！　光の魔法、とっても綺麗でした！」

命を失うかどうかのこの場に相応しからぬ、はしゃいだ声だった。魔物と退治した恐怖心が、かちっと怒りに切り替わる。ブリジットがむやみに駆け出さなければ、ノエルは魔物に背を向けることもなく、危険に晒されはしなかったのだ。更に元を辿れば、彼女が最初から浄化の経験値を上げて聖女になっていれば、魔物だって出現しなかった。

ルーシャは眉をつり上げ、ブリジットを睨みつける。

「浄化の力で他者を守ろうとする心意気は素晴らしいけれど……魔物を前にして竦むくらいなら、初めから前に出ない方がよほどマシよ！　ノエル殿下は貴女を守るために、魔物の攻撃を受けかけていた。貴女、自分が何をしたかわかっているの？　一国の王太子の命を、危険に晒したのよ！」

ぴしゃりと叱りつけると、ブリジットは目を丸くし、見る間に悲しそうな顔になった。

「ご、ごめんなさい……私、夢中で……」

ブリジットが声を震わせて俯くと、ディックが近づき、仲裁する。

「まあまあ、聖女様。彼女はまだ聖女候補ですから、至らないのは仕方ありません。それに、我らを救おうとしてくれた気持ちは、とてもありがたい。そうきつく当たられずともよろしいのでは」

三人の様子を見ていた他の騎士達も、ブリジットに同情する空気を漂わせ、ルーシャははっとした。まるでルーシャがブリジットをいじめているかのような雰囲気である。

もしやまた一歩悪女へと近づいたのかと、背中に冷たい汗が滲み、黙ってやり取りを見守っていたノエルが、ぼそりと言った。

「……前に出るなと言ったはずだ、ルーシャ。俺は君に守られずとも、攻撃を避けられた」

それは低く、怒りを孕んだ声で、ルーシャはびくりと肩を揺らす。目を向けると、彼は苛立った鋭い眼差しでルーシャを見下ろしていた。

勘気を悟り、血の気が引いていく。弁解せねばと焦っていると、後方で何かが動く気配がした。ノエルがさっと視線を転じ、騎士達に命じる。

「まだ生きている！　全員魔物を包囲！　弓を構えろ！」

騎士達は即座に意識を魔物へと戻し、一度乱れた陣形が見事にまた魔物を囲う位置へと戻った。無駄一つない動きで剣を鞘《さや》に収め、矢を番《つが》える。双頭の大蛇が鎌首をもたげた瞬間、ノエルが号令を上げた。

「――放て！」

鏃《やじり》が空気を切り裂く鋭い音が辺りに響き、十五本の矢が双頭の大蛇の弱点である、首元めがけて射かけられた。双頭の大蛇は仰け反り、断末魔の悲鳴を上げる。残りの気力を振り絞り、口から瘴気を吐き出した。

その瘴気は先程のように意志を持って動かず、辺りに靄となって広がる。しかし自らの方に流れてくる様を見て、ルーシャはぎくっとした。見るからに瘴気は濃く、首からかけたネックレスだけでは浄化しきれそうになかった。逃げなくては、と踵を返そうとした時、ルーシャの脇の下に誰かの腕が差し込まれた。

「きゃ……っ」

ぐいっと後方に持ち上げられ、次いで何かの上に座らされる。武具を着けた腕が腹に回され、頭上から落ち着いた声が聞こえた。

「ブリジット嬢、浄化はできるか？」

「はい、もちろんです！」

いつの間にか地に下ろされていたブリジットが、馬首を回したノエルに尋ねられ、元気よく応じた。

「ジェフリー第一司教、サポートを頼む」

「承知致しました」

魔物の討伐を確認して歩み寄っていたジェフリーにも声をかけ、ノエルはルーシャを馬に乗せたまま、馬車へと向かっていく。

ブリジットがちゃんと浄化できるか気になって後方を振り返っていると、ノエルが話しかけた。

「……瘴気を浴びて死んでいてもおかしくなかった。なぜ前に出た」

先程同様に怒気を孕んだ低い声で問われ、ルーシャはぞくっとする。見上げると、瞳の奥に怒りを揺らめかせたノエルが、冷えた視線でルーシャを見ていた。

これほど怒りを露《あら》わにした彼を見るのは初めてで、ルーシャは青ざめる。

「……申し訳……ありません。……貴方を、お守りしたくて……」

後方で大地を清める聖書の一節を唱えるブリジットの声がして、さあっと心地よい風が辺りを吹き抜けた。

ブリジットの浄化の力で、辺りの空気が一斉に清められ、空が明るくなる。瘴気を吸い、重苦しくなっていた体の中まで軽くなり、ブリジットの浄化で体内も清められたのがわかった。

ノエルも同様に感じたのだろう。すうっと深く息を吸い、驚いた調子で呟いた。

「……凄い浄化力だな。体に触れずとも、体内まで清められるのか……」

そのセリフに、ルーシャはまざまざと自身と彼女の格の違いを見せつけられた心地になる。ルーシャは信徒の体に触れなければ、体内の穢れまでは払えない聖女だった。

もはや、この世界にルーシャは必要ない。大陸中からそう言われている気がして、気持ちが沈んだ。何より出しゃばったルーシャは、ノエルの怒りを買っている。こうしてルーシャは着実に厭われ、ノエルとブリジットが結ばれる流れになっていくのだ。

馬車の前に馬を着けたノエルは、先に馬から下り、ルーシャを抱きかかえる。

「後始末を終えるまで、君は馬車の中で待機しているんだ。わかったね？」

また言うことを聞かなければ容赦しないとでも言いたげに命じられ、ルーシャは大人しく頷いた。

「はい、ノエル様……」

ブリジットの浄化で双頭の大蛇の死骸は消滅し、討伐隊の面々が馬車の方へと戻ってきていた。ノエルに言われる通り、大人しく馬車の中で待っていたルーシャは、扉がカチャリと開いて顔を上げる。

ノエルが馬車の扉口前に立ち、腕などを覆っていた武具を外しながら、馬に乗って傍らに近づいたディックに話しかけた。

「……俺は彼女の怪我を確認したいから、馬車に乗る。討伐部隊を二手に分け、ルーシャとジェフリー第一司教達の乗る馬車の護衛をしながら戻ってくれ。俺の使っていた馬を頼めるか?」

「承知致しました」

ノエルの命令を聞いたディックは、彼が使っていた馬を預かり、ちらっと馬車の中を覗き見る。落ち込んでいるルーシャの表情を見て、眉尻を下げげた。ノエルに視線を戻し、苦笑する。

「……危険なお振る舞いでしたが、聖女様のおかげで想定以上に速やかな討伐が叶いました。あまりお叱りになられませぬよう」

「……わかっている」

部下の進言にノエルは表情を険しくして頷き、馬車に乗り込んだ。ディックは後方で待機していた部隊を振り返り、手を振る。

「それでは、二手に分かれ、馬車の護衛をしつつフクス教会へ帰還する!」

騎士達が声を揃えて応じ、それぞれが馬車の周囲についた。ノエルが不機嫌そうな顔で向かいに座ったが、先にブリジット達が乗る馬車が脇を走り抜けていき、ルーシャは窓の外に目を奪われる。

通り過ぎていく馬車の中で、ブリジットが窓に張りついてこちらを凝視していた。彼女はらんらんと瞳を輝かせてこちらを見ていて、沈んだルーシャの表情を見ると、にやっと笑った。

あっという間に馬車は走り抜けていき、ルーシャは焦燥を覚え、鼓動を乱す。

——やはりこの展開は、ブリジットがノエルと結ばれるシナリオ通りなのだ。

忠告を聞かず出しゃばったルーシャは、ノエルの勘気に触れ、今も彼を怒らせている。一方ブリジットは見事に辺り一帯を浄化し、好感度は確実に上がっていた。

御者が扉を閉め、ルーシャの乗る馬車も動き出すと、武具を全て外し終えたノエルがこちらを見て眉を顰めた。

「……どこか痛い？　顔色が悪いね」

「い……いいえ。どこにも怪我は……」

まだ苛立っているのがわかり、ルーシャは急いで首を振る。だが彼は気に入らなそうに目を眇め、無言でカーテンを閉めた。カーテンを閉めた意図を問う視線を向けるも、彼は答えず、腕を伸ばす。ルーシャの手首を掴み、強引に自らの方へ引き寄せた。

「きゃ……っ」

腰を浮かしたルーシャは、スラックスとシャツという簡素な恰好になった彼の膝上に抱き上げられる。ノエルは慣れた手つきでルーシャの足を割り開き、いつもの姿で膝上に座らせると、真顔で言った。

「……ルーシャ。僕は君の我が儘は好きだけど、嘘はあまり好きじゃないんだ。頬に切り傷を負った状態で、〝怪我はない〟は通じない」

「え……」

聖女でいる間、ルーシャは汚染の酷い大地を浄化した経験はあっても、魔物と直接対峙《たいじ》してはこなかった。ルーシャの放つ浄化の力に気圧《けお》され、魔物が逃げていくからだ。

人生で初めての魔物との対戦で気が高ぶっていたのか、ルーシャは自身の怪我に全く気づいていなかった。

ノエルが顔を寄せ、頬に舌を這わせて初めて、痛みを感じる。

「痛……っ」

「……君の顔に怪我を負わせてしまったなんて、最悪だ……。痕が残らないように、戻ったらすぐに魔法医に見せなくては……」

ノエルの目が暗く淀み、怒りに染まる。ルーシャは無謀に戦った自分に怒っているのだと、身を竦めた。

「……申し訳ありません……」

「……他に痛いところはない？　隠したら、酷くするよ」

何を酷くするのかわからなかったが、聞き返せる雰囲気ではなく、ルーシャは言い淀んだ。嘘は好きじゃないと言われたからには、彼にそう受け取られる返答はしたくない。

「……えっと、その、痛いと感じるところはないのですが……」

答える途中で、ルーシャは肩を揺らした。ノエルが彼の腹の上に置いていてルーシャの腕の袖をたくし上げ、肩まで肌を露わにしたのだ。腕を掴んで肌を見聞され、ルーシャは淡く頬を染める。

「……ここにも、傷ができてる」

ノエルは不満そうに呟き、腕に走った切り傷を指の腹で撫でた。

ルーシャは光の刃の勢いで瘴気を跳ね返して攻撃した。だが瘴気の一部が刃の隙間を通り抜け、肌を切り裂いていたらしい。既に傷口は乾いていたが、触れられるとピリッと痛みが走る。

「……痛い？　深くはなさそうだけど……」

彼は機嫌の悪い顔で両腕を確認し、今度は祭服の裾をたくし上げ、足を確認していった。傷を確かめつつ、打ち身などがないか、軽く肌を押して足先から太ももへと触れられていく。彼は怪我がないかを見ているだけなのに、肌を撫でられるとくすぐったくて、ルーシャは身を捩りたい心地になった。

ノエルは冷静な顔つきで、当然のように祭服の下に手を差し入れ、コルセットの紐《ひも》を緩める。

「ノ、ノエル様……？」

淀みなくコルセットを外して床に放り出され、ルーシャは戸惑った。ノエルはシュミーズの下に手を忍ばせ、脇腹を撫で上げる。

「痛いところがあったら、言うんだよ」

「え……っ、あ……っ」

足と同じく、彼は軽く肌を指で押しながら脇腹を撫で上げていった。つい数日前まで生娘だったルーシャの肌は敏感で、触れられるたびにびくびくと震えてしまう。脇腹を見聞し終えたノエルは、背中をゆっくりと撫で下ろしていき、最後に腹を確認していく。ゆっくりと腹を押して確認していっていた手が、胸を軽く揉むと、ルーシャはびくりと背を反らした。

「ん……！」

「……痛いところはなかった？」

「は、はい……あの、あ……っ」

ルーシャは混乱した。怪我の確認は終わったようだが、ノエルの手が胸を捏ね回し始め、吐息が震える。これも何かの確認なのかと目を泳がせ、感じてしまう自分が恥ずかしくて、頬が染まった。俯くと、彼は首筋に口づける。

「ルーシャ……どうして僕の言うことが聞けないの？　どれだけ危険だったかわかってるのかな……」

「ん……っ、それは……あ、あ……っ」

ノエルは首筋に舌を這わせ、くにゅくにゅといやらしい手つきで胸を揉みしだく。成人して以降、何度も触れられたそこは彼の手つきにすぐ反応し、ツンと乳首を勃ち上げた。

ぞわぞわと下腹部が重くなり、ルーシャは熱い息を吐く。ノエルの口づけが鎖骨に下りてきて、快楽に流されかけつつ、ルーシャは首を振った。

「ノエル様……、外に声が……」

馬車の周りには、護衛として討伐部隊の騎士達がついている。声を聞かせてはいけないと拒もうとすると、ノエルは耳朶《じだ》に口づけ、吐息混じりに囁いた。

「……それじゃあ、声を殺してしよう。これは僕の言うことを聞かずに危険を冒した君への罰だから、頑張るんだよ、ルーシャ」

吐息が鼓膜を揺さぶり、耳元から背筋にかけて電流が流れた。ルーシャは彼の色香に溢れた声にぞくぞくとして、また罰という言葉に不安を覚えた。彼の口からその言葉を聞いたのは、これで二度目だ。

一度目は花祭りの日。聖女の力を失いつつあるのに、まだあると嘘を吐いて彼を苛立たせた。そして今日は、彼の忠告を無視し、怒らせている。

全部自分が悪いとはいえ、ブリジットが現れてから、ノエルが以前より意地悪になった気がした。出奔すると決めていても、これがノエルの心が離れる予兆なのだと考えると恐ろしく、ルーシャは震える息を吐く。ブリジットの妖しげな笑みは記憶に鮮明で、余計に恐怖心が膨らんだ。

ノエルは黙り込んだルーシャの顔を覗き込み、首を傾げる。

「……ルーシャ?」

名を呼ぶ彼の声は先程より甘く、ルーシャは僅かに心配そうな顔色に変わった彼を見返す。魔物を討伐したばかりでまだ気が高ぶっていた彼女は、冷静になれず、怯えを隠し切れない表情で尋ねた。

「わ……私が、お嫌いになった……?」

ノエルは目を瞬かせ、次いで蠱惑的な笑みを湛える。

「……ああ。意地悪をしているから、不安になった? ……大丈夫だよ。怒ってるけど、愛してるよ」

ルーシャの鼓動が、変に乱れた。怒っていると言われ、気持ちが萎縮するのに、愛しているとも言われ、嬉しくもあった。動揺で潤んだ目を向ければ、ノエルはいつもよりも尖った視線ながら、優しい手つきで頬を撫でる。怒っていても丁寧に触れてくれる優しさに、ルーシャの胸がときめいた。

「……私を許して、ノエル様……」

瞳を恋情に染めてねだると、ノエルは口角をつり上げ、顔を寄せる。

「……うん。それじゃあ仲直りしないといけないね、ルーシャ。……キスをしようか?」

紫水晶の瞳を細め、ノエルが小首を傾げて誘うと、ルーシャは吸い寄せられる心地で応じた。

「……はい、ノエル様……」

ルーシャはそっと、自ら彼に口づけた。

彼の膝上で腰を軽く浮かすルーシャは、祭服を剥ぎ取られ、シュミーズ一枚となっていた。ノエルは胸元のリボンを解き、露わにした乳房に舌を這わしながら、もう一方の胸を手で捏ね回す。

「ん……っ、ん……っ」

足の間にはノエルの左手が差し込まれていて、既に二本の指が蜜壺をじゅぷじゅぷと蹂躙《じゅうりん》していた。

「……気持ちいい、ルーシャ？」

「……は、い……っ、んん、きゃぅ……っ」

ノエルは尋ねつつ、乳首を絶妙な強さで噛む。ルーシャはびくんと背を震わせ、快感に膣壁が収縮した。声が外に漏れぬよう、必死に唇を引き結んではいるが、ノエルの指が弱い所を何度も擦り上げては、あまりの心地よさに喘いでしまう。

「あ……っ、あ、はあ……っ」

胸と蜜壺を同時に刺激され、愛液がとめどなく溢れた。足に力を入れていられず、彼の首にすがりつき、あえかな吐息を漏らす。

「ダメ……っ、ダメ……、あ……！」

ノエルの耳元で声を殺して快楽に悶《もだ》えていると、はあ、と興奮したため息が聞こえた。彼は瞳を情欲に染め、ルーシャの首筋を舐め上げる。同時に指を激しく抽挿させ、ルーシャは下腹から迫り上がる悦楽に背を反らした。

「あっ、あ……っ、やぁ……っ、そんなに激しくしちゃ……っ」

媚肉が蠢き、ノエルの指に絡みつく。ノエルは自らの指の動きに合わせて揺れる乳房に視線を注ぎ、こくりと喉を鳴らした。

「……ルーシャ……すぐにも、挿れてしまいたい……」

「ん、ん……ノエル様……あ……っ、どうぞ、挿れてくださ……っ」

ルーシャの中は、十分に解《ほぐ》れていた。彼の与える快楽に腹の奥はより強い刺激を求め、疼いている。

ノエルが望むなら、体を繋げて構わない。吐息混じりに応じると、ノエルはルーシャを見返し、淫靡に自らの唇を舐めた。中から指を引き抜き、カチャリとベルトを外す。硬く屹立《きつりつ》した彼のそれが外気に晒され、そこに視線を向けたルーシャは、微かに身を強ばらせた。一度受け入れたはずだけれど、昼間に見ると、それは記憶にある以上に大きい。自らの腹の中に入るとは思えず、身を浮かした。

「……あ、その……やはり、もう少し……っ」

「……抱いていいのだろう、ルーシャ？　たくさん濡れているから、痛くはないと思うよ」

逃げかけたルーシャの腰を掴み、ノエルは甘ったるく誘う。優しく微笑まれ、ルーシャの胸が高鳴った。

ノエルはルーシャの腰をぐっと下ろさせ、手で支えずとも硬く勃ち上がったその切っ先を蜜口に押しつける。

ぴたりと熱い雄芯が触れた感覚に、やはり恐怖心がもたげ、ルーシャは狼狽した。

「あ……っ、あの、ま、待って、待ってくださ……っ」

「……待てない」

ノエルはぼそっと答えると、ルーシャの腰を引き寄せ、勢いよく最奥まで雄芯を突き上げた。

「ひゃああ……っ、んーーー！」

高い嬌声を上げかけ、ルーシャは咄嗟に両手で口を押さえる。ノエルは心地よさそうに息を吐き、ルーシャの手を剥ぎ取ると、自ら唇を重ねた。

「んっ、ん……っ」

「ルーシャ……痛くない？」

ちゅっちゅと唇を啄みながら尋ねられるも、ルーシャは中が心地よすぎて、返事はできなかった。ノエルは淫らに舌を絡め合わせ、緩く体を揺さぶり始める。軽く奥を刺激されるだけで得も言われぬ快感が下腹から全身に広がり、ルーシャは混乱した。

――媚薬は、使っていないのに……っ。

「はあ……っ、あ……っ、ノエル様……、ん、ん、ダメ……っ、声が出ちゃう……っ」

信じられない悦楽に襲われ、動揺して彼の胸を手で押し返して抽挿を拒む。だがノエルはルーシャの腕を簡単に外し、先程より大きく腰を振るった。

「気持ちいい……？　ほら。こうしたら、感じるだろう？」

弱い場所を狙って中をかき混ぜられ、ルーシャは頭が真っ白になるほど感じた。

「んーーっ、やぁっ、あっ、あっノエル様……っ、ダメ、気持ちよくて……っ、何も、考えられな……！」

「……可愛いね、ルーシャ」

ノエルは愛しげにルーシャを見つめ、抽挿を繰り返す。ルーシャは陶然とノエルが与える快楽を味わうも、次第に体の奥が、もっと強い刺激を求めて疼き始めた。膣壁は物欲しげにノエルのそれに絡みつき、ルーシャは自らも腰を揺すってしまいそうな衝動を必死に堪える。

「ん、ん……っ、は……っ、ノエル様……っ」

ルーシャが切なげに名を呼ぶと、ノエルは微かに呻いた。ルーシャの腰を浮かせて自らを引き抜き、体を反転させる。

「ノエル様……？」

戸惑って振り返ると、彼は耳元で柔らかく尋ねた。

「……ルーシャ、前の座面に手をつける？」

「……？　は、はい……」

言われる通り向かいの座面に両手をつき、ノエルは腰を少し持ち上げて、ぼそっと言った。

「挿れるよ」

「え……っ、あ、ん――！」

再び後方からずぷぷっと雄芯が捻じ込まれ、ルーシャの全身に快感が走り抜けた。

ノエルは熱い息を吐くと、先程までのゆったりとした睦《むつ》み合《あ》いが嘘のように、性急に腰を打ちつけだす。

「きゃう……っ、やあ……っ、待っ……、あ……！」

ルーシャはあまりに心地よく、高い声を上げる。するとノエルが身を屈め、吐息混じりに耳元で囁いた。

「ルーシャ……外に聞こえるよ……？　声は我慢しようね……」

ルーシャはその声にすら感じ、きゅうっと中で彼を締めつける。

「……はあ……凄くいいよ、ルーシャ……っ」

ノエルは興奮した声音で呟き、ルーシャの感じる場所を激しく擦り上げた。既に指で絶頂直前まで中を刺激されていたルーシャの膣壁が、怪しく蠢く。

「あ……っ、あ……っ、ダメっ、そんなにしちゃ……すぐ……っ」

絶頂感がそこまできているのがわかり、ルーシャは背筋を震わせる。愛液はとめどなく溢れ、じゅぽじゅぽと淫靡な水音が馬車の中に響き渡った。ノエルは腰を振りながら、胸に手を這わす。

「あ……っ、胸まで触っちゃ……っ」

びくっと震えると、ノエルは耳元で意地悪に笑った。

「……気持ちいいでしょう？」

淫猥に胸を捏ね、ツンと尖った胸の先を摘まれると、ルーシャはびくりと震え、高い声を漏らした。

「きゃあぁんっ、やあっ、あっ、あっ、きちゃう、きちゃう……っ」

腹の底に抑え切れない快感が走り、ルーシャは淫らに腰を反らして、ノエルのそれに貪欲に絡みついた。

「ルーシャ……いいよ……。僕も、我慢できない……っ」

ノエルは息を乱し、後ろからルーシャの首筋に舌を這わす。彼はきゅうっと首筋の肌を強く吸い上げ、痛みと心地よさに同時に見舞われたルーシャは、堪えられず絶頂を迎えた。

「きゃぅ……っ、ん、ん……っ、ん――！」

膣壁が痙攣し、ノエルのそれをきつく食い締める。ノエルは心地よさそうに息を呑み、ガツガツと更に腰を振りたくった。

「あ、あ……っノエル様……そんなにしたら、また……っ」

絶頂感に襲われている最中に激しく突かれ、ルーシャは再び高みへと導かれる。

「ルーシャ……っ、中に、出すよ……っ」

確認され、鼓動が一際高く跳ねた。またノエルの子種を注いでもらえるのだと思うと、嬉しさが胸いっぱいに広がり、腹の中が収縮する。

「は、はい……っ、あ、あ、あ、んん――っ」

頷くと、ノエルは最奥に雄芯を突き立て、ルーシャは立て続けに二度目の絶頂を迎えた。痙攣した膣壁にきゅううっと締めつけられたノエルは、背を震わせる。

「く……っ」

どくどくと熱い子種を注がれる感覚に、ルーシャは吐息を震わせた。ノエルは緩く腰を揺らして最後の一滴まで中に注ぎ込むと、ずるっと雄芯を引き抜く。素早く自らの衣服を整え、くたりとへたり込んだルーシャを抱き上げた。

「……大丈夫、ルーシャ？」

座席に腰を下ろし、膝上に横抱きにされたルーシャは、目尻に頬にと口づけられ、ほっとする。快楽の余韻が残る、潤んだ瞳で見上げると、ノエルは甘く微笑んだ。

「……君が聖女の役目を終えたら、一年くらい準備期間を置いて結婚式を挙げようと考えていたが、早めた方がよいかもしれないね。すぐにも子を作ってしまいそうだ」

大事そうに腹を撫でられ、ルーシャはどきっと胸を高鳴らせた。それと共に、当惑する。

ブリジットの反応を見て、ノエルの心が離れていくのだと怯えていたが、見る限り、非常に慈しまれているようにしか感じなかった。

嫌われていくはずなのに、と不思議な気持ちでノエルを見つめ、ルーシャは首を傾げる。

「……まだ、私を娶ろうと思ってくださっているの……？」

ノエルは虚を衝《つ》かれた顔になり、怪訝そうに聞き返した。

「……君以外娶る気はないけど、どうしてそんな質問が出てくるのかな？」

なぜ、と聞かれると思っていなかったルーシャは、視線を逸らす。

「あ、えっと……。その、だんだん私を嫌いになられ、他の少女を好ましく感じていっているのではと……」

上手い返しが思いつかず、運命の流れを素直に伝えると、ノエルはなぜかにこっと微笑んだ。

「……僕が君以外の女性に惹かれているはずと言っているように聞こえるんだが、合っているかな？」

「い、いえ、あの……」

笑顔ながら、どうにもまた怒らせたようだと肌で感じ取ったルーシャは、言い淀む。ノエルはルーシャの前髪を掻き上げ、表情を観察する視線を注いだ。

「……今日の振る舞いもそうだけど、近頃君は、らしくもなく新たな聖女にきつく当たっているね。……侍女にだって気遣いを見せる君が、あんな言動をするのは不自然だ。……もしかして、敢えてそう振る舞っているのかな？　君に対する僕の心象を悪くし、興味を別の子へ――ブリジット嬢に向けるために」

「――それは、違……っ」

敢えてではなく、なぜか感情が高ぶり、そうなってしまうのだ。ノエルに嫌われたいがためではない。

驚いて首を振るも、彼はルーシャの体に視線を這わせる。

「……そもそも君が、結婚も待たず僕に媚薬を仕込み、抱いて欲しいとねだること自体、おかしかったな……。君はずっと、聖女であり続けるために、僕に触れられるのを怖がっていたのに……」

ノエルは眉根を寄せ、考える間を置くと、ルーシャの顔を覗き込んだ。その眼差しは常より冷え冷えとしていて、ルーシャはぞくっと寒気を覚えた。

「……あの夜君は、婚約破棄をするると言っていたね。媚薬で頭がぼうっとしていたから、抱かないなら婚約破棄すると言ったように受け取ったが……違ったのかな？　もしかして僕と婚約を破棄することは前提で、その上で抱かないなら何か条件をつける——と続けるつもりだったのだろうか」

ここにきてあの夜の真相を探られ、ルーシャは額に汗を滲ませた。ノエルの鋭い視線に射竦《いすく》められて何も答えられず、ばくばくと心臓が激しく乱れる。

ノエルはルーシャの瞳の奥を見つめ、抑揚のない声で呟いた。

「……僕の子を望みながら、婚約は破棄したいとなれば……王太子妃の座を重荷に感じたのか。君は聖女として大陸を守る重責に、日々心を磨《す》り減《へ》らしていた。やっと聖女の役目を終えるのに、次は王太子妃かと全てが嫌になってもおかしくはない」

「いいえ、いいえ……っ、私はそんな……っ」

返答は求めていない彼の呟きに、ルーシャは咄嗟に首を振る。ルーシャは幼い頃から、ノエルの妻になりたかったのだ。望まぬはずがないと訴えるも、ノエルは瞳の色を暗くし、ふっと笑った。

「……まあ確かに、延々重責を負わされるのは辛いところだな……。——だが、腹に僕の子を宿して逃げられるとは、思わない方がいい。僕は君を手放す気はない。もちろん、君以外の女性に興味もない」

ルーシャは喜びと焦燥を同時に感じ、顔色をなくす。ノエルが自らを望み、結婚してくれるなら本望だ。けれどもしもシナリオ通りにことが進んでしまったら、家族が窮地に陥る。

どうしたらいいのかわからず、不安に瞳を揺らしていると、ノエルは笑みを深めて顔を寄せた。

「……ルーシャ。君が王太子妃として務めたくないなら、何もしなくていい……。心安まるまで、のんびりと過ごさせてあげる。君はそれが許される程度には、大陸中の民に心を割き、安寧を与えてきたから」

「ノエル様……」

「……だけど、君が僕から離れていくのは絶対に許さない。――早急に挙式の予定を立てよう。もう君のお腹《なか》には、僕の子が宿っているかもしれないしね」

「だけど……あの、――ん……っ」

有無を言わせぬ口調で今後を決め、ノエルは荒々しく唇を重ねた。出奔準備に入っていたルーシャは、予想外の展開に混乱する。しかし淫らに口内を犯され、再び何も考えられなくなっていった。

第四章

ルクス王国国王夫妻は、王宮の最奥にある、シュトルヒ館と呼ばれる三階建ての建物を私的な生活拠点にしていた。王は休日になるとこの館に入り浸り、愛妻と睦まじく過ごすことで有名で、ノエルも幼い頃はよく二人と共に過ごしていた。

成人した今となってはわざわざ両親と休日を過ごそうとは思わないが、突如クラーオ州に魔物が出現した日の夕方、ノエルはこの館に赴いていた。

両親は薔薇園が望める、母気に入りの二階の部屋にいた。その部屋は床に毛足の長い絨毯が敷かれ、窓辺には座り心地のよい一人掛けの椅子が二脚置かれている。秋が深まるまで火を焚かない暖炉の上には、ノエルが五歳の頃に描かれた家族の肖像画が飾られ、その向かいの壁際には書架があった。部屋の一角にはチェス盤の乗った円卓と五脚の椅子もあり、あちこちに花開いた薔薇が置かれ、甘い香りが漂う。

愛情深い穏やかな空気に満ちたその部屋を訪れたノエルは、窓辺の椅子に座る父王の足もとに跪く。

直前まで庭園を眺めていた母は、父王の椅子の背後に立ち、嬉しそうでいて、心配そうでもある表情をした。

「……結婚するのはいいけれど、随分急ぐのね」

清廉とした青のドレスを纏った母が、正直な感想を零す。ノエルはたった今、クラーオ州に出現した魔物を討伐したと報告し、合わせてルーシャとの挙式を半年後に執り行いたい旨の進言をしたところだった。

魔法医に怪我の治療をさせるため、ルーシャは王宮へ連れ帰っており、自らは着替えをすませた後、早急にこの場に顔を出していた。

「議会も愛妾制度を望むほど世継ぎを懸念しておりました。早ければ早いほど、皆を安心させられましょう」

視線を床に落としたまま、それらしい理由を口にすると、父王は頬杖を突き、顎をしゃくる。

「顔を上げろ、ノエル」

ノエルは一瞬、渋面になった。しかし嫌がってどうにかなるものでもないと、父王を見返す。父王は心広く穏やかな性格で、人畜無害そうな顔をしているが、他人の心根を見透かす洞察力は誰よりも優れていた。

ノエルの表情をちろりと見た彼は、全てを察したかのように呆れた息を吐く。

「……テューア教教会はまだ次期聖女を認定してはいないが……本日の戦いで、お前を含む複数の騎士が聖女候補の浄化の力を確認したのだな？」

「——は」

短く応じると、父王は眉を顰め、ぼそっと言う。

「……次期聖女が現れたのなら、結婚に反対などせぬが……無理強いはしておらんだろうな？」

ルーシャを強引に自らのものにしたわけではなかろうなと眼光鋭く問われ、ノエルはにこやかに応じた。

「もちろんです。ルーシャも私の子が欲しいと望んでおります」

嘘ではない。ノエルはルーシャに乞われて体を重ね、子種を注いだ。——少なくとも、一回目は。

ルーシャの純潔を奪ったあと、王宮内では密やかにその噂も広まっていた。とはいえ両親の耳にはまだ届いていなかったらしく、父王との会話で事態を理解した母は、びしっと眉間に皺を刻む。

「――まあ。手が早いわね……ノエル」

次期聖女の力を確認した途端に組み敷いたのかとあけすけに咎められ、ノエルは否定もせず微笑んだ。

「長年愛し合ってきたものですから。……ただ、彼女は幼い頃から聖女として大役を担ってきました。結婚後しばらくは休養期間として公務などは控えさせたいと考えております。いかがでしょうか」

父は眉尻を下げ、頷く。

「……そうだな。幼少期から、よく耐え抜いたものだ。一時は命を失うのではと、恐ろしくすらあった」

日に日に痩せこけていき、表情の一切が失われた時期を思い出したのだろう。感慨深げに呟き、改めてノエルを見やり、微笑む。

「お前もよく彼女の心を癒やし、守ってきたと褒めておこう。……少々我慢が足りないとは思うが、お前達の睦まじさは私もよく知っている。互いに想い合っているならば、咎めたてはしない」

「ありがとうございます」

父王の同意を得られ、ほっと頭を下げると、母がため息交じりに続ける。

「……ゆっくりさせるのはよいでしょう。あの子は聖女としてだけでなく、魔法薬師としても働き、通常の聖女様以上に忙しくしてきましたからね……。聖女のお役目が終わったと思ったら次はお前の妻として公務に駆り出されるのでは、嫌になって逃げ出されかねないわ」

まさにその通り――ルーシャに逃げられかけていたノエルは、僅かに顔をしかめる。

近頃ノエルは、いつになく聖女候補に対し、きつく当たる彼女を目にしてきた。しかし彼女の指摘はもっともな内容ばかりで、先代聖女として教育に力が入っているのだと考えていたのだ。

ところが今日、魔物討伐後の馬車の中で、彼女が意図的に自分に嫌われようとしていたのだと悟り、ノエルは肝が冷えた。

しかもただ結婚を拒むのではなく、彼女はノエルの興味をブリジットへ移した上で、子を腹に宿して逃げようとしていたのである。

自分の子を孕みたいと思うほど愛されているのは、まんざらでもない。しかしその状態でノエルとの結婚を拒むなど、通常は不可能。もしも何らかの手段を講じて婚約破棄できたとしても、腹が大きくなれば誰の子だと親族が確認し、いずれノエルへと結びつく。

侯爵令嬢としての教養を身につけたルーシャがそれを考えられぬわけはなく、それでも逃げ切れると踏んでいたならば、答えは一つ。

——彼女は、出奔しようとしていたのだ。

更には、追跡を避けるためか、周到にも、新たな聖女に辛く当たることでノエルの興味がブリジットへ向かうよう仕向けていたらしい。

家族もノエルも捨てて、全てから逃げようとするほど聖女としての役目に疲れ切っていたのならば、胸が痛む。だが長年彼女を愛してきた己の気持ちが、そう簡単に他の娘に移ると考えられていたのは、気に食わなかった。

新たな聖女は純真無垢《じゆんしんむく》で、多くの人間が好感を抱き、注目している。その視線や表情を観察する限り、ノエルにはどうにも計算高い少女に見えるが、それも悪いとは思わない。王族として生まれたノエルとて、人心を考え、自らの言動をコントロールしている。

だがノエルにとってブリジットは、あくまでようやくルーシャを神の愛し子の立場から降ろしてくれる人物でしかない。彼女を前にすると、ルーシャを娶れる喜びが胸に湧いて表情が緩むが、恋愛対象にはなり得ない相手だった。

ノエルはルーシャの、公の場では自らを律して民を慈しむ心優しさだとか、二人きりの時は我が儘に振る舞う可愛らしさがどうしようもなく愛しいのである。おまけに外見は他の追随を許さぬほど美しく、組み敷き、その体を味わった今――もう何者も目に入らない。

媚薬を仕込まれた夜、ノエルは理性を残していた。抱こうと決めた時も、順当に結婚してから子を作ろうと考えていたのだ。しかし自らの子種を望む彼女は愛しく、共に子を育てる未来の幸福さは想像にあまりあった。だからノエルはあの日、ルーシャと結婚し、一生手放さない覚悟で子種を注いだ。

子を孕ませるだけ孕ませて、出奔させる気など毛頭ない。

何より、ノエルの子を孕んで出奔したとして、その後ルーシャが母一人子一人で生きていけるはずもない。あれほどの美貌と愛らしい性格をした女性だ。未婚でいれば、絶対にどこぞの馬の骨が懸想し、子がいても構わないと言って夫になろうとするのは目に見えていた。

ルーシャが自らの手から逃れるつもりだと悟った瞬間、ノエルは見もしない未来の間男に、強烈な殺意を抱いた。

自らの下で艶やかに喘ぐあの扇情的な姿も、情欲を煽る魅惑的な肢体も、誰にも見せたくはない。

――ルーシャは俺のものだ……。手出しするならば、即刻殺す。

神に嫉妬しながら延々愛を注いできたノエルの独占欲は比類なく強く、この世の誰にも彼女を譲る気はなかった。

父王がピクリと眉を上げ、しげしげと息子の顔つきを眺める。

「……念のため言っておくが、大事にするんだぞ」

「承知しております」

彼女が喜んで自らの元へ嫁ぐよう、これまで以上に甘く接する所存だ。笑顔で応じると、父王は頷いた。

「……では、式を挙げ、ルーシャ嬢を王宮へ召し上げるまで護衛は増やした方がよいな。彼女が聖女の座から降りると聞いて、狂信的な信徒が暴走してもいけない」

「――は」

現時点でも、ルーシャに懸想するあまり、シュピーゲル大聖堂の敷地内に侵入して攫《さら》おうとする輩は定期的に現れている。この上聖女交代だと聞けば、より多くの男達が彼女を手出しできる存在になったのだと認識するだろう。

常識的な者はいずれノエルと結婚すると諦めるが、そうでない輩は必ず出る。

元より警護を増やす方針だったノエルは、父王の忠告を聞き入れ、ふと視線を上げた。

「最後にもう一つ、内々に調査を進めたい案件がございます」

「――なんだ？」

父王が首を傾げ、ノエルは違和感を覚えていた事柄について口にした。

ルーシャに二週間休養を与えるため、ノエルはテューア教教会に大量に保管しているはずの水晶球を使うよう促した。しかし依頼を聞いたジェフリーは、明らかに渋り、中々動こうとしなかったのだ。

王家が無償で提供している水晶球は、テューア教教会にとって無尽蔵に手に入る物。水晶球を出荷している王家の管理官に確認したところ、二年分ほどは余裕で在庫があるはずだと提示された。

それほど余裕があるのに、なぜこちらが数字を提示して強く命じるまで動かなかったのか、訝しく感じていた。

「保管庫の中を調べようとは思うのですが、正面から入っても何も出ぬやもしれず、その前にテューア教教会の者の動きを調べたいのです」

シュピーゲル大聖堂の保管庫の中身を調べれば、在庫がきちんと揃っているかどうか簡単にわかる。けれど事前に調査に入ると言えば、倉庫内を整えるのは簡単だ。倉庫を調べる前に、関係者を調べて奇妙な動きはないか調べたかった。

テューア教教会は大陸全土に組織があり、場合によっては大々的に人員を使う可能性もある。事前に父王の許しを得ていた方が、調べやすいと踏んでの申し出だった。

自らも信徒の一人である父王は、僅かに顔を曇らせる。窓の外に目を向け、茜色に染まる空を仰ぐと、ため息交じりに呟いた。

「同じ神を信仰しようと、人それぞれに心根は異なるものだからな……。よいだろう、慎重に調べよ」

「感謝致します」

ノエルは深く頭を下げ、ルーシャとの婚姻に関わる通達などを早急に進めるべく、速やかに両親の前から下がった。

◇◇◇

魔物を討伐した翌日、実家に戻ったルーシャは、物々しい実家周辺の警備態勢に困惑した。

「……護衛がいっぱいね」

居室の窓から見える西門前に、近衛騎士の制服を纏った騎士が四名も配備されている。ルーシャの背後で茶を用意していたセシリアは、やや興奮した様子で頷いた。

「他の門も全て、通常の倍の人数の騎士様が配置されています。敷地内にも巡回する騎士様が複数いらっしゃり、旦那様によりますと、全て昨夜の内にノエル様がご采配なさったのだと……」

「そう……」

部屋着のシュミーズドレスを纏ったルーシャは、言葉少なに応じ、椅子に腰かける。セシリアが香り高い紅茶を目の前に置いてくれ、それを見るともなしに見つめた。

ルーシャを娶ると決めたノエルは、たった一夜の内に全関係機関に通達を入れていた。テューア教教会にも半年後の結婚を提示し、早急に聖女交代の儀を終えるよう指示しているとか。

両親にも、半年後に式は挙げるが、当面ルーシャは公務から外し、休養を取らせると連絡が入っている。

昼過ぎに家に帰ったルーシャは、出迎えた両親からそう聞かされ、ありがたい話だと微笑んだ。動揺する姿を見せ、心配させたくなかったのである。しかし内心では、あまりに早い彼の動きに驚き、嬉しさと恐怖を味わっていた。

「……結婚して、大丈夫なのかしら……」

ブリジットの様子を見る限り、彼女の望むように進行している雰囲気だ。このまま抗《あらが》わずに進んだら、危険ではないだろうか。

不安を隠しきれずに呟くと、神の予言を知っているセシリアが、少し戸惑った様子で言う。

「……その、出奔についてなのですが……昨夜の内に、エドガー様がこちらにおいでになり、ルーシャ様が逃走用にお作りになっていた経路図も取り上げていかれました」

「え？」

頭の片隅で、この警護をすり抜けて出奔する方法を考えていたルーシャは、目を丸くした。

セシリアはすまなそうに眉尻を下げる。

「申し訳ありません。ノエル様から内々にご指示頂いたそうで、出奔のために準備した全ての物を出すようエドガー様に命じられ、私がお渡し致しました……」

この家の次期当主に命じられては、セシリアも反抗はできない。彼女が地図を渡したのは仕方ないが、ルーシャは周到な婚約者に唖然とした。

「わ、私……ノエル様に出奔する準備を整えていたとは、お伝えしていないのに……」

馬車の中で心根を見透かされた際、ルーシャはノエルから離れようとしていたことを悟られただけだと思っていた。しかし彼は、ルーシャがどう動いているか見抜き、各関係機関に聖女交代と結婚を連絡した上、逃走用に準備したものまで取り上げたらしい。

セシリアは驚いた顔をする。

「まあ、そうだったのですか。私はてっきり、お嬢様はノエル様を信じ、全てを打ち明けられたのだと

「……」

「――」

セシリアの一言に、鼓動が跳ねた。

――ノエル様を信じる……。

彼の愛情は真実だと思えても、ゲームのシナリオを知るルーシャは、必ず彼が心移りすると思っていた。

しかしセシリアは、何も打ち明けていなかったのかと目を瞠りながらも、ノエルを信じていいのではと言いたげな表情でルーシャを見つめる。

『これから、お前の婚約者であるノエルに、他の恋人候補が現れる。一般階級出身のその子は、次期聖女として王都を訪れ、多くの者の心を魅了していく。お前は恋人を奪われる未来を知って狼狽し、そして彼女に対し、心ない振る舞いをしていくだろう。それこそ――悪女のようにね』

神の言葉を脳裏に蘇らせ、ルーシャは悩ましく俯く。

現状は、神の予言通りになっていた。明るく無邪気なブリジットは出会った者皆に好感を抱かれている様子であり、ルーシャはノエルを奪われる未来を知り、狼狽している。未熟な振る舞いをするブリジットを厳しく咎め、皆に宥められている。

けれど、神の予言はここまでだ。これからルーシャがどんな運命を辿るのか、神は明言していない。

ノエルを信じ、結婚へと進みたい気持ちは強い。だがもしも全てが悪い方向へ向かい、家族を巻き込んでしまったらと思うと、どうしようもなく恐ろしかった。

セシリアは黙り込んだルーシャに対し、気遣わしく話しかける。

「……ノエル様はエドガー様に対し、お嬢様が聖女のお役目にお疲れになるあまり、何もかもを投げだそうとなさっているはずだとお話しになったそうです。聖女としてこれまで務め上げたお嬢様を労り、大切にするので、どうか王都にとどめさせて欲しいと願われたとも……」

出奔する本当の理由は違っていても、ノエルの愛情が痛いほどに伝わる言葉だった。聖女として務めたルーシャの十二年を軽んじず、重責を追い続けた心労を理解し、癒やそうとしてくれている。

元より彼を愛しているルーシャの心は大きく揺れ、判断を迷って、書斎机に足を向けた。

窓辺の席で作っていた経路図は、就寝前に書斎机の上に置いていた。取り上げられたそれは机の上にはもうなく、一緒に置いていた周辺各国の風土を記載した本も見当たらない。

「……本も、取り上げられたの？」

訝しく振り返って尋ねると、セシリアは頷いた。

「はい。地図が入った本も全て取り上げるよう、ノエル様からご要望されたそうで……」

「地図が入った本を、全て……」

ルーシャは目を瞬かせ、書斎机の脇にある書架を見上げる。全てと言うだけあり、あちこちに本を抜かれた隙間ができていた。

絶対に手放さないというノエルの強い意志を感じ、ルーシャの胸が騒ぐ。昨夜耳元で囁かれたセリフが思い出され、ぞくりと身の内が震えた。

『君は僕のものだ、ルーシャ。――誰にも、決して譲らない』

昨日怪我の治療のため王宮に留められたルーシャは、夜中様子を見に来たノエルに、そのまま組み敷かれて抱かれた。ルーシャはあっという間に快楽に翻弄され、彼は熱く猛《たけ》った自らでルーシャを激しく揺さぶり、何度も愛を囁いた。

自らのもとから逃れようとしたルーシャへの苛立ちと愛情、そして情欲に揺らぐ彼の瞳はとても雄々しく、鼓動が乱れて仕方なかった。誰にもやらぬと零し、独占欲を剥き出しにする彼にはときめきが抑えられず、ルーシャは淫らに喘ぎ、最奥に何度も子種を注がれた。

結局、明け方近くまで抱かれ、起きるのが遅くなって帰宅が昼過ぎになったのである。

昨夜の彼を思いだし、ドキドキと胸を高鳴らせながらも、ルーシャは物憂く呟いた。

「……ノエル様を信じたいけれど……私の知らないシナリオが進んでいる……」

「シナリオとおっしゃいますと……？」

この世がゲームの世界だとは知らないセシリアに聞き返され、ルーシャは慌てて首を振った。

「いいえ。なんでもないの」

何事もない振りをして窓辺の席へ戻り、ルーシャは考え込む。昨日の魔物の出現から、この世は前世のルーシャがプレイした覚えのない展開になっている。しかしブリジットは『よし。この展開きた』と呟いており、彼女の思惑通りなのは明らか。

昨夜の疲労もあって、ルーシャは力なく背凭《せもた》れに身を預け、内心ぼやく。

――いっそブリジットさんに、これからどうなるのか聞いてしまいたい……。

頭を悩ませても今後どうなるかわからないのだ。もう主人公にどうするつもりか尋ねる他ない。

そう投げやりに考え、ルーシャはやにわに身を起こした。

「そうしましょう。どうしたらいいのかわらないのだもの。これは正々堂々、ブリジットさんにお伺いするのが一番よ」

以前見た限りでは、ブリジットの素は結構スレている模様だ。もしもノエルを口説き落とし、ルーシャを苦しめて破滅させたいと考えていたら怖すぎるが――。

「……その場合は、全力で逃げるのよ」

悪役令嬢にとってこの世は修羅の道だが、即刻殺されないところだけは救いである。じわじわと好感度を下げて、最終的に破滅エンドを迎える仕様。今のところルーシャは、最終段階にあるとは考えにくい。逃げる時間はあるはずだった。

若干青ざめて呟くと、ルーシャの独り言をきょとんと聞いていたセシリアが、さっとワゴンを振り返った。

「あ、そうでした！　ブリジットさんと言えば、今朝方お手紙が届いたのです」

「……私に？」

さして親しくもないのにと意外に感じて聞き返すと、セシリアはワゴンの上から一通の封筒を取り上げる。

「はい。護衛の騎士様が増えたり、出奔用の地図が取り上げられたりで、失念していたのですが……。お手紙と贈り物をお預かりしています」

手紙と可愛らしいリボンがついた小瓶を手渡され、ルーシャはちょっと躊躇った。ノエルを狙っている女の子からの手紙だ。穏やかならざる内容なのは確実だろう。

小瓶を机に置き、恐る恐る封を開いたルーシャは、文面を読んで眉根を寄せた。

『親愛なるルーシャ様へ

昨日の討伐、見事な魔法に心から感動致しました。私もどうせなら魔法使いに生まれたかったものです。私のせいでノエル殿下からお叱りを受けてしまい、申し訳ありませんでした。お詫びにルーシャ様のお好きな薔薇のジャムをお贈り致します。どうぞクッキーや紅茶と一緒にお楽しみください。

——ブリジット・エイミスより

追伸　本日から当面、外出は控え、お家でごゆっくりお過ごし頂けますと幸いです』

「……どうして私が薔薇のジャムを好きだとご存じなの……?」

机の上に置いた小瓶を手にすると、確かにその中身は薔薇のジャムだった。話した記憶もないのに、なぜ好物を知っているのか——。奇妙に感じて呟くと、セシリアが何気なく言う。

「何度かノエル殿下とお話していらっしゃるようですから、その時に知られたのでしょうか」

大聖堂施設内をノエルと二人で楽しそうに話していた姿が記憶に蘇り、ルーシャの胸がざわっと嫉妬に染まった。恋敵を話の種にして攻略対象を籠絡しようなんて、いかにも計算高いではないか——。

それに手紙の最後の一文が気になる。外出しないように頼むとは、怪しい。

——何かするつもりなのかしら……。

ルーシャが出歩かなければ、攻略対象と逢瀬を交わしても妨害されない。それを見越して、邪魔をするなと言っているのだろうか。それとも別の理由があるのか——。

外出する用事はないけれど、と思ったルーシャは、はたと瞬く。自らに課されていた用事を思い出した。

「——お薬、作らなくちゃ」

セシリアも、そういえばと頷く。

「モットレイ伯爵のお薬ですね。昨日は作りそびれましたから、本日また大聖堂へ向かわれますか？」

「……そうね。どちらにしても、私はもう聖女ではないから、荷を引き払わないといけないし……」

警護は厳重になったが、ノエルは外出を禁じてはいない。ブリジットが別の場所でノエルと逢瀬を交わすかもしれないと想像すると胸がもやっとするが、まずは薬が先だ。咳がとまらず体調が悪化してもいけない。

ルーシャは部屋を引き払いがてら薬を作りに行こうと、大聖堂へ行くために席を立った。


ルーシャとセシリアが祭服に着替えて大聖堂へ向かうと、ノエルが手配した護衛は移動する馬車にもつき、厳重な守りを敷いた。大聖堂についてみると、大聖堂施設周辺の護衛も以前より多く、出奔させないために実家の護衛を増やしたのだと考えていたルーシャは、違う理由があるのかしらと怪訝に思う。セシリアも護衛が増えた理由は知らず、首を傾げていた。

大聖堂敷地内にも巡回する兵が増えていたが、建物の中までは歩いていなかった。

裏口から回廊を渡って居室へ向かったルーシャは、以前よりも明らかに空気が澄んでいると感じる。ブリジットが祈りを捧げているおかげだろう。昨日の浄化も見事だった。

修道者達も新たな聖女の出現に浮足立っているはずと思ったが、施設内はいまだ酷く穏やかな雰囲気を保っていた。すれ違う修道者達は、いまだルーシャを聖女様と呼び、恭しく挨拶をする。ノエルから聖女交代の儀を早急に執り行うよう要請されていることは、まだ上層部の者しか知らないのかもしれない。

「誰も聖女交代について知らなそうでしたね」

居室に着くと、セシリアが意外そうに言う。ルーシャは髪を片側に寄せ、リボンでひとまとめにして、部屋の一角にある執務机に向かった。

「そうね。聖女交代は、テューア教教会の人の前で穢れた大地を浄化しないと認めない規則だからかしら」

以前ジェフリーが、穢れた大地を運ぶのに時間がかかると話していた。

部屋を引き払うため、一角にあるチェストからルーシャの衣服を取り出し始めたセシリアは、あれ、と振り返る。

「……ブリジットさんは昨日、皆さんの前で穢れた大地を浄化したのではないのですか？」

「……そういえばそうね」

執務机脇にあるガラス扉の棚を開け、薬を作るのに必要な薬液やガラス瓶を取り出していたルーシャは、首を傾げた。

ジェフリーはテューア教教会の実質的な責任者だ。彼が浄化の力を見たなら、それで聖女交代を認めてもよさそうなものだった。

ルーシャとセシリア二人で話しても答えが出るはずはなく、その後黙々と互いの作業に取りかかってしばらく、部屋の扉がノックされた。

「はい」

ルーシャが応じ、セシリアが扉を開けに行くと、司祭服を纏ったジェフリーが顔を出した。

「ルーシャ様がいらしていると他の者に聞いて、参りました」

「……ええ。昨日、モットレイ伯爵のお薬を作れなかったでしょう？　だから今作っているの。急いで作るわね」

微笑んで答えると、部屋の中に入ってきたジェフリーはすまなそうに頷く。

「ありがとうございます。モットレイ伯爵も、お喜びになると思います。……おや、それは？」

チェスト前に置かれた鞄《かばん》といくつか空になった引き出しを見て首を傾げられ、ルーシャは苦笑した。

「荷をまとめているの。私はもう聖女ではないから、この部屋も引き払わなくてはいけないと思って。セシリアと私だけでは荷をまとめるしかできないから、後ほど人を寄こして運び出してもらうわね」

長年住み続けた部屋を出て行くのはどことなく寂しい気もしたが、ノエルにより出奔も阻まれ、ひとまず実家に住まう。未来は不確定でも、家族と暮らせるのは嬉しかった。

笑顔で答えると、ジェフリーはにこっと微笑み返す。

「おや、そう急がれずともよろしいのではありませんか？　昨日ルクス王国王家より、半年後に挙式を執り行う旨の通達がなされましたが、まだ半年もございますよ」

半年間、ずっと聖女としていればいいと言いたげな空気を感じ、ルーシャは奇妙に感じた。気遣いかなと思い直し、肩を竦める。

「でも、もう新たな聖女様がいらっしゃるわ。いつまでも居座るのは悪いから」

「とんでもございません。先日申し上げましたが、ルーシャ様には熱狂的な信徒が多くついております。お力がある限り、我々も聖女としてこちらへ留まって頂きたいと考えております」

昨日、魔物を討伐したあとブリジットが見せた浄化の力は、ルーシャなど比でないほど強力だった。聖職者ならその力に魅了され、ブリジットを早く聖女として立たせようと思うのが普通だ。それなのに、ジェフリーは大してブリジットを評価していない雰囲気である。

「……ブリジットさんは、今日はどちらにいらっしゃるの？」

昨日の浄化だけでは聖女として覚醒するのに経験値が足りないのだろうかと、ルーシャは心配になって尋ねる。ジェフリーは首を傾げた。

「さて……あの方はちょこまかとあちこち歩き回って落ち着きがないので、私共もどちらにいらっしゃるのか把握できないのです。今日も滞在している部屋を訪ねると、どこかへ行かれたあとで」

「そうなの……」

確かに主人公は毎日あちこちへ移動し、人と会って親密度を上げたり、意味もなく庭園を散策したりできていた。ルーシャと違い、ブリジットは侍者もつけられておらず、身軽に行動できる。

今日も浄化の経験値は上げず、誰かに会いに行ったのかしらと気になりながら、ルーシャは自分を引き留める彼に眉尻を下げた。

「私を引き留めてくれてありがとう、ジェフリー。だけど、私にはもう聖女の力はないわ。ここに留まる資格はないの」

どんなに信徒に慕われようと、浄化する力がなければ聖女として成り立たない。そう言うと、ジェフリーは首を振った。

「多少弱まろうと、浄化の力があれば問題ございませんよ、どうぞ気に病まれず、こちらへおいでください」

ルーシャは視線を執務机へと戻し、いくつかの薬液を合わせた薬瓶に手をかざす。呪文を唱えると、ぽっと音を立てて煙が上がり、薬液の色が怪しげな紫から透明に変わった。清潔な薬瓶を薬棚から取り出し、仕上がった薬を詰めて蓋をすると、ジェフリーに歩み寄る。

「……モットレイ伯爵のお薬よ。お送りして差し上げて」

「ありがとうございます」

恭《うやうや》しく受け取るジェフリーを見上げ、ルーシャは続けて言った。

「ジェフリー。私にはもう、欠片も力は残っていないの。……私は、ノエル様お一人のものになったから」

これで意味はわかるだろうと、彼の漆黒の瞳をまっすぐに見つめる。

ジェフリーは虚を衝かれた顔になり、しばし呆然とした。ルーシャの青い瞳から唇、そして首筋に残された鬱血痕に視線を注ぎ、落胆のため息を零す。

「……さようでございますか。それは……誠に残念でございます……」

無念そうに俯いて呟かれ、ルーシャは申し訳なく視線を落とす。

「セシリアと一緒に荷をまとめ終えたら、こちらを下がります。聖女交代の儀でまたお会いすると思うけれど、長い間ありがとう、ジェフリー。貴方のおかげで私の生活は、以前より随分と楽になったわ」

「……私共の方こそ、長い間御力を分けてくださり、感謝しております」

最後は顔を上げて明るく笑って言うと、ジェフリーは悲しげな笑みを浮かべ、頭を下げた。

ジェフリーが部屋を出て行って数時間後、荷物をまとめ終えたルーシャとセシリアは、アーミテイジ侯爵邸に戻ろうと大聖堂施設内の回廊を歩いていた。

「これからどうなさるおつもりですか、お嬢様。ノエル様のもとへ嫁がれるのですか？」

ジェフリーと別れの挨拶をして、今後が気になったのだろう。セシリアに確認され、ルーシャは言い淀む。

「……どうしましょうね。ノエル様の妻にはなりたいのだけれど……家族も心配だし。やっぱり一度ブリジットさんのお考えを聞かなくちゃ……」

実家でも思ったが、ブリジット本人に意思確認をするのがもっとも確実だ。なんとかして彼女と会い、話をしてみると答えようとしたルーシャは、途中で言葉を切った。ローゼ塔から裏門へと繋がる西側の回廊を歩いていたルーシャの視界の隅に、白い祭服を着た少女の姿が映り込んだのだ。

彼女は回廊ではなく、木々の生い茂る庭園の中を横切っていく。セシリアも気づき、二人して目で追うと、ブリジットは周囲を気にしながらその先にある倉庫へと向かった。

「……ブリジット様は、何をなさっているのでしょう」

セシリアが不思議そうに呟き、ルーシャも首を傾げた。

「何か探しているのかしら。周りを気にしていたわね……」

その割に、回廊を歩いている人間には全く気づかない間抜けっぷりだったけれど――。

心の中で突っ込みを入れ、ルーシャは小さく拳を握った。

「いい機会だわ。お一人だったみたいだし、お声がけして、これからどうなさるつもりなのか聞いてみましょう」

「えっ。ノエル様と結ばれるつもりかどうか、直接尋ねられるという意味ですか……？」

言葉にされると、素直に教えてもらえそうにないなと感じた。しかし背に腹は代えられない。

「だって私の家族や使用人の命運もかかっているのよ。ご当人に意思確認して、確実に安全な道を選ばなくちゃいけないわ」

もしもノエルを手にし、ルーシャは破滅に追い込む心づもりだと悟ったら、魔法を駆使してでも他国へ出奔するのだ。

力強く返すと、セシリアは懐疑的な顔をしつつも頷いた。

「それでは……答えて頂けるとも思えませんが、聞いてみましょうか……」

「ええ、何事も臆していては始まらないわ！」

ルーシャはほんの少し冒険する気分で、ブリジットのあとを追った。


ブリジットが入っていったのは、大聖堂施設の西にある、二階建ての倉庫だった。倉庫といっても贅沢にも大理石で作られた建物で、中には魔道具やルーシャが浄化の力を込めた水晶球が保管されている。

「……こんなところに、なんの用事があるのかしら」

ルーシャは眉を顰めて倉庫へと近づき、ほんの少し隙間が空いた扉から中を覗き見る。そもそもここは高価な物ばかり置いているため、普段は鍵がかかっていて、入るには事前にテューア教教会に申請が必要だった。ルーシャも数年前に一度中を見たきりだ。

鍵が開いているところを見ると、ブリジットはわざわざ申請し、管理官から鍵を借りたのだろう。

ごそごそと倉庫の二階で何かを探している音が聞こえ、中に足を踏み入れたルーシャは、そのがらんとした様子に目を瞬かせる。ブリジットに見つかるのも気にせず、ぎいと重い石の扉を開き、中に光を注いだ。

倉庫の一階はほぼ空になっていた。ルーシャは眉根を寄せ、扉を開けた右手にある階段を静かに上っていく。二階の奥に詰まれた木箱の上に上っていたブリジットが、びくっと肩を揺らしてこちらを振り返った。

「うわ……っ、え、あ、ルーシャ様……！」

ブリジットはルーシャを見るや、にこっと嬉しそうに笑ったが、次いで真顔になる。

「いやいやいや、違う違う。どうしてここにいらっしゃるんですか、ルーシャ様⁉　お手紙に、当分家を出ないでくださいと書いたはず……！」

「……これはどういうことなのかしら」

焦った様子のブリジットを気にもとめず、ルーシャは倉庫内を見渡した。

数年前に見た時は、この倉庫はぎっしりと水晶球や魔道具が詰まっていた。しかし今は、奥にいくつか木箱が詰まれているだけのがらん堂だ。

「どういうこと、とおっしゃいますと……？」

ブリジットが目の前まで歩み寄って、聞き返す。ルーシャは当惑して答えた。

「この倉庫には、もっとたくさん水晶球や魔道具があったの。だけど、すっかりなくなっているわ」

「……奥にちょびっとだけ魔道具はありますけど……あと一階の壁際には高そうな宝石が入った箱が並んでます」

「……宝石？」

そんなのあったかしらと首を傾げ、ルーシャははたとブリジットを見返す。

「貴女はここで何をなさっているの？」

ルーシャの雰囲気に呑まれて普通に返答していたブリジットは、ぎくっとした。

「あー……いえその、とある魔道具がないかと思いまして……」

「とある魔道具って？」

首を傾げると、ルーシャの髪が肩口でたわみ、さらりと零れ落ちる。開け放《はな》たれた扉から射す光を弾いて白銀の髪が煌めき、ブリジットはそちらに目を奪われたようだった。しばらくうっとりと見つめられ、ルーシャが戸惑ってまた声をかけようとすると、はっと我に返る。

「あ、魔道具でしたね。えっと、そのー……人が魔物になる魔道具がないかと……」

聞いた瞬間、ルーシャはぞっと背筋を凍りつかせた。それはルーシャのもう一つの末路——嫉妬に心を蝕まれ、魔物となって消える未来を彷彿とさせる言葉だった。

そんな魔道具があるとは聞いたこともなかったルーシャは、顔色悪く聞き返す。

「そ……そんな魔道具を見つけて、どうしようと言うの……？　まさか使うつもり……？」

恐ろしさを隠し切れずに尋ねると、ブリジットはきょとんとし、またにこっと笑った。

「あ、いえいえ。誰かが使う前に、壊そうと思っているのです！　ですが誰に聞いてもそんな魔道具はないと言われてしまって、自分で探しているんです」

「……壊すために、探しているの？」

「はい！」

元気いっぱいに返され、ルーシャは困惑した。ブリジットは転生者だ。そして恐らく、ルーシャよりずっとこの世界に詳しい。人が魔物化するなど、ルーシャの破滅エンドに使われる以外になさそうだが——それを壊すなんて、何を考えているのだろう。

「……それは、どんな形をしているの？」

訝しみながらも確認すると、ブリジットは眉尻を下げた。

「それは、私も知らないんです。魔道具が入った箱にはなんの道具か名前が書いているので見つけられるかと思って……。でも絶対にどこかにあると思うんです」

何を根拠にこの倉庫にあると踏んでいるのか定かではなかった、しかし自らの未来を変えるかもしれない魔道具だ。見つけて先に壊すに越したことはない。

「……では、私も探すのを手伝いましょう」

協力すると言うと、ブリジットは面くらった。

「い、いえっ。ルーシャ様のお手を煩わせるわけには……！」

「貴女お一人だと、この広い倉庫全てを確認し終えるのは明日になってしまうのじゃない？」

保管されている物の数は圧倒的に減っていたが、それでもこの倉庫は二階立てで、四人家族が余裕で住めるくらいには広い。

ルーシャの意見ももっともだと思ったのか、ブリジットは躊躇ったものの、最終的に頷いた。

「それでは、一階の方をお願いできますか？　私は二階を探しますので」

「ええ、わかったわ」

ルーシャは頷き、ぽかんと話を聞いていたセシリアと共に、一階に降りて魔道具探しを始めた。

しばらく積まれた箱を開けて確認を続け、以前見た覚えのある棚を見聞して回っていたルーシャは、次第に不審を感じていった。

「……穢れた大地を封印していた、魔道具がない」

ぼそっと呟き、空になった棚の周辺を見渡す。

以前この倉庫に入った際、ルーシャは壁面に設置された棚の一つに、穢れた大地を封印する魔道具があるのを見ていた。しかし今はその棚は全て空で、あるのは見覚えのない宝飾品ばかり。それも、ルーシャに贈られた品などではなく、同じ形をしていて、どこかで扱っている商品の在庫のようだった。

テューア教教会が宝飾品を売っている話など、聞いた試しもない。

「……どの宝石にも、水晶が使われている」

ネックレスや髪飾り、イヤリング。数多くの宝飾品が並ぶが、どれも共通して水晶がどこかに入っていた。

この倉庫には大量の水晶球が保管されていて、ルーシャの休みに合わせて在庫が大陸中へ送られている。数が減るのはわかるが、全く残っていないのは違和感があった。水晶球は片手に収まるほどの大きさで、この倉庫内にあるだけでも、一年くらいは余裕で大陸を浄化できる数が揃っていたはずなのだ。以前水晶球を作りすぎているのではとノエルがぼやいていた際に、どれくらい在庫があるのか聞いていた。

ルーシャは水晶を使った宝飾品を見つめ、疑わしく呟く。

「もしかして……私の浄化の力を込めた水晶を加工して、販売しているの……？」

手にしていた宝飾品に影が差し、扉口に背を向けて立っていたルーシャは、誰かが背後に立ったのだとわかった。振り返り、想像より間近に人が立っていて、びくっと肩を揺らす。

「……何をなさっているのですか、ルーシャ様？　こちらは聖女様であろうと、許可なく入ってはいけない場所ですよ」

ルーシャの真後ろに立っていたのは、にこやかに微笑むジェフリーと、二名の彼の補佐官だった。

ジェフリーの笑顔に、ルーシャは本能的に寒気を覚える。倉庫に入る申請はしていなかったのか、二階でごそごそしていたブリジットが、息を潜めたのがわかった。セシリアは一階の奥にいるが、こちらの状況にはまだ気づいていない。ルーシャは敢えて声高にジェフリーに話しかけた。

「まあ、ジェフリー。勝手に入ってしまってごめんなさい。扉が開いていたから、中を見てみたくなったの」

微笑んで答えると、ジェフリーは笑顔のまま応じる。

「……さようでございますか。ですがこちらの品々は今から運び出しますので、どうぞ元の場所へお戻しください」

「そうなの」

ルーシャは言われる通り、宝飾品が入った小箱を棚に戻し、何気ない素振りで離れようとした。しかしジェフリーは横を通り過ぎようとしたルーシャをちらっと見やり、ため息を吐いた。

「……やはり、ダメだな。貴女は敏《さと》い。倉庫の中を見たなら、何が起きているのかもわかってしまったでしょう。私達と共に来て頂かねば」

常よりも低い彼の声に身の危険を悟り、ルーシャは倉庫の外に向けて走りだそうとした。しかし補佐官の一人がすかさず腕を掴み、口を手で覆った。

「んん……っ、ん――――！」

逃れようともがくと、腕をきつく掴まれ、痛みに呻く。奥からセシリアが顔を出そうとするのが見え、ルーシャは咄嗟に視線で来るなと命じた。セシリアは真っ青になり、すぐに奥に身を隠す。

「……これ、あまり乱暴に扱うな。彼女はこれまでにない高値で売れる商品になる方だ。痣《あざ》一つ残してはいけない」

ジェフリーが抑揚のない声で補佐官を窘め、ルーシャの顔を覗き込んだ。

「ちょうどよいタイミングでしたね、ルーシャ様。貴女は聖女の力を失い、もう何の役にも立たない。私と別れたあと、まっすぐご実家に戻られていれば、王太子妃となる未来もあったでしょうに……」

ルーシャは目を瞠り、何をするつもりだとまたもがく。取り押さえている補佐官が舌打ちし、ジェフリーは自らの胸ポケットに手を差し入れた。

「そう暴れないでください、ルーシャ様。せっかくの美貌を傷つけたくはない。……なに、お相手はノエル王太子殿下とは比べものにならぬ見た目の男になりますが、深く愛されることだけは保証致します。あの男は長年、私に全財産を差し出すから貴女を寄こせとしつこく訴えておりましたので、即貴女を買い取るでしょう。私も王太子殿下の婚約者を売り払うなど危険すぎると踏んでおりましたが……致し方ない」

ルーシャは、愕然と長年共に大陸の安寧を守ってきた男を見つめる。

この倉庫を見て、ルーシャは確かに気づいてしまった。なぜ、ジェフリーがルーシャの休養のために大陸中へ水晶球を手配することを渋ったのか。

この倉庫の中には、十分な数の水晶球がなかったのだ。大陸中へ配布すれば、倉庫はがらん堂になり、いざという時に使える在庫がなくなる。それくらい、ジェフリーは多くの水晶球を宝飾品に代え、売り捌《さば》いていたのだ。

ルクス王国内で浄化作用のある宝飾品が売られているのは、見た記憶がない。きっと聖地から遠く離れた、ルーシャが簡単には訪れられない国を中心に売っていたのだろう。

それに、聖女試験のために保管されていた穢れた大地もそうだ。魔道具が壊れて浄化されてしまったと話していたが、もしかすると彼は、日頃使われていない道具類も、少しずつ売り捌いていたのかもしれない。

ジェフリーは胸ポケットから小瓶を取り出し、眉尻を下げた。

「これで、私の聖職者としてのゲームは終わりにしましょう……。いい退屈凌《しの》ぎになりました」

なんの話かわからず見返すと、彼は瓶の蓋を開け、意味深に笑う。

「……この世は不条理だと思いませんか、ルーシャ様。生まれる順番が一つズレるだけで、次男には爵位も土地も、何も与えられない。最初に生まれる幸運に恵まれた長男は、その恩恵も理解せぬまま、領地から上がる税収を糧にぶくぶくと肥え太っていく……」

彼は瞳の奥を冷え冷えと冷たく凍らせて、瓶をルーシャの鼻先にかざした。

「いっそ兄を消してしまえばよいのでしょうが……人を殺《あや》めるのは趣味ではない。しかし貴女のおかげで、領地も手に入りそうです。……これからは日の当たらぬ場所で、めいいっぱい愛されてください、ルーシャ様。世間には……そうですね。聖女の役目が終わる現実に耐えられず、心を汚し、魔物となって飛び立たれたのだとでも噂を流しておきましょう」

――それが、私が魔物になって消える最後の仕掛け……!?

ルーシャは目を見開いたが、ツンと鼻を刺す匂いを嗅いだ次の瞬間、意識を失った。

◇◇◇

ノエルがその報せを受けたのは、あと数時間もすれば空が夕陽色に染まる頃合いだった。

王宮の東塔にある執務室で、どっと増えた仕事に苦い気分を味わいつつ、一つ一つ進めていくための書類作業をしていた折だ。日常の公務に加え、ルーシャに関わる警護関係や挙式、そして新たに方針を立てたテューア教教会への調査と、目が回る忙しさになっていた。

「ノエル殿下、急ぎご報告がございます」

窓辺に置いた執務机に向かっていた彼は、部下の声と共に扉がノックされ、視線を上げず応じる。

「――入れ」

入室したのは、シュピーゲル大聖堂の護衛に回していたエヴァンだった。真顔が常で、人形が如き印象を与える彼が、今日は珍しく焦った表情をしている。

「どうした」

いつもは執務机前まで歩み寄るのに、扉前から動かない。奇妙に思って声をかけると、彼はちらっと背後を気にして口を開いた。

「本日午後、シュピーゲル大聖堂にて聖女様が拉致されたとの訴えを受け、事件を見た聖女候補と侍女をお連れ致しました。大聖堂施設内では誰が拉致主犯格と見られる人物と関わっているか不明のため、直接ノエル殿下にご報告を入れたいとのことです」

「拉致だと……？」

ルーシャとは、昼過ぎになって王宮を下がる際に顔を合わせていた。ノエルは朝から通常業務に就いていたが、昨夜は感情にまかせ何度も抱いてしまい、彼女の方は目が覚めるまで眠らせていたのだ。

ノエルに組み敷かれたルーシャは、腕の中で何度も『大好き』『愛しております』と浮かされたように繰り返し、とても愛らしかった。ノエルから逃げだそうとしていたのは事実でも、想いは確かに自分に向いていると実感し、安堵した。

そして聖女交代へ向けて、不埒な輩が彼女を狙わぬよう、大聖堂や彼女の実家周辺の警護を強化したところだ。それがなぜ、拉致などという報告を受ける事態になっているのか――ノエルはエヴァンの後ろから顔を覗かせた、聖女候補とセシリアに目を向ける。

「――入って構わない。詳しく話せ」

今日は近衛兵として部屋前に待機していたディックもまた、彼女たちと共に入室する。騎士団長として、有事の際は即座に動くためだ。

ノエルは視線で入室許可を求めるディックに頷き、少女らに目を向けた。王宮には以前一度来たきりのブリジットは、ノエルの書斎を見渡して広さに圧倒され、更に強い眼差しを注がれて頬を引きつらせる。

「あっ、えっとその……っ、私が人を魔物にする魔道具を探していたら、ルーシャ様がおいでになり、お優しくも一緒に探してくださるとおっしゃいまして……。魔物エンドはいつもジェフリー第一司教のセリフで伝えられるので、絶対に大聖堂の中に魔物化の魔道具があるのだと踏んでいたのですが、魔道具ではなくジェフリー自身が噂を広め、ルーシャ様は密かに売り払われていたという卑劣なエンドだったらしく……っ」

要領を得ない話が始まり、ノエルは眉を上げた。ルーシャがどのように攫われたのか全く伝わらないばかりか、『魔物エンド』などといった理解不能な単語が使われ、意味不明だ。

拉致となれば、見つけるまで一刻を争う。悠長に会話を楽しむ暇はなく、端的に言えと命じたい気持ちが込み上げた。

しかし相手は一般階級出身の少女。強く命じて怖がらせては余計に話が聞けなくなるかもしれない。

ノエルは焦る内心を呑み込んで耳を傾け、その気持ちを汲んだかのように、セシリアがずいっと前に出た。

「お嬢様が、ジェフリー第一司教と補佐官ら二名に攫われたのです……！　私達はシュピーゲル大聖堂の倉庫を調べておりまして、どうにも倉庫の中は、ジェフリー第一司教にとって見られたくないものがあったようなのです。私達は運良く同じ倉庫内にいるとは気づかれなかったのですが、お嬢様だけは薬を嗅がされ、昏倒後に運び出されてしまいました！　彼らは、お嬢様を誰かに売りつけようと話しておりました！」

セシリアは涙目で勢いよく訴え、自らの主人をみすみす攫われた自責の念に襲われている様子だった。

穏やかでない内容に、ノエルは目を眇める。

「……シュピーゲル大聖堂内には常より護衛を増やしているが、気取られぬように運び出したのだな？」

「はい……っ。倉庫の中にあった宝石を入れた大きな箱の中にお嬢様を入れ、布を被せて運び出していきました！　ですがジェフリー第一司教が倉庫を出たあと外側から施錠され、私達は中にあった布地を繋いで二階にある小窓から脱出したので、既に数時間経過しております……っ」

ノエルは真顔になり、立ち上がる。

「……わかった。ディック、急ぎ捜索隊を編制し、拉致犯を追跡する。人員を集めろ」

「――は！」

ディックは即座に部屋から出て行き、ノエルはエヴァンに目を向ける。

「お前はシュピーゲル大聖堂へ戻り、テューア教教会関係者追跡班よりジェフリー第一司教の足取りを確認し、捜索隊へ連絡せよ」

「――は」

エヴァンもまた部屋から下がり、ノエルは険しい表情を和らげ、ブリジットとセシリアに薄く微笑んだ。

「報告をありがとう。調書を取りたいので、君達は今しばらく王宮に留まってもらえるだろうか？」

「は、はい……っ」

セシリアは涙目で頷き、ブリジットは両手で頬を押さえ、天を仰ぐ。

ノエルが部屋の外にいた別の騎士に二人を案内するよう指示すると、廊下を下がりながらぼそぼそと呟くブリジットの声が聞こえた。

「……神の託宣が使えない……。魔物化をとめるには倉庫を探したらいいって……珍しく役に立つ託宣くれたと思ったのに……ユーニ神は性格が悪すぎる……」

恐れ知らずにも神にまで悪態をつくその話し方は、どことなくスレた印象だった。これまで漂わせていた純朴な雰囲気はない。

ノエルは歩み去る次期聖女の背を見つめ、なぜルーシャが彼女を自分に宛がおうとしたのか、謎に感じた。

自分の恋情がルーシャにしか向いていないのはもとより、あの粗野な話しぶりでは、ブリジットに王太子妃など務まりそうにない。

――……俺の伴侶は、ルーシャ以外にあり得ない。

腹の内で呟くと、捜索隊の指揮を執るべく、ノエルは王宮の南東にある騎士団駐在所へと向かった。

ガラガラと耳障りな車輪の音と体を揺さぶる大きな振動が不快で、ルーシャは眉根を寄せて目を覚ました。

座面の上に横たえられていたらしく、上半身を起こそうとして、違和感を覚えて手に視線を向ける。両手首に布が巻かれ、ひとまとめにされていた。次いで腹の底から吐き気が込み上げ、呻く。

「ああ、お目覚めになりましたか。ご気分はどうでしょう。あの薬は、瞬間的に昏倒させられるのはいいのですが、目覚めると吐き気を与える副作用が難点でして……」

聞き慣れた穏やかな声が正面から聞こえ、ルーシャは掌を拳にして座面を押し、上半身を起こす。どうやら簡素な馬車の中にいるようだった。馬車の中は互い違いに座らないと、膝が触れ合いそうな狭さだ。

小さな窓には厚いカーテンが布かれ、外は見えない。

司祭服ではなく、一般的な貴族らしい青の上下に身を包んだジェフリーは、にこやかに微笑む。

「ルーシャ様は生粋の貴族令嬢ですから、お転婆な振る舞いなどなさらないとは思いますが、念のため両足を拘束させて頂いています。お許しを。目立たぬよう、衣服も私が替えさせて頂きましたが、邪な真似は一切しておりません。ご安心ください」

言われて初めて、ルーシャは祭服からシュミーズドレスに着替えさせられていると気づいた。足首にも布を巻かれており、肌に傷を残さないためか、拘束具は縄ではなく布だ。あまりきつく縛られてもいない。

幸い猿ぐつわもされていなかったが、なぜか靴は履いておらず、ルーシャは居心地の悪さを感じた。

ルクス王国では、女性は夫以外の異性には素足を見せない文化なのだ。

逃げ出さぬようにしたのだろうと考え、ルーシャは吐き気を堪えて、ジェフリーを睨みつける。

「……貴方は何をしているの……。神に傅《かしず》きながら、悪行に手を染めるなんてどうかしているわ！　貴方は第一司教にまで上り詰めた、聖職者でしょう……っ」

神に顔向けできぬ行為だと罵ると、ジェフリーは苦笑した。

「なにぶん、二番目に生まれたがために嫡男になれず、あくせくと働かねばならない運命を厭うて聖職者になったものですから。神への信仰心や清らかな精神は、持ち合わせていないのです」

ルーシャは目を瞠る。聖職者は確かに、一般的な勤め人とは違った。人々に神の教えを説き、大地を浄化して回るのが基本的な役割だ。生活は国からの補助金と、信徒達からお布施で賄われ、大陸中に信徒を持つテューア教の聖職者は、基本的に飢えを知らない。

「……そんな理由で、聖職者になったの……？」

人々の幸福と安寧を願い、その生活の支えとなるために聖職者を志したのではないのか。

驚きを露わにして聞き返すと、ジェフリーはおかしそうに笑う。

「ルーシャ様には、理解しがたいかもしれませんね……。生まれた時から裕福な環境に生まれ、物心つく頃には王太子の妻になる未来が決まっていたのですから。食《く》い扶持《ぶち》を心配する必要もない」

「それは……」

言われる通りで、ルーシャは言い淀んだ。ジェフリーは眼差しを冷たくして、小首を傾げた。

「貴女はご存じないかもしれませんが、生きるために聖職者になる者は、少なからずいるのですよ。養う能力のない親のもとに生まれた子など、信仰心はなくとも教会に助けを求めて参ります。そしてそのまま、神に仕える」

ルーシャとて、修道者の中にはそういう事情の者が含まれていることは知っていた。しかし神を信じない者が聖職者としてその教えを説くのは、欺瞞《ぎまん》だ。生きるためであろうと、神の庇護を受けるならば、せめて信じるのが最低限の礼儀ではないか。

なんと言えば伝わるだろうかと考えている間に、ジェフリーは嘆息し、憎しみを口にする。

「私は、貴女のような恵まれた者が嫌いなのです。特に、金に糸目をつけず、こちらが望むだけいくらでも水晶球を無償で提供していた王家の懐深さには、反吐《へど》が出る思いでした。……富める者は、富めぬ者を救う義務がある——ノブレス・オブリージュですか。……全く、勘に障る。ただ運よく働かずとも富める立場に生まれただけのくせに、いかにも自らは高尚な振る舞いをしているといった顔をして、実に目障りだ」

今まで聞いたこともない辛辣な言葉が吐き出され、ルーシャは唖然とした。

階級社会であるこの世では、社会的地位のある者は、道徳的または社会的な義務を負うとされ、人々の模範となる行動を求められた。王家はその筆頭であり、テューア教だけでなく、養護施設や研究機関など、多くの支えが必要な人々に援助をしている。その慈善活動は確かに人々を救っているはずだけれど、ジェフリーは気に入らない様子だった。

恵まれた地位であろうと、王家の人々は施しを与える自らを鼻にかけてなどいない。ましてノエルは、生まれながらに国民の安寧を守る責を負い、それを自覚して、幼少期から勉学に励んでいた。成人した今や、王に代わって政を担う場面も増え、公務に軍部にと忙しくしている。

ジェフリーにとってそれは働いている認識にはならないのか、彼は口角をつり上げる。

「ですが、最後まで私を潤わせてくださった貴女には、感謝しましょう。聖職者として、いるかどうかも定かでない神に縋る人々を眺めるのは愉快でしたが、このゲームも終了です」

「ゲ、ー、ム……？」

大聖堂の倉庫でも聞いた。なんの話だと尋ねると、彼は足を組み、ルーシャからは見えないように小さく窓のカーテンをめくる。どの辺りに来たのか、確かめているのだ。彼の顔に茜色《あかねいろ》の光が射し、もうすぐ夕暮れなのだとわかった。

「……貴女も仰っていましたが、私は聖職者として上り詰めた。これ以上の昇進はない。そう思うと、急に退屈になりましてね。……ひっそりと始めたのです。人々の目を欺き、どれほど財産を蓄えられるかを試す、ちょっとしたゲ、ー、ム、を――」

がらんどうになっていた倉庫が脳裏に過《よぎ》り、ルーシャは薄く口を上げる。

「それで……水晶球を宝飾品に変え、売り捌いていたの？」

退屈凌ぎに罪を犯すなんて、彼は病んでいる。愕然とするルーシャに、ジェフリーは窓の外に目を向けたまま笑った。

「はい。おかげさまで、とても懐は潤いました。いつ聖職者をやめても、贅沢に遊んで暮らせるくらいには」

彼は本当に、ただ生きるためにテューア教教会に籍を置いていただけなのだ。日々、心から人々の幸福を祈っていたルーシャには信じられず、同時に胸が締めつけられた。

にこやかに微笑んでくれていた彼は――心の中では、自分を憎んでいた。両親同様、彼に信頼を寄せていたルーシャは、ショックを隠し切れず、震える声で言う。

「……私は、貴方に救われてきたわ……」

先代の第一司教からジェフリーに代わり、多くが改善された。病になっても叱責されず、休みも与えられ、ノエルとも目くじらを立てず過ごさせてくれた。彼が第一司教になってくれて嬉しく、いつも感謝していた。

ジェフリーはこちらを振り返り、瞳を揺らすルーシャと視線を重ねると、眉尻を下げた。

「……貴女は少しばかり、私を美化されています。私が第一司教になるまでの生活が、過酷すぎたのでしょうね」

「……？」

言わんとするところがわからず怪訝そうにすると、ジェフリーは淡々と言った。

「私は、決して貴女を大切にはしていませんでした。貴女が病になっても、薬で症状が治まれば、辛そうにしていても気にせず働かせました。儲けを出すために、聖女のお役目のあとに魔法薬を作らせ、冬の巡礼も貴女お一人に無理をさせた。毎年、私が貴女の供をするのは王都だけだ。あとは各地の司祭に供を任せ、結果、休みなく大陸を回るのは貴女だけだった。……私は貴女を酷使し続けていたのですよ、ルーシャ様」

「……酷使……」

「ええ。可能な限り儲けを得るために、貴女を壊さぬ範囲で使ってきました。真実貴女を気遣い、守ろうとしていたのは、毎年のように貴女に休養を与えろと打診していたノエル殿下くらいでしょう」

「――」

無理をしてきた自覚がなく、当惑していたルーシャは、ノエルの名を耳にしてふと冷静になった。ジェフリーの所業に混乱しかけていたが、今気にかけるべきは、彼ではなく自分だ。

家族を巻き込まないために出奔を計画していたといっても、ルーシャは自らの足で立ち、生きる術を探していた。得体の知れない者に買い取られ、物のように扱われるのはごめんだ。

我に返ったルーシャは、馬車の外の音に耳を澄ます。馬車の両脇に馬がつけられている足音がして、少なくとも護衛が二騎はついていた。街路なのか、人声もする。

「……私を、どこに連れて行くつもりなの」

険しい顔で尋ねると、ジェフリーは肩を竦めた。

「さて、どこなのでしょうね。場所など気にする必要はないでしょう。貴女はこれから、決して外には出られない人生を送ることになるのですから」

誘拐された先で外に出られるはずがないのは、理解できる。この状況ではノエルや両親が確実に捜索する。そういった目をかいくぐるためには、地下にでも閉じ込めるしかなかった。

日の当たらない地下室に永遠に閉じ込められる日々を想像し、ルーシャはぞっとする。金で人を買おうと考える輩だ。最初こそ愛《め》でられようが、ずっと囲うわけもない。歳を取ればその内放置され、餓死する未来だってあり得た。何より、愛してもいない者に触れられたくはない。

――隙を見つけて、必ず逃げ出さなくては。

ルーシャは心の中で自らを奮い立たせ、ジェフリーは細く窓を開けて、外の騎士に声をかけた。

「一度休憩を挟みます。といっても、追っ手が国境を封鎖しては移動も叶いませんから、五分程度ですが。食料を調達して、また出発しましょう」

「――は」

返事をしたのは、彼の補佐官をしていた男の声だった。国境を気にするならば、他国へ移動しているのだ。シュピーゲル大聖堂から夕刻までに国境線に行ける隣国といえば、リーゲル王国しかない。出奔のために逃走経路を考えていた際に、王都から各地への移動にかかる時間は調べ尽くしていた。

ほどなくして馬車が停まり、ジェフリーはにこやかに微笑む。

「それでは、私は少しの間降りますが、大人しくこちらでお待ちくださいね。お手洗いが必要でしたら、また後ほど人気のないところでご案内致しましょう」

馬車の扉が開いて閉じるのを、ルーシャは口惜しい気持ちで見守った。ジェフリーが馬車を降りた瞬間に走り出したい気分だったが、いかんせん両手足を縛られている。まず拘束を解く必要があった。

彼が馬車を降りて気配がなくなると、ルーシャは固く結ばれた手首の布を歯で咥《くわ》え、強引に抜き取る。続けて足の拘束を解き、静かに窓のカーテンを開いた。外には見張りの騎士が一人残っており、試しにドアノブをそっと開けようとすると、鍵がかかっていた。

ルーシャはすぐに外に出るのは諦め、どこかに自らの靴がないかと馬車の中を確認する。何かで邪魔になって脱がせたのだろうが、靴は見当たらなかった。裸足《はだし》での脱走を覚悟し、ドアが開く時を待つ。

失敗すれば、きっと手足の拘束が厳重になる。チャンスは一度きりだ。

緊張しながら身構えてしばらく、カチャリとドアノブが引かれ、ドアが開いた。ジェフリーが中を覗き込んだ瞬間、ルーシャは全体重をかける勢いでドンとぶつかり、彼と共に外にまろび出る。

「……なっ」

尻餅をついたジェフリーは、一拍、何が起こったのかわかっていない顔をした。その隙を突いて、ルーシャは立ち上がり、駆け出す。

「――い、いけません、ルー……っ、――とめなさい！」

ルーシャの名を呼びかけて、ジェフリーは口を閉ざす。彼の馬車は、街路の一角に停められていた。聖女の名がルーシャであるとは、誰もが知っている。大声でその名を呼べば、聖女がいると気取られる。

ジェフリーに命じられ、騎士が馬を駆る音がした。すぐに背後に騎士が迫るのを感じ、ルーシャは死に物狂いで走る。やはり外を裸足で走るのは無謀だった。足の裏が小石で削られ、激痛が襲う。しかし己の人生がかかった脱走だ。捕まってなるものかと、ルーシャは痛みを堪えて走った。

夕陽が射す街並みは見覚えがなく、赤い石で覆われた外壁の飲食店が軒を連ねていた。どこに行けば身を隠せるのかはわからないが、助けを求めれば誰かが——と息を吸った直後、背後から無情な声が放たれる。

「——窃盗だ！　その少女を捕まえてくれ！」

「——っ」

ルーシャは思わず背後を振り返る。ルーシャを今しも捕えようと手を伸ばす騎士のその向こう——馬車の間近に立つジェフリーが、にやっと笑った。彼は狡猾《こうかつ》にも、ルーシャを窃盗犯に仕立て上げ、街の住人にも手伝わせようとしていた。

街路を歩いていた人達が追われるルーシャを目にし、次々に手を伸ばしてとめにかかる。

「おっと、待ちな……！」

「人から物を盗んじゃいけねえぜ……っ」

祭服を着ていないと、ルーシャはただの少女にしか見えなかった。しかも声を上げたのは、身なりの整った貴族階級とわかる男。一方ルーシャは裸足だ。着せられたシュミーズドレスも簡素で、掠め見るだけでは、いかにも貧しい家の娘に見えるだろう。太陽が沈みかけた辺りは薄暗く、ますますルーシャが聖女であるとは気づかない。

――もしかして、脱走の可能性も考えて靴を脱がせていたの……!?

ジェフリーの計算高さに今更気づき、ルーシャは臍《ほぞ》を噛んだ。正義感から人々に道を阻まれ、ルーシャは必死に方々から伸ばされる手から逃れた。

「違うの……っ、お願い、私を捕まえないで……！」

必死に石畳の道を走るも、遠くで雄々しい男の声が上がり、馬の蹄《ひづめ》の音が更に増えた。あちこちから追いかけられる音がして、ルーシャはもはやどこに行けばいいのかわからず、混乱を極めた。がっと背後からシュミーズドレスの袖が掴まれ、ルーシャは絶望的な悲鳴を上げる。

「――いやぁ！」

「……大人しくしろ……っ」

片腕も捕まれ、ジェフリーの護衛の一人が、ルーシャを強引に馬の上に引きずり上げようとする。

このまま捕まったら、あのゲームのシナリオ通り、ルーシャは魔物になって消えたことにされる。二度とノエルにも会えない。甘く自らを抱き締め、慈しみ続けてくれたノエルへの想いが溢れ、ルーシャは叫ぶ。

「離して……！　離して！　ノエル様……っ。助けて、ノエル様――！」

得体の知れない者の慰みものになるくらいなら、自害した方がずっとマシだ。

馬の背に無理矢理乗せられ、いっそここで生を終わらせようかとルーシャが決意しかけた刹那――ひゅっと何かが空気を裂く音が聞こえた。

「――う……っ」

ルーシャの腹に回されていた男の腕がびくっと震え、妙な呻《うめ》き声《ごえ》が真上から聞こえる。恐る恐る視線を上げたルーシャは、事態が理解できず、ぽかんとした。自らを捕えた騎士の首に、鈍く光る長剣が突きつけられていた。

「——俺の婚約者を乱暴に扱った上、体に触れようとはいい度胸だ……。覚悟あっての振る舞いだろうな」

聞くだけでぞくっと鳥肌が立つ、殺意の籠もったどす黒い声だった。真横に馬を着けた彼は、ルーシャを拘束した男を鋭く睨《にら》み据《す》え、頸動脈《けいどうみやく》をなで切りにできる位置に剣を添えている。

乱暴にルーシャを扱っていた男の動きをとめたのは、金色の髪にどこか色香のある紫水晶の双眸を持つ——ルクス王国の王太子、ノエルだった。

「……ノエル様……」

ルーシャは震える声で婚約者を呼ぶ。緊張で張り詰めていた神経がぷつっと切れ、瞳に涙が滲んだ。

王都から遠く離れた国境の街まで、これほど早く助けが来るとは思っていなかった。逃げるのだと覚悟をしても、周りに頼れる者は誰一人いない。それどころか、民衆までも自らを捕えようとし、どこの誰ともしれない者に捕らわれる未来が間近に迫って、恐ろしくてたまらなかった。

ルーシャの指先は震え、すぐにも彼の腕に抱き締めて欲しいと思う。

ノエルはこちらを見やり、いつもの優しい笑みを浮かべた。

「ルーシャ、もう大丈夫だよ。少しだけ待ってくれるかな」

何を待つのだろうと瞬くと、ノエルは後方へ向けて声を張った。

「——馬車を逃がすな！　国境線へ向けて移動！」

ノエルの後方から近衛騎士の制服を着た騎士団が一斉に駆けつけ、ジェフリーを乗せて走り出した馬車と、もう一騎の護衛を追いかけた。馬車はあっという間に取り囲まれ、行く手を阻まれる。

数騎の近衛騎士はノエルの方へ駆け寄り、ルーシャを捕えていた男の腕に縄をかけた。

ノエルはルーシャの脇に手を差し入れ、軽々と自らの馬の上に移動させる。横座りにさせ、逞《たくま》しい腕で優しく抱き寄せると、乱れたルーシャの髪を整えてくれた。

「……こんな姿にして、すまない。怖かっただろう」

彼は自分の方が辛そうな顔をして、ルーシャの全身に視線を這わす。何も履いていない足先に目をとめると、低く呻いた。裸足で地上を歩いた経験がなかったルーシャの足は柔《やわ》く、あちこちから血が滲んでいた。

「……絶対に許さん……」

ルーシャを攫った者へ対してか、呪ってでもいそうな声で呟き、ノエルは足先をそっと大きな手で包み込んだ。何が起こったのかわからず騒然としていた周囲が、ルーシャを抱えている、軍服を纏った青年がノエルだと気づき始める。

聴衆がざわめく中、ノエルの方へ駆けてきた騎士の一人のディックが、迷惑そうに話しかけた。

「……国境線の手前で捕まえられてよかったですけど、ルーシャ様を見つけた途端、周りを置いて行くのはやめてくださいよ、殿下。俺たちは殿下の護衛も担ってるんですから、離れられては困ります」

他の騎士達が少し遅れて来たのは、ノエルが一人先に走り出したかららしい。

ノエルは部下のお小言に眉根を寄せ、面倒臭そうにぼそっと応じた。

「婚約者が粗雑に扱われているのを、悠々と見ていられるはずがないだろう。俺の護衛も兼ねているなら、お前がきちんとついてこい」

逆に叱られ、ディックは苦く笑う。

遠くで怒声が響き、ルーシャはびくりと肩を揺らした。街路の先で、逃走しようとしていた馬車の中からジェフリーが引っ立てられる姿が見え、複雑な思いが去来した。今まで感謝していた相手に憎まれていた事実は辛く、しかし誰かに売り払われずにすんでほっとしている。ノエルの元に戻れて嬉しく、だが今後自らがどうなるのか定かではなく、不安だ。

今やこの世界は、ルーシャの知らぬ展開が繰り広げられていた。どこを持ってゲームが終了となるのかもわからない。ジェフリーは捕まり、魔物になるバッドエンドは回避されたのだろうか。それとも、まだ続きがあるのか――。

期待と不安でルーシャが瞳を揺らして俯くと、ノエルが肩につけていたマントを外し、足にかけてくれた。彼はディックに対し、捕らえた者たちを一カ所に集めて王都へ連れ帰る段取りをつけるよう命じ、自らは馬をゆっくりと歩かせ、街を出る。

指揮を執らなくていいのかしらと戸惑っていると、彼は部下達の姿が遠目に見える木陰で馬を停め、ルーシャに微笑みかけた。

「……ここなら、人目も気にならないかな」

ルーシャは目を瞬かせ、淡く頬を染めた。ノエルは聴衆の視線が集まりだしたのに気づき、素足を見せないように気遣ってくれたのだ。彼の優しさが嬉しく、また会えた喜びに、胸が熱くなる。彼の胸に額を押しつけ、溢れる恋情のまま呟いた。

「……こんなにも早くおいでくださって、ありがとうございます……ノエル様。もう、貴方にお会いできないかと思った」

ノエルもまた安堵した息を吐き、ルーシャを抱き締める。

「俺に会いたいと、思ってくれていたんだな」

耳元で聞こえた彼の呟きは、部下と共に来たからか、一人称がいつもと違った。軍服姿でいるだけでも十分に雄々しいのに、ますます男っぽさを感じ、鼓動がドキドキと逸《はや》る。

「……はい。貴方にお会いしたくて、仕方ありませんでした。……私は、貴方を誰よりもお慕いしています……ノエル様」

自らを救ってくれた彼への恋情がとまらず、ルーシャは想いを口にする。ノエルは静かに笑い、囁きかけた。

「……ルーシャ。どこに攫われようと、俺は必ず君を助ける。何者からも君を守ると、約束するよ」

その声音は酷く真剣で、ルーシャの鼓動が跳ねる。顔を上げると、ノエルは真摯な眼差しでルーシャを見つめていた。

「……ノエル様……？」

彼の表情がなぜか苦しそうに見え、頬に手を伸ばす。

「……ルーシャ。君が聖女の役目を終えた後に、再び重責を負いたくないと望むなら、俺は無理に娶ろうとはしない」

突然の言葉に、彼に触れようとしていたルーシャの手がびくりと震え、途中でとまった。

ノエルはルーシャの青い瞳をまっすぐに見つめ、その手を握り込む。

「君は聖女としての重責に苦しみながらも、役目を決して投げ出さず、民を慈しみ、守り続けてきた。君は誰にも敬愛されるに足る人物で、それと共に脆《もろ》く、儚《はかな》い。間近で見つめ続けてきた俺は、君の強さも弱さも知っている。……だからこそ、君にこれ以上苦しめとは言えない」

「ノエル様……」

自らの気持ちを慮り、無理強いをしないと言ってくれるノエルの懐深さに、再び涙が込み上げる。

ルーシャは今だって、叶うのなら彼の妻になりたいと願っていた。彼から逃れようとしたのは、運命が許さないからだ。

自身のせいで家族を不幸にするかもしれないと考えると、とても恐ろしい。けれど、同時にノエルは今まで、何一つ変わらず、ルーシャを慈しみ大切にし続けてくれた。

自らに向けられた想いは疑う余地もなく、未来への恐怖はいまだ残ろうと、彼と結ばれる未来を手放す気持ちにはなれなかった。ルーシャは本心を伝えようと、口を開く。

「私……」

「――ルーシャ」

言葉を発しようとしたルーシャを遮り、ノエルが握った手に力を込めた。見つめ返すと、彼は微かに瞳に焦りを滲ませ、苦しげに続ける。

「――だけど俺は……君を愛している。婚約してからずっと、君を幸福にしたいと願って生きてきた。本音を言えば、誰よりも近くで君を見守り、慈しみたいと思っている。君を娶り、家族になりたいと心から望んでいる」

西日が注ぎ、ルーシャを見つめるノエルの瞳は、宝玉が如く煌めいていた。彼は一呼吸置き、微かに声を震わせて乞うた。

「……ルーシャ。どうか俺に、君の最後の〝祝福〟を与えてくれはしないか。――俺は何よりも、君と生涯を共にする権利が欲しい」

ルーシャは瞳を潤ませ、眉尻を下げる。

聖女として、ルーシャは望まれるまま、万民に祝福を与えてきた。魔物が跋扈《ばっこ》するこの世に生きる人々のよすがとなり、世界を清め、体を癒やし続けた。

そしてノエルに純潔を捧げ、その力は全て失われた。だけどまだ、ルーシャが祝福を与えられる人が一人だけいる。

夕陽が射し、ルーシャの白銀の髪が温かなオレンジに染まる。青の瞳は光が注いだ湖面のように煌めき、ルーシャは幸福に満ちた笑みを浮かべて答えた。

「……はい、ノエル様。どうぞ私を、貴方の妻にしてください。……永遠にお側《そば》を離れず、貴方お一人を愛するとお約束申し上げます」

ノエルはすうっと息を吸う。瞳に恋情を燃やし、甘く微笑んだ。

「ありがとう、ルーシャ。生涯をかけて、貴女一人を愛し抜くと誓う」

彼は愛しげにルーシャを見つめ、ゆっくりと顔を寄せる。ルーシャが瞼を閉じると、愛情に満ちた優しいキスが落とされた。

ブリジットが現れて以来、不安に苛まれていた心が、すうっと安堵感に包まれていった。唇を離すと、ノエルは間近でルーシャを見つめ、コツリと額を重ねる。

「君を妻に迎えたら、俺はもう二度と、誰にも君を譲らない。……たとえそれが神であっても――君の想いが離れても」

情熱的に自分を見つめる紫水晶の瞳には、隠し切れない神への嫉妬と独占欲が宿っていて、ルーシャはぽっと頬を染めた。深い思いを実感し、彼をぎゅうっと抱き締める。

「……はい。どうぞ誰にも譲らないでくださいませ、ノエル様。私が愛するのは、後にも先にも貴方お一人だけですもの」

ノエルはほっと息を吐き、力強く抱き締め返す。

「……永遠に君を愛するよ、ルーシャ」

熱烈な睦言《むつごと》は耳にくすぐったく、ルーシャはふふっと笑った。

――きっとこれが、ルーシャのハッピーエンドだ。

もう決して彼の想いを疑いはしないと心に誓い、ルーシャは再び愛しい恋人と唇を重ねた。

終章

ルーシャが攫われた五日後、テューア教教会は、多くの信徒から信頼されていたジェフリー第一司教の除籍処分を発表した。

ジェフリーは、王家から提供された水晶を不正に転売していた罪と、聖女拉致の罪でも捕えられ、現在取り調べを受けている。力を失っていたとはいえ、まだ聖女交代の儀を終えていない以上、法的にルーシャは聖女。大陸の安寧を守る聖女を危険に晒した罪は重く、厳罰は免れられない様相だった。

また、ルーシャを買い取ろうとしていたのが隣国のモットレイ伯爵だったともわかり、彼も共謀の罪で隣国で捕えられている。

水晶球の転売に関して、ノエルは組織での不正を危惧していたらしいが、関わっていたのはジェフリーと彼に近しい補佐官数名のみだとわかり、テューア教教会は存続が決定した。万が一組織だって不正に関わっていた場合、組織を解体せねばならず、大陸を巻き込んでの大騒動になるところだった。

そしてルーシャは、ノエル達に助けられた一週間後、シュピーゲル大聖堂を訪ねた。

どうしても、なぜブリジットが魔物化の魔道具を壊そうと探していたのか、理由を聞きたかったのだ。

シュピーゲル大聖堂の西にある、小花が一面に広がる庭園に呼び出されたブリジットは、普段着のドレスを纏ったルーシャを見て、にこっと笑った。

「……ルーシャ様は、祭服もお似合いでしたけど、ドレスもお似合いですね」

白地に青の小花模様が入ったドレスを纏っていたルーシャは、微笑む。

「ありがとう。貴女も祭服が似合っているわ」

騒動のあと、彼女はようやく聖女として活動を始めていた。自ら海辺へ向かっては、大地や空気、そして現地にいる人々までもを清めていく。ルーシャとは比べものにならないその浄化力は、彼女が間違いなく次代の聖女であることを証明し、テューア教教会も三日前にブリジットを聖女として認定していた。

金色の刺繍が入る祭服を纏う彼女は、居心地が悪そうに自分を見下ろす。

「そうでしょうか。ルーシャ様が着ていると神々《こうごう》しさがありましたが、私が着るとどうもありがたさが減退している気がします」

ルーシャは頬に手を添え、しげしげとブリジットを見つめた。信徒ならば、聖女の祭服を見ただけでありがたいと頭を垂れるだろうが、確かに高貴さは感じない。素朴で親しみ深い聖女様という印象だ。

「……お化粧をなさっていないからじゃないかしら。ブリジットさん、素顔でしょう？」

侍女が常にいたルーシャは、病に伏している時などを除いて、人前に出る際は必ず化粧をしていた。あちこち好き勝手に移動しているブリジットは、いまのところまだ侍者もつけていない。

ルーシャの指摘に彼女はきょとんとし、ぺちっと頬を手で押さえた。

「あ、お化粧……！　そうですよね！　村にいた時は化粧なんて誰もしてなかったから……っ」

あまり詳しくなさそうな様子に、ルーシャは眉尻を下げる。

「……よろしければ、お化粧品をお贈りしましょうか？」

「えっいいんですか!?　ルーシャ様が使っているのと同じ物ですか!?」

やけに勢いよく食いつかれ、ルーシャは若干引く。

「え、ええ……お嫌じゃなければ。私が攫われた時、ノエル様に報せてくださったお礼もしたいし……」

ブリジットは心底嬉しそうに両手を重ね、飛び跳ねる。

「わあ、ありがとうございます！　やったあ、推しが使ってる化粧品……！」

——推し……？

聞き慣れない言葉に、ルーシャは眉を顰める。ブリジットはこちらの違和感には気づかない様子で、話を続けた。

「それで、今日はどうされたんですか？　聖女交代の儀は三日後ですよね」

ブリジットとの聖女交代の儀は、彼女が現れてから二週間後——ちょうどルーシャの休養期間が終わる日に執り行われる運びとなった。

元気で無邪気な女の子という雰囲気がそこかしこから漂う彼女に、ルーシャは頷く。

「今日はその……私が攫われた日、貴方は人が魔物になる魔道具を探していたでしょう？　それも壊すために。どうしてそんなことをしていたのかしらと、聞きたくて訪ねたの……」

ブリジットは目を瞬かせ、顔をしかめる。

「あー……それは……。ちょっと意味がわからないと思うのですが……その、なんと言いますか……私には前世の記憶があって、実はルーシャ様が魔物になってしまう未来があることを知ってたんです」

すぱっと前世の記憶があると話され、ルーシャは目を丸くする。

この世には魔物や神がおり、また聖女もいる。前世ほど奇天烈《きてれつ》な話だと思われはしないだろうが、変人扱いされやしないかと恐れを抱いてもいなさそうな態度に、ルーシャは驚いた。

ブリジットはこちらの表情を見て、頭を掻く。

「あ、やっぱり前世の記憶とか突拍子もない話ですよね。やっぱり気にしな……」

「い、いいえ……っ。信じるわ。その……っ、わ、私も、前世の記憶があるから……」

「――え？」

ルーシャはポロリと自らも告白し、ブリジットは目を見開いて、間近まで距離を詰めた。二人はそれから庭園の隅に移動し、誰にも聞かれないよう、小声でお互いにどんな記憶があるのかを伝え合った。

ルーシャは徹夜明けで駅の階段から落ちて生涯を終え、一方ブリジットは仕事帰りにトラックに轢《ひ》かれてこの世に転生したそうだった。

芝生に座り込んで話していたブリジットは、まさかルーシャも転生者だったとはと驚きながらも、愉快そうに笑う。

「それじゃあ、ルーシャ様はずっと怖かったですよね。普通、主人公は攻略対象を攻略するものですし」

「……ええ。貴方は時々、私がノエル様に怒られると、嬉しそうな顔もしていたから……」

まるでノエルとルーシャを引き裂くシナリオが進んで、喜んでいるように見えた時の話をすると、ブリジットは気まずそうに視線を逸らした。

「あー、私……前世からルーシャ様のキャラ造形がものすごく好きで……。せっかくゲームの中に生まれ変わったなら、ルーシャ様を幸せにしたいと思って動いてたんです」

「まあ」

自分を幸せにしようと思っていたなんて、とてもありがたい。ルーシャは素直に嬉しさを感じ、彼女を見返して、すぐに訝しく眉根を寄せた。少し前に〝推し〟と言っていたのは、これだろう。ゲームのキャラの中で好きな見た目や設定の人がいても不思議はない。

しかし幸せにしたいと言うには、彼女はルーシャが辛い状況に陥るたび喜んでいたように思う。

ブリジットはルーシャが聞き返す前に、こちらに視線を戻し、にこっと笑った。

「でも私、ルーシャ様の悔しそうな顔や泣きそうな顔も凄く好きなので、それは楽しみたいなと思って」

「――……」

咄嗟に理解できず、ルーシャは数秒真顔で黙り込んだ。そしてすうっと青ざめる。

「泣きそうな顔が……好き……？」

ルーシャを嬉々として見ていた、ブリジットの表情が脳裏に蘇る。羞恥心に襲われて頬を染めていた時や、ノエルに叱責され悲しく項垂れていた時、彼女の瞳はらんらんと輝いていた。

――この子、変質的な愛情を持つタイプだわ……。

説明をされ、一層恐怖を感じたルーシャに、自分が特殊な性癖だとわかっているのかいないのか、ブリジットはケラケラと笑う。

「そう怯えないでください。ルーシャ様を幸せにしたいのは本当ですから。ルーシャ様が苦労しないように、一番最短でゲームオーバーになるシナリオを選んだんですよ。だからもうゲームは終わってるんです」

ノエルと共に生きていく決意をしても、ゲームの行方は知らなかったルーシャは、息を呑む。

「……終わっているの……？」

確信を持ったブリジットの言葉に、心の奥底にわだかまっていた不安が、さあっと溶け消えていく。

ブリジットは、溌剌とした表情で頷いた。

「はい。最初から浄化の経験値を上げないでいると、誰とも結ばれず、すぐにトゥルーエンドになるんです。でもこのルートだと、なぜか毎回ルーシャ様は魔物になってどこかへ行ってしまうので、なんとかそこを回避したくてユーニ神に何度も話しかけてたんですけど……役に立たない予言しかくれなくて」

倉庫を探せば魔物エンドを回避できると聞いたのに、危うく魔物エンドになるところだったと眉を顰める。

「たぶん、ルーシャ様にも前世の記憶があって、ご自分でも魔物エンドを回避しようと必死に逃げ出されたから、偶然うまくいったんじゃないでしょうか。あのゲームのキャラ設定のままでいけば、ルーシャ様って気は強いですが、やっぱり生粋のお嬢様でお行儀はいいんです。だから前世の記憶がなければ、両手足拘束された状態で逃げだそうとは考えられなかったんじゃないかな……？」

前世の話をした折に、ジェフリーに捕まった際の状況もルーシャから聞いた彼女は、魔物エンドを回避した理由を予想する。ルーシャは指先で唇を押さえ、考えた。

ブリジットの言う通りだとは思う。ルーシャがあのまま攫われてしまうからこそ、魔物エンドはシナリオの一つとしてあるのだ。

だけどブリジット達と一緒に倉庫にいたから、ルーシャは助けを呼んでもらえた。呼ばれたノエルは偶然にも、ルーシャが攫われる直前、テューア教教会関係者の足取りを調べるために、多くの人員を割いてジェフリー達を密かに追跡させていた。そしてルーシャは自らを奮い立たせ、逃走を図った。

それらが重なって、ルーシャは魔物エンドを回避できたのである。

もしもどうあってもルーシャが攫われる運命だったなら——ユーニ神の予言なくしては、助からなかった。

ユーニ神が余計な真似をしたと怒っているブリジットをじっと見て、ルーシャは柔らかく笑う。

「……だけど、きっとユーニ神様のおかげで魔物エンドが回避できたのだと思うわ。今度お話しする機会があったら、私がお礼を言っていたとお伝えしてくれる？　ブリジットさんも、私を幸せにしようと苦心してくださって、本当にありがとう。心から、感謝しています」

お礼を言うと、ブリジットは照れくさそうに笑い返し、肩を竦めた。

「いいえ、どうぞお幸せになってくださいルーシャ様。私は貴方の色々な表情が好きですが、やっぱり神々しく微笑んでいらっしゃるお顔が一番好きですから。私はこれから最強の聖女として、魔物を一掃するという歴史に残る大役を果たしていくみたいなので、あまりお会いできないかもしれないのが心残りですが」

ルーシャははたと、ゲームの終わりにさらっと文字だけで流れていったトゥルーエンドの内容を思い出す。

ブリジットは聖女としての使命を胸に、これから神と共に世界を清めていくのだ。

厳しい冬の巡礼などを思いだし、ルーシャはぎゅっと彼女の手を握る。

「……貴女が可能な限り無理をせずにすむように、私もノエル様と共に、テューア教教会に働きかけていくわ。どうぞ辛い時は、私に報せて。必ず貴女を助けるわ」

ブリジットはルーシャの未来を救おうとしてくれた。今度はルーシャが彼女を助ける番だ。

テューア教の内部は、穢れてはいない。しかし聖女にとっては厳しい。

無理を強いられ、苦しむ聖女は二度と生んではいけない。

真剣な眼差しで言うと、ブリジットはぽっと頬を染めた。

「ありがとうございます……。王太子妃殿下の後ろ盾なんて、とても心強いです」

嬉しそうな様子に、ルーシャは目を細める。握った彼女の手を額に押し当て、瞼を閉じた。

もう声は聞こえないけれど、ブリジットも幸福になるよう、ルーシャは心の中で祈りを捧げる。

肩口からさらりと白銀の髪が垂れ落ち、光を弾いて煌めいた。

ブリジットはほう、とため息を吐いてルーシャを見つめ、ぎくっと肩を揺らす。

振動が伝わり、ルーシャが手を離して顔を上げると、ブリジットは苦虫を噛《か》み潰《つぶ》したような顔をして言った。

「……よくわかりませんけど『ルーシャの願いも、ブリジットの願いも、全て叶えてあげたよ』と、ユーニ神が言ってます」

まだ正式な聖女ではないブリジットには、祈りを捧げずともユーニ神は話しかけるらしい。ルーシャも聖女になるまでは、どこでも彼の声が聞こえていた。

ブリジットの幸福を祈ったはずだが、もう叶っているとは、どういうことだろう。

不思議な気持ちだったが、神はそれ以上はブリジットには話しかけなかった。

◇◇◇

涼やかな風が吹く正午――ルクス王国の王都ヴィルトカッツェにある、シュピーゲル大聖堂の鐘が鳴り響いた。

白の祭服に身を包んだ先代聖女ルーシャは、ユーニ神像の前で佇《たたず》み、身廊をゆっくりと進んでくる少女を見つめる。

新たに聖女となるブリジットは、金色の刺繍が入る真新しい祭服に身を包み、頭には白のベールを被っていた。

聖堂内にはルクス王国王家の人々と大陸中の聖職者達が集い、人々で溢れ返っている。しかし辺りは静まり返り、一歩ずつルーシャへと近づいていくブリジットの衣擦れの音しか聞こえなかった。

自らに近づくブリジットを見つめ、ルーシャはほんのりと微笑む。

——本当に、神様の元へ嫁ぐようね……。

自分が聖女になる時は、全く気づかなかった。白のベールに、白の祭服。それらは全て無垢なる証で、神に純潔を捧げると誓いを立てているようにしか見えない。

シュピーゲル大聖堂から荷を引き払い、実家へ戻ったルーシャは、たびたびノエルと逢瀬を重ねていた。その中で、ノエルがこれまでずっとユーニ神に嫉妬していた話を聞いた。

彼は聖女を〝若く美しいその一時、神に愛される少女達〟——『神の花嫁』と称する。

神に仕えている間、ルーシャはノエルのものであるようでいて、その実、神のものだった。ノエルは決してルーシャに手出しできない枷《かせ》を嵌《は》められ、漫然と神に愛されるルーシャを見るしかできない。それは口惜しく辛い日々で、何度も早くルーシャを手放してくれと神に願い続けたとか。

彼の話を聞き、ルーシャは言われてみればそうだと思った。そして今日、新たな聖女の姿を見て、確信する。聖女とは確かに『神の花嫁』の姿をしていた。

ちらっと最前列の椅子に目を向けると、ノエルはブリジットではなく、ルーシャをじっと見つめている。まるで目を離した隙に神に取られぬように見張っているかのような真剣な眼差しで、ルーシャはほんのり頬を染めて、微笑みかけた。

ノエルはこちらの笑みに気づくと、やんわりと微笑み返した。

目の前まで歩み寄ったブリジットが、足もとに跪く。ルーシャは彼女の額にそっと手をかざし、聖女交代として自らの力の全てを彼女に注ぐという、形ばかりの儀式を行った。

額に触れると、ブリジットがすうっと深く息を吸う。そしてこちらを見上げ、ルーシャは指を離した。

最後に二人は横並びになり、ユーニ神に向けて大陸の安寧を願う祈りを捧げる。続けて聖職者達が神への感謝を示す聖書の一節を読み上げ始めると、祈りを捧げていたブリジットがちらっとこちらを見た。

何かしらと目を向けると、彼女は面倒臭そうな顔で囁く。

「ユーニ神が、ルーシャ様が魔物にならなかったのは、僕のおかげだと主張しています」

ルーシャは目を瞬かせ、ふふっと笑う。

「まあ、それはとてもありがたいことだわ。……ありがとうございます、ユーニ神様」

頭を下げて礼を言うと、頭の中に微かな声が響いた。

『……小さな頃から、よく頑張ったねルーシャ。前世からの君の願いは、叶えたよ。ノエルと結ばれ、家族を持って——幸せにおなり、僕の愛し子』

懐かしい神の声が聞こえ、ルーシャは目を瞠る。

——前世からの、願い。

さあっと前世で命を失う直前の気持ちが鮮明に蘇り、ルーシャは薄く唇を開く。前世でルーシャは、階段で滑り落ち、命を落とす直前まで、なんとかしてノエルと結ばれたいと考えていた。そして心の奥底では常に、家族を持ちたいとも。

ユーニ神は、それらを叶えたと言ったのだ。

愕然とユーニ神像を見上げると、隣にいるブリジットも同じように顔を見上げ、ぼそっと呟いた。

「……確かに聖女になって、自由奔放に生きたいとは願ってたけど……」

どうもユーニ神は、ブリジットにも、願いを叶えたと話しかけた様子だ。ルーシャは彼女を再び見やり、互いに視線を交わすと、眉尻を下げて微笑み合う。

——あのゲームを始めた時、きっとこの運命は始まった。

転生させてまで願いを叶えてくれるとは、少々強引にも思えるが、ルーシャは静かに頭を下げ、心の中で神に深く感謝した。

◇◇◇

ノエルとルーシャの挙式は、通達通り聖女の役目を終えた半年後、大聖堂にて大々的に執り行われた。各国から祝福の言葉が寄せられ、ルーシャは住まいを王宮のレーヴェ塔に移す。

兄のエドガーは、一時はルーシャが心変わりでもしたのかと二人の関係を危惧していたらしく、二人が円満に結ばれてとてもほっとしていた。

そして華々しい祝い事の陰で、聖女を誘拐した大罪を犯したジェフリーは数十年の禁固刑の後、処刑が確定する。

恩義を感じてもいたルーシャは減刑を願ったが、聖女が軽んじられてはならぬと、ノエルは厳しい処断を支持した。

王太子妃となったのち、ルーシャはブリジットに約束した通り、可能な限り彼女の生活が辛くならないよう動いた。ノエルの力も借りて、政府組織から監査官が送られる制度を新たに発足させ、テューア教教会組織に風が通るようにしたのだ。これにより会計だけでなく、聖女の扱いにも目が行き届くようになり、非人道的な扱いの防衛となる。

もっともブリジットは、自身が望んだ通り、慣例など気にしない自由奔放な聖女として有名で、あまり心配はなさそうだった。


結婚して五年、澄んだ青空が広がる温かな春の日――王太子夫妻が住まうレーヴェ塔の前庭には、早朝から稚い笑い声が響いていた。

ノエルとルーシャの子供が、側仕えと共に花遊びをして遊んでいるのだ。

ノエルとルーシャの間には、二歳の王子と四歳の王女が生まれていた。両親に似た目鼻立ちのはっきりした子供達で、近頃は達者な口も聞くようになっている。

結婚を機に、五階建てのレーヴェ塔は全室が王太子夫妻の私的な住まいに用途を変え、現在は五階が主寝室だ。

子供達が庭園で戯れる声が聞こえ、まだベッドの中にいたルーシャは、起きようかしらと身じろぐ。しかし背後からがっちりと夫に抱き込まれていて、身動きが取れなかった。

けだるさを纏い、ルーシャは夫に声をかける。

「……ノエル様。……ノエル様、そろそろ起きて……あ……っ」

離す気配のない夫に声をかけると、腹に回されていた手が、するりと這《は》い上《のぼ》って胸に触れた。そのままやわやわと揉まれ始め、ルーシャは頬を染める。これは寝ぼけて揉んでいるだけなのか、そういう目的を持っているのか、判断がつけられなかった。

「……あ、の……っ、ノエル様……ん……っ」

次第に心地よくなってきてしまい、ルーシャは当惑する。子供達と結婚後も仕えてくれているセシリアの声がするから一緒に遊ぼうかと思っていたのに、ノエルの悪戯な手により体が熱くなっていく。

ノエルと結婚して以来、ルーシャはとてもゆったりとした日々を過ごせていた。最初の二年は一切公務を免除され、その後ルーシャが働きたいと申し出ると、日中だけ働くスケジュールが組まれた。早朝深夜は家族と過ごせ、とても贅沢な日々を送っている。

ノエルに言わせてみれば、それは普通らしいが、ルーシャにとっては驚くほど落ち着いた一日で、非常にありがたい毎日だった。

時間がある分、家族と過ごす時間もたくさん取れ、子供もできた今、大変幸福である。

このままで十分だと思っているのだが、ノエルはもう少し子が欲しいらしく、たびたびルーシャを抱いていた。

腹に回されていたもう一方の手が下腹部へと降りていき、ルーシャはびくりと腰を反らす。

「ん……っ、あ、あ……っ、ノエル様、そんな……朝ですよ……っ」

彼の節の目立つ指先がネグリジェをたくし上げ、下着の隙間をぬって蜜口をぬるりと撫でる。

「……でも……濡れてるよ、ルーシャ……？」

直接的に言われ、ルーシャは頬を真っ赤に染めた。

「それは、だって……っ、ノエル様が触るから……あ、あ……っ、んん……っ」

ぬるぬると蜜口の周りを円を描いて撫でていた指が、ずぷぷっと中に沈められていく。ぬぷぬぷと緩く指を抽挿されはじめ、ルーシャは息を乱した。

「はあ……っ、あ、あ……っ」

「……今日は休みだから、朝からしても大丈夫だろう？」

今日は二人とも休日だ。ノエルはすっかり目が覚めた声で囁き、耳朶に口づける。目だけを向けると、彼は紫水晶の瞳を艶っぽく細め、うなじへとキスを落としていった。

「いい匂いがするね、ルーシャ……。昨日は遅くなってごめんね……」

ノエルとは休み前によく体を重ねるため、昨夜も香油を塗り込めていた。しかし彼が少し残業することになり、ルーシャは待てずに寝てしまったのだ。

準備万端で待っていたのに抱かなくてごめんと言われた気がして、ルーシャは気恥ずかしくなる。

「いいえ、その……私は、こういうのがなくても、ノエル様と一緒にいられたら幸せで……あ……っ、あ、あっ、やあ……っ」

体は重ねなくても十分満たされていると言った途端、ノエルはルーシャの弱い所を擦り上げた。蜜壺からとろとろと愛液が溢《あふ》れ出し、ノエルは耳元で囁く。

「こういうのも大切だと思うよ、ルーシャ。僕はいくつになっても、ずっと君を抱くつもりだよ……」

「んん……っ、は……っ、あぅっ、あ！」

指が二本に増やされ、じゅぷじゅぷといやらしい音が響き始めた。ルーシャのお尻にも硬くなったノエルのそれが押しつけられ、鼓動がドキドキと乱れる。いくつになっても抱かれるのは気恥ずかしくて慣れないが、愛情が溢れるほどにあるのだけは感じられた。

ノエルは熱っぽいため息を吐き、むくりと起き上がる。ルーシャを仰向《あおむ》けにさせ、上に伸しかかると、自らの夜着を脱いだ。鍛え上げた胸筋や腹筋を惜しげもなく晒され、ルーシャの胸がキュンと高鳴る。彼は手際よくルーシャの下着も剥ぎ取り、両足を広げさせると、秀麗な顔を不浄の場所へ寄せた。

「あ……っ、待っ、んん……！」

にゅるにゅると舌で花唇を舐め転がされ、ルーシャは身を竦ませる。ぞくぞくと背筋に電流が流れ、どんどん花唇が充血していくのがわかった。ノエルは花芯を舌先で揺らし、時折甘噛みして、そしてきゅうっと吸い上げる。

「きゃぅ……っ、ダメ……っ、ダメ……っ、声が……！」

もう起きる時間で、侍女達が起こしに来る。そろそろやめなくてはと思うのに、ノエルは淫猥に花唇を舐めしゃぶり、ルーシャを乱していく。

花芽はぷっくりと膨れあがり、指で中をかき混ぜられ、蜜壺はとろとろととめどなく愛液を零した。

「あっ、あっ、そんなに、したら……っ」

口で花芯を愛撫《あいぶ》しながら、二本の指で抽挿を繰り返され、ルーシャの中は妖しげな蠕動《ぜんどう》を始めていた。もう少し中を擦られたら、頭の中が真っ白になってしまう。

ルーシャが腰を反らし、あえかな声を漏らしていると、ノエルはちゅぽっと指を抜いた。

責め苦がやみ、ルーシャはほっと息を吐く。ノエルは顔を上げ、淫靡に自らの唇を舐めると、熱く猛った自らを蜜口に押しつけた。

「……子供はあと何人作ろうか、ルーシャ……？」

「あ、あ……あ……」

ノエルは返答を待たず、ゆっくりと男根を挿入していく。犯されていく感覚に、ルーシャはぞくぞくと震え、とろりと夫を見つめた。何度も抱かれたルーシャは、その心地よさを知っている。期待に膣壁はいやらしく蠢き、淫らな反応を感じたノエルは、眼差しを獣のそれに変えた。

膝裏に手をかけ、大きく両足を開かせると、中程まで捻じ込んでいた男根の残りを勢いよく最奥に打ちつける。

「ひゃああ……っ、あっ、あ……っ」

下腹から快感が走り抜け、ルーシャの中がきゅううっと収縮した。

ノエルはたまらなそうに呻き、激しく腰を振る。

「はあ……っ、ルーシャ……っ」

「ああ……っ、んっ、ダメ、そんなに激しくしちゃ……っ、すぐ、ああん……！」

的確に心地よい場所を擦られ、ルーシャはシーツをぎゅうっと握って心地よさに耐えた。しかし媚肉は正直にノエルのそれに絡みつき、奥へ奥へと誘う。

「ルーシャ……っ、気持ちいい……？　凄くいやらしく、僕に絡みついてるよ……」

耳元で囁かれ、ルーシャは羞恥心に唇を噛んだ。声を殺そうとするも、ノエルが胸を捏ね回し始め、新たな刺激に嬌声が再び漏れる。

「あ……っ、胸まで触ったら……っ、あっ、声が……っ、あ、きゃあ……！」

勃ち上がった胸の先をきゅうっと摘まれ、びりびりと腹の底まで心地よさが流れた。蜜が溢れ、水音が一層耳につく。じゅぽじゅぽと中を犯す卑猥な音と、荒いノエルの吐息が耳につき、それだけでもまた感じて、ルーシャは中を痙攣させる。

「はあ……っ、本当に君は、何度抱いてもたまらない……っ」

ノエルは興奮した声を漏らし、ぬらぬらと濡れた蜜口に視線を注ぐ。

「あっ、あっ……そんなに、見ちゃイヤ……っ」

ヒクヒクと蠢きながら、貪欲にノエルを飲み込む自らを見られたくなくて隠そうとするも、彼は軽くいなし、手を伸ばす。

「どうして……？　たくさん濡れて、気持ちよさそうだ」

「触っちゃ、ダメ……っ、あ、ああん！　やぁ、きちゃう、きちゃう……！」

親指の腹で花芯をくりくりと転がれ、全身に強烈な快楽が襲いかかった。頭が真っ白になり、ルーシャは無意識に腰を反らす。

「……達きそう？　いいよ、ルーシャ……っ」

ノエルはにゅるにゅると花芯を撫で回し、ルーシャは快感に耐えられず、ぎゅうっと足先を丸めた。

「ひゃああっ、ああっ、いやぁ……っ」

腹の底から得も言われぬ快楽が迫り上がり、ルーシャはノエルを締めつけ、絶頂を迎える。

「んぅ、ん、ん――！」

きゅうぅっと食い締められ、ノエルもびくりと背を震わせる。息を乱して何度も最奥を突き、そして根元まで雄芯を打ちつけると、彼女の中に白濁を吐き出した。

どくどくと中に子種を注がれ、ルーシャはかくりと脱力する。ノエルは軽く腰を揺らし、子種を全て中に注ぎ込んだ。その後上から覆《おお》い被《かぶ》さり、熱い口づけを落とす。

「ん、ん……っ、はぁ……ノエル様……」

「……愛してるよ、ルーシャ……。今日も君は、とても可愛い……」

恋情に染まる瞳で愛を囁かれ、ルーシャの胸がじわりと温かくなる。結婚しても尚、胸を灯す恋心に瞳を揺らし、彼の首に腕を回した。

「……私も、愛しております……ノエル様……。大好き……」

想いを告げると、ノエルは嬉しそうに笑う。首筋に口づけ、また豊満な胸をやんわりと揉みながら、甘い声で尋ねた。

「あと三人くらい作ろうか……？」

ルーシャは眉尻を下げて、夫を見返す。

前世を思い出した時は、こんな未来が来るとは思わなかった。ノエルに愛される毎日は、何にも代えがたく愛おしい。

ブリジットとユーニ神の手助けもあって迎えられた奇跡的な今に、ルーシャは感謝の気持ちを抱き、愛しい人に微笑んだ。

「お子を望んでくださるのは嬉しいですが……多くてもあと二人までです」

体力的に、あと二人も産んだらいっぱいいっぱいだ。

甘い声で返すと、ノエルはふっと笑い、愛しそうにまた唇を重ねた。

あとがき

こんにちは、鬼頭香月です。この度は『悪役令嬢ですが、王太子（攻略対象）の溺愛がとまりません』をお読みくださり、ありがとうございました。

ガブリエラブックス様ではこれが初めての刊行になります。

本書以外では他社様になりますが、R-18シーンのある小説とない少女小説の両方を書いております。ご興味を持って頂けましたら、ぜひお手に取って頂けますと幸甚です。

今回の作品は、ご依頼要素の中から選び、久しぶりに悪役令嬢を書こうと思いプロットを作成、執筆致しました。

ナチュラルに聖女設定にしたのですが、鬼頭が聖女ヒロインを書いたのはこれが初めてです。

聖女という設定はよく目にするため、自分でも書き始めるまで気づきませんでした。

普段ドレスではなく祭服を着ているキャラクターは新鮮でした。

本作は、色々ありつつも、タイトル通り最初から最後までヒーローの溺愛はとまらない物語です。

途中、ヒーローが言葉でほんの少し意地悪に振る舞う場面も、溺愛のスパイスとしてお楽しみ頂けていれば嬉しいです。

イラストはウエハラ蜂先生です。

以前から素晴らしいイラストを描かれる先生として存じ上げておりましたので、ウエハラ先生にご担当頂け、大変光栄で嬉しく思っています。

あとがきを書いている現時点ではキャララフだけ拝見しておりますが、とても素晴らしく描いてくださっています。素敵なイラストをつけて頂けていることと思いますので、ぜひお楽しみください。

最後に、担当編集様、イラストを描いてくださったウエハラ蜂先生、デザイナー様、機会を与えてくださったガブリエラブックス編集部の皆様など、本書を刊行するにあたりお世話になった皆様に御礼申し上げます。

そして何より、本書をお手に取ってくださった皆様、誠にありがとうございました。

一時の癒しや楽しさになっていれば幸いです。

鬼頭　香月

ガブリエラブックスをお買い上げいただきありがとうございます。
鬼頭香月先生・ウエハラ蜂先生へのファンレターはこちらへお送りください。

〒110-0016　東京都台東区台東4-27-5（株）メディアソフト
ガブリエラブックス編集部気付　鬼頭香月先生／ウエハラ蜂先生　宛

gabriella books

MGB-049

悪役令嬢ですが、王太子（攻略対象）の溺愛がとまりません

2021年12月15日　第1刷発行

著　者　鬼頭香月《きとうこうづき》

装　画　ウエハラ蜂《はち》

発行人　日向晶

発　行　株式会社メディアソフト
〒110-0016
東京都台東区台東4-27-5
TEL：03-5688-7559　FAX：03-5688-3512
http://www.media-soft.biz/

発　売　株式会社三交社
〒110-0016
東京都台東区台東4-20-9 大仙柴田ビル2階
TEL：03-5826-4424　FAX：03-5826-4425
http://www.sanko-sha.com/

印　刷　中央精版印刷株式会社

フォーマットデザイン　小石川ふに（deconeco）

装　丁　齊藤陽子（CoCo.Design）

ISBN 978-4-8155-4072-2